無限鬪

# 무한투 5

류진 新무협 판타지 소설

초판 1쇄 찍은 날 § 2002년 3월 29일
초판 1쇄 펴낸 날 § 2002년 4월 9일

지은이 § 류진
펴낸이 § 서경석

편집장 § 문혜영
편집책임 § 김희정
편집 § 장상수 · 박영주 · 권민정 · 이종민
마케팅 § 정필 · 강양원 · 김규진 · 안진원

펴낸곳 § 도서출판 청어람
등록번호 § 제1081-1-89호
등록일자 § 1999. 5. 31
어람번호 § 제2-0074호

주소 § 경기도 부천시 원미구 심곡1동 350-1 남성B/D 3F (우) 420-011
전화 § 032-656-4452  팩스 § 032-656-4453
http://www.chungeoram.com
E-mail § eoram99@chollian.net

값 7,500원

ISBN 89-5505-281-2 (SET)
ISBN 89-5505-337-1 04810

# 무한투

류진 新무협 판타지 소설

無限鬪

# 5

죽어도 삶은 계속된다

도서출판

청어람

# CONTENTS

# 그 봄, 가장 거친 동정호

제35장　그 봄, 가장 거친 동정호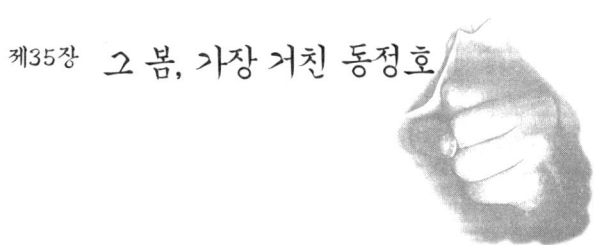

　　용두장은 눈에 띄게 술렁였다. 정무문 소문주라는 직함은 정천맹의
수뇌부들을 긴장시키기에 충분한 이름이었다. 정무문과 맞서고 있는
한 언젠가는 가장 큰 적이 될 것이 분명하기 때문이다.

　　용두장에 있는 정천맹 인물들이 하나둘씩 나오며 왕족발의 얼굴을
뇌리에 각인시켰다. 왕족발은 그것이 싫지 않은 듯 얼굴에 여유있는
웃음을 지었다.

　　"역시 사람은 잘나고 봐야 한다니까."

　　곁에 따라오던 왕족쌍은 그저 긴 한숨으로 자신의 심정을 내비칠 뿐
이었다.

　　이름을 유지원(劉知元)이라고 밝힌 사내의 안내에 따라 두 개의 건물
과 작은 정원을 지나자 폭이 일곱 자 정도 되는 길이 나왔다. 양쪽에
아름드리 전나무들이 빼곡이 들어찬 숲이 있었는데, 그 안에서 풍겨 나

오는 예기가 피부를 따갑게 할 정도였다. 나무가 만든 그늘 때문에 어스름한 저녁 길을 밟는 것 같았다.

"누가 이깟 장원 훔쳐 간다고 개를 많이도 키우는군."

왕족발이 사방에 다 들릴 정도로 투덜거렸다. 근 백 장에 이르는 숲을 거의 빠져나올 무렵 앞쪽에서 일단의 인물들이 나타났다.

여인 한 명과 세 명의 노인, 그리고……

"왕족발 소문주님!"

곰같이 큰 덩치를 가진 철자상이 허겁지겁 뛰어왔다. 인사를 하기 위해 허리를 구부리던 철자상은 퍽 소리와 함께 저만치 나뒹굴었다.

"아이고! 왕족발 소문주님, 왜 이러십니까?"

왕족발은 얼굴이 벌겋게 상기되어 철자상을 향해 몸을 날렸다.

"이놈아! 내 이름 부르지 말랬잖아!"

목소리 뒤로 이어지는 타격음은 눈 깜빡할 사이에 예닐곱 번이나 들려올 정도로 거셌다.

"하지만… 사모님께서 꼭 이름을 붙이라고……!"

"넌 내가 무섭냐, 어머니가 무섭냐? 이 미련 곰탱이 같은 놈아!"

미친 듯이 철자상을 밟는 왕족발을 왕족쌍이 가까스로 말렸다.

"그만둬! 정무문 소문주면 소문주답게 체통을 좀 지켜라! 어휴—! 아무리 안에서 새는 쪽박 밖에서도 샌다고 정천맹에 와서까지 이 꼴이냐?"

"하지만……!"

"시끄러! 이 일이 아버님 귀에 들어갔다가는 정무문 망신시켰다고 네 다리몽둥이를 부러뜨리실 거다!"

"쳇! 그러니 이름을 바꿔주시면 되잖아."

투덜거린 왕족발은 마지못해 뒤로 물러섰다. 주적자는 어기적어기적 일어나는 철자상에게로 다가갔다.

"소식은 받으셨지요?"

철자상은 마치 아무 일도 없었다는 듯 옷을 툭툭 털고 말했다.

"네, 왕 장로님의 전서구는 이십오 일 전에 받았습니다."

주적자는 뒤에 서 있는 왕족발 남매를 일별한 후 말했다.

"제 임무는 이것으로 마무리되었습니다. 그럼."

그가 돌아서서 가려 할 때 왕족쌍이 앞을 막았다.

"이대로 가실 건가요?"

"내 일은 끝났으니까."

"하지만 주 보표님, 이대로 헤어질 수는 없잖아요."

"내게는 지체할 시간이 없다."

주적자가 막 왕족쌍을 지나치려 할 때 생소한 목소리가 그를 불러 세웠다.

"주 보표라면 혹시 호인불사 주적자 보표가 아니신가요?"

그는 걸음을 멈추고 돌아섰다. 면사로 얼굴을 가린 여인이 유난히 반짝이는 눈으로 그를 보고 있었다.

"그렇소만."

그녀의 눈이 초승달처럼 휘어졌다. 분명 웃는 것이리라.

"명성이 자자하신 주 보표님을 여기서 뵙다니 영광이군요."

예의상 하는 말이 분명한데도 왠지 진심으로 들렸다.

"전 정천맹의 군사를 맡고 있는 기선진이라고 합니다. 그리고 이 세 분은 화산삼검……."

기선진의 말 사이로 갑자기 왕족발이 끼어들었다.

"난 정무문의 소문주 왕… 으응이라고 하오. 소저의 명성은 귀가 따 갑게 들었는데 이렇게 만나게 되어 정말 영광이오. 하하하……."

왕족발은 과장된 웃음을 짓고 한걸음 물러서 돌아섰다. 그는 더할 나위 없이 기쁜 표정을 짓고 왕족쌍에게 속삭였다.

"들었지? 나 여자 앞인데도 말을 더듬지 않았어. 여자에게 이렇게 술술 말이 나온 것은 처음이야. 저 여자는 내 운명의 배필임에 틀림없 어."

흥분한 나머지 나중 말은 설사 십 장 밖에 있어도 들릴 정도로 크게 울렸다.

"휴— 너란 인간을 어떤 방향으로 이해해야 정상으로 보일지… 정 말 알 수가 없다."

왕족쌍의 탄식 뒤로 주적자의 목소리가 따랐다.

"그럼 바쁜 일이 있어서 이만."

돌아서려는 그를 기선진의 목소리가 다시 잡았다.

"잠깐만요. 혹시 그 바쁜 일이 황금도에 관련된 것인가요?"

주적자는 얼굴을 딱딱하게 굳히고 물었다.

"당신이 상관할 바가 아니오."

기선진의 눈웃음이 더욱 짙어졌다.

"비밀이 아니라면 무슨 일인지 말해 주실 수 없요? 저희에게 너무 도 중요한 일이라서요."

주적자 대신 신이 난 왕족발이 말했다.

"기 소저의 예측대로 저 사람의 행선지는 황금도가 맞소이다. 그런 데 저한테 물으실 말은 없나요?"

잔뜩 기대 어린 눈으로 기선진을 보는 왕족발의 목덜미 옷자락을 왕족쌍이 잡아당겼다.

"넌 좀 가만히 있어!"

"어어… 왜 이래?"

"너 가만히 안 있으면 오늘 일을 아버님과 숙부님한테 다 이른다."

왕족쌍의 협박에 왕족발은 투덜거리며 뒤로 물러섰다.

"역시 주 보표께서 정무문의 소문주를 호위하기 위해 이곳까지 오지는 않았으리라 생각했죠. 황금도에는 무슨 일로 가시는 건가요?"

"내가 그것을 당신에게 보고해야 할 이유가 있소?"

"보고라고 하면 이상하지만 알려야 하는 이유는 충분히 있죠."

"그게 뭐요?"

기선진은 잠시의 사이를 두고 대답했다.

"백도와 흑도 연합 이외의 인물이 황금도로 가는 것을 금지시켜 놓았기 때문이죠."

주적자는 한참 동안 기선진을 보다가 피식 웃음을 터뜨렸다.

"말도 안 되는 억지군."

"억지라도 할 수 없어요. 피해자를 최대한 줄이기 위한 고육지책(苦肉之策)이니까요."

"무슨 이유를 붙이든 그것은 당신들 자유겠지. 황금도에 가는 것이 내 마음이듯이."

기선진의 눈빛이 서늘하게 변했다. 저렇듯 눈빛만으로 감정을 자유자재로 표현할 수 있다는 것이 놀라웠다.

"굳이 가시겠다는 건가요?"

"물론."

"이 일을 너무 쉽게 생각하시는 것 같군요. 주 보표께서 황금도행을 고집하신다면 백도와 흑도 연합이 그것을 막을 거예요. 황금도에 가려한다는 이유만으로 사람을 죽이지는 않을 것이라고 생각하신다면 오산이에요."

주적자는 입가에 미소를 머금었다.

"당신이야말로 내가 백도와 흑도 연합을 두려워할 것이라고 오해를 하고 있군. 설사 전 무림인들이 막는다 할지라도 난 황금도로 갈 것이오. 물론 막지 못하겠지만."

"자신감이 대단하시군요."

"사실이니까."

주적자는 말을 하고 돌아섰다. 그의 등으로 기선진의 음성이 부딪쳤다.

"이곳 악양에 무림 십대고수 중 다섯 분이 계시다는 것을 잊지 마세요."

"이왕이면 십대고수 모두를 오라고 하시오. 괜한 무사들을 죽이고 싶지는 않으니까."

주적자의 거침없는 발걸음이 숲길을 가로질렀다. 갑자기 그의 앞으로 십여 명의 사내들이 뛰어내렸다. 주적자는 서른 내외의 젊은 그들을 한번 훑어본 후 기선진에게 시선을 돌렸다. 그와 그녀의 시선이 허공에서 복잡하게 얽혔다.

"날 막겠다는 것이오?"

주적자의 물음에 기선진은 특유의 초승달 눈을 만들며 말했다.

"우리도 주 보표님과 싸우고 싶은 생각은 없어요. 이러면 어떻겠습니까? 한 달 정도의 정비 기간이 끝나면 우리도 황금도로 떠나야 하니 그때 같이 가는 것이……."

주적자는 그녀의 말을 중간에서 잘랐다.

"난 그렇게 한가하지 않소."

"휴— 어쩔 수 없군요."

그녀의 한숨 때문에 면사가 작게 펄럭였다.

"우리도 주 보표님을 황금도로 가게 놔둘 수는 없으니 싸울 수밖에……."

기선진의 말은 왕족쌍에 의해 다시 끊겼다.

"주 숙부님과 싸우려면 정무문과의 일전도 각오하셔야 할 거예요."

그녀의 말에 기선진의 눈빛이 서늘해졌다.

"무슨 뜻이죠?"

"말 그대로예요. 주 숙부를 건드리면 정무문이 가만히 있지 않을 거예요. 왜냐하면……."

왕족쌍은 주적자 곁에 가서 섰다.

"주 숙부를 죽이려면 나부터 없애야 할 테니까요."

"야! 왕족쌍! 너 무슨 짓이야?"

왕족발이 펄쩍 뛰며 다가오자 왕족쌍이 버럭 소리를 질렀다.

"넌 나서지 말고 가만있어! 아버지한테 다리몽둥이가 부러지고 싶지 않으면 말야!"

마지막 말에 왕족발은 왕족쌍 앞에 우뚝 멈춰 섰다. 그는 이러지도 저러지도 못하고 기선진과 왕족쌍을 번갈아 쳐다보았다.

주적자는 왕족쌍의 어깨를 툭툭 치고 돌아섰다.

"날 감쌀 필요는 없다."

그가 걸음을 내딛자 왕족쌍이 재빨리 따라붙었다.

"주 숙부! 잠깐만요!"

주적자는 걸음을 멈추지 않고 열 명의 사내들에게 다가갔다.

차장!

소리도 요란하게 검을 빼 든 그들의 시선이 기선진에게 향했다. 공격 명령을 기다리는 것이리라. 주적자도 그들에게 일 장 가까이 다가가 검 손잡이를 잡았다. 그리고 세 걸음을 내디뎠을 때 사내들이 검을 집어넣더니 원래 있던 곳으로 몸을 날렸다. 한줄기 바람이 스쳐 간 후, 사내들은 감쪽같이 사라져 버렸다. 가끔 흔들리는 나뭇잎에 자잘한 햇살이 이리저리 움직일 뿐이었다.

"마음을 돌리시는 것이 좋을 거예요. 우리도 괜한 살생을 원하지는 않으니까요."

주적자는 기선진의 말을 뒤로하고 용두장을 빠져나왔다. 그와 기선진 중간에서 어쩔 줄 몰라 하던 왕족발도 결국 한숨과 함께 주적자의 뒤를 따랐다.

"소문주님, 지부로 가시죠."

철자상의 말에 왕족발이 버럭 소리를 질렀다.

"어딜 가든 네가 상관할 바가 아니잖아! 제기랄! 되는 일이 하나도 없다니까! 천생배필 앞에서 첫인상만 구기고 나오다니… 어이구!"

왕족발은 주적자 곁에서 나란히 가는 왕족쌍에게 말했다.

"넌 어디 가는 거냐?"

"신경 쓰지 말고 네 갈 길이나 가."

"그래, 이 계집애야! 평생 주적자 뒤만 졸졸 따라다녀라!"

왕족발은 말을 하고 철자상과 함께 사라졌다.

"너도 가거라."

왕족쌍은 그의 팔을 잡으며 말했다.

"같이 갈래요."

주적자는 걸음을 멈추고 왕족쌍을 보았다.

"용두장의 일로 혹시 네가 내게 도움을 줄 수 있을 거라고 생각하는 것이냐?"

"……."

그는 왕족쌍을 지그시 내려다보았다.

"네가 있으면 방해만 될 뿐이니 어서 가거라."

왕족쌍은 말을 뱉고 돌아선 주적자를 더 이상 따라오지 않았다. 그의 말에 충격을 받았는지 모르지만 그런 것에 신경 쓸 시간이 없었다.

황금도.

지금 그에게 이보다 더 중요한 단어는 없었다. 흡혈야황이 있을 가능성이 가장 높은 곳을 향해 한시라도 빨리 떠나야 했다.

산등성이에 올라서자 까마득히 아래쪽에 마을이 보였다. 초라한 선착장에 매어져 있는 십여 척의 배가 마을 사람들의 생업이 무엇인지 말해 주었다.

주적자는 곧장 그곳으로 향했다. 봄의 새순을 돋아내고 있는 숲과 목초를 지나자 마을은 빠르게 가까워졌다. 주적자는 일 장 넓이의 개울을 건너 마을로 통하는 길에 접어들었다. 청현리(淸賢里)라는 푯말이 세워진 마을 어귀에 들어서자 맞은편에서 육십이 훌쩍 넘은 것 같은 노인 둘이 다가왔다.

"실례하겠습니다."

주적자가 길을 막고 말을 걸자 노인들은 침침한 눈으로 주적자를 보았다.

"무슨 일이시오?"

"배를 구하고 있습니다."

노인은 서로의 얼굴을 쳐다본 후 동시에 고개를 저었다. 왼쪽의 노인이 뒤쪽 옷깃 사이에 꽂아두었던 곰방대를 꺼내며 말했다.

"지금은 배를 구할 수 없소이다."

오른쪽 노인이 그 말을 받았다.

"이미 정천맹인가 어딘가에서 이 마을 배를 모두 사들였소."

"어디 이 마을뿐인가? 악양에 있는 배란 배는 모조리 그들 손에 들어갔지."

"모두 말입니까?"

노인이 곰방대에 불을 붙이며 말했다.

"그렇소이다. 뭐 우리야 충분한 보상을 받았으니 손해 볼 것은 없지만… 당신도 황금도에 갈 생각이오?"

주적자가 대답이 없자 오른쪽 노인이 말했다.

"정 황금도에 가고 싶으면 직접 배를 만드는 수밖에 없소이다."

그 말에 길게 담배 연기를 내뿜은 노인이 핀잔을 줬다.

"예끼, 이 사람아! 누구 죽는 꼴을 보고 싶어? 정천맹과 정무문에서 배 만드는 것을 금지시켰다는 것을 몰라서 그러나?"

오른쪽 노인이 머리를 긁적였다.

"하긴 그렇군."

곰방대를 문 노인은 연기 사이로 파랗게 펼쳐진 동정호를 보며 말했다.

"곧 춘래풍(春來風)이 올 테니 며칠 간은 배 간수를 잘 해야겠구먼."

"춘래풍이라니오?"

"봄을 몰고 오는 비바람인데 이맘때면 어김없이 동정호로 불어오죠.

춘래풍이 불면 동정호는 폭풍 속의 바다처럼 무섭게 변하오이다. 바람에 물기가 많이 섞인 것을 보니 내일이나 모레쯤부터 불기 시작할 게요."

노인은 '노파심에서 하는 말인데 행여 배 띄울 생각 하지 마시오. 하긴 띄울 배도 없지만…' 이라는 말을 남기고 멀어져 갔다. 노인들이 가기를 기다렸다는 듯 화백이 얼굴을 내밀었다. 녀석도 본능적으로 사람들 눈에 띄면 안 된다는 것을 아는 모양이다.

"쭈— 쭈—"

화백은 동정호를 가리키며 칭얼거렸다. 며칠 전부터 목소리가 트였는데 말이 되지는 못했다. 그저 지금처럼 눈치로 때려잡아 '물을 원하는 것이구나' 라는 것을 아는 정도였다. 주적자는 화백을 주머니에서 꺼내 호숫가에 내려놓았다.

화백은 옷을 훌러덩 벗더니 호수로 뛰어들었다. 평생을 물에서 산 사람보다 더 능숙하게 수영을 하는 화백을 주적자는 한참 동안 쳐다보았다. 작은 물보라를 일으키며 이리저리 헤엄을 치던 화백은 반 시진이 지나서야 물에서 나왔다. 한차례 부르르 떤 화백의 몸에는 물기 한 점 찾아볼 수 없었다.

주적자는 화백에게 옷을 입히고 다시 주머니에 넣었다. 이러고 있으니 꼭 화백의 아버지가 된 것 같았다. 그는 피식 웃음을 터뜨리고 동정호에 한참 동안 시선을 던졌다. 끝이 보이지 않는 푸른 물결이 부드러운 바람에 몸을 실어 살랑살랑 움직이고 있었다.

춘래풍이라는 이름의 비바람이 올 기미는 보이지 않았지만 노인이 괜한 거짓말을 할 리가 없었다. 뱃사람의 말이니 틀림없을 것이다.

주적자는 멀리 흔들리는 어선들을 보다가 돌아섰다. 비바람이야 시간이 지나면 지나가겠지만 배를 구하는 문제는 달랐다. 훔치거나 빼앗아서 갈까 하는 생각이 들었지만 이내 지워 버렸다.

그의 떳떳치 못한 행동으로 인해 싸움이 일어나는 것은 원치 않았다. 그들 마음대로 정한 말도 안 되는 규칙 때문에 막아선다면 모르지만……

'어딘가에 남은 배가 있겠지.'

주적자는 동정호를 빙 돌며 나타나는 마을마다 들러서 배를 수소문했다. 하지만 노인들의 말대로 배는 모두 정천맹과 정무문이 사들인 상태였고, 배 곁에는 어김없이 무사들이 지키고 있었다.

세 개의 마을을 거치는 사이 어느새 피를 토하는 태양과 창백한 달이 공존하는 시간이 되어버렸다. 주적자는 하는 수 없이 마지막 들른 마을에서 하룻밤 신세를 졌다.

그날 밤, 주적자는 후두두거리는 소리에 설핏 잠에서 깨어났다. 창호지를 바른 창문을 열자 금세 차가운 빗물과 함께 세찬 바람이 파고들었다. 노인의 말대로 춘래풍이 시작되는 모양이었다.

검은 밤 너머, 그보다 더 검게 보이는 동정호는 심한 몸살을 앓고 있었다. 상대적으로 잔잔한 강가임에도 불구하고 파도가 일 장 가까이 치솟았다. 하얀 포말을 일으키며 몸을 세운 파도는 아래로 곤두박질쳐서 산산이 부서졌다.

사위가 눈부신 빛살에 갈라진 후 천둥 소리가 뒤따랐다. 세상을 물로 채우려는 듯 쏟아지는 폭우를 한동안 보고 있던 주적자는 창문을 닫고 다시 자리에 누웠다. 노인의 말대로라면 춘래풍이 며칠 동안 계속될 테니 당분간 배를 구하러 다니기도 쉽지 않을 것이다.

화백은 곁에서 세상 모르고 잠들어 있었다. 잠으로 휴식을 취하는 모습이 영락없는 사람이었다. 걷어찬 작은 이불을 목까지 덮어준 주적자는 비가 부딪치는 창문을 보았다.

'하필이면 이럴 때…….'

주적자는 그후로도 한참을 뒤척이다 잠이 들었다. 얼마나 잤는지 모르지만 그가 눈을 떴을 때는 아직도 어둠이 물러가지 않은 상태였다. 주적자는 문을 열어보고서야 어둠이 시간 때문이 아닌 날씨 탓이라는 것을 알았다.

그는 주인에게 대나무 가지에 삼베를 댄 우의(雨衣)를 사서 입고 마을을 떠났다. 춘래풍 때문에 당장 황금도로 갈 수는 없지만 최소한 배는 구해놔야 했다. 얼굴이 따가울 정도로 퍼붓는 빗속을 뚫고 다음 마을에 들렀지만 역시 배는 구할 수 없었다.

아무래도 어촌 마을에서 배를 구하기는 틀린 것 같았다. 그는 하는 수 없이 악양성 내로 걸음을 옮겼다. 동정호를 무대로 장사를 하는 화선(花船)이라면 구할 수 있을지도 몰랐다. 하지만 그의 생각은 여지없이 빗나가 밤이 될 때까지 '배는 이미 팔렸습니다' 라는 말밖에 듣지 못했다.

악양성 내에서 하룻밤을 묵은 주적자는 다음날 손도끼와 튼튼한 밧줄, 야영 장비, 빈 술통 스무 개, 그리고 술통을 싣고 갈 말과 마차를 샀다. 배를 구하러 다니며 시간을 허비할 바에야 뗏목을 만드는 것이 훨씬 경제적이었다.

아름드리 나무는 산에 지천으로 널려 있으니 구하기는 어렵지 않았다. 폭우 속을 뚫고 말을 몰아 강가까지 온 주적자는 짐을 모두 풀어 물이 닿지 않는 곳에 놓았다. 말이 추위 때문에 부들부들 떨면서 연신 투레질을 했다. 봄이 왔다고는 하지만 빗속에서 견디기에는 힘든 추위였다.

주위를 둘러보아도 말이 비를 피해 쉴 만큼 넓은 공간이 없었다. 인가는 이곳에서 족히 이십 리는 가야 있는데 말을 끌고 그곳까지 다녀올 수도 없는 노릇이었다.

그는 수레에서 말을 떼어내서 엉덩이를 철썩 때렸다. 물기를 잔뜩 머금은 엉덩이에서 자잘한 물방울이 튀었다.

히히히— 힝!

말은 목청을 한껏 올린 후 빗속을 정신없이 달려갔다. 운이 좋으면 살아날 수 있을 것이다. 주적자는 실어온 물건을 다시 한 번 확인한 후 산으로 올라갔다. 발목까지 빠지는 황토 흙을 일각 정도 밟고 올라가자 비로소 아름드리 나무가 있는 숲이 나왔다.

주적자는 검을 빼서 상하의 굵기가 비교적 일정한 나무를 찾아 베기 시작했다. 검이 한 번씩 허공을 가를 때마다 우지직거리는 비명과 함께 나무가 쓰러지며 빗물을 사방으로 퉁겨냈다.

뗏목의 크기는 너비와 길이가 각각 열 자, 열여섯 자는 되야 하고 덧붙이는 나무 또한 일곱 개는 필요하기 때문에 총 스무 그루는 있어야 했다.

산에 나무가 많다고는 하지만 마음에 딱 드는 물건을 찾는 것은 쉽지 않았다. 주적자는 근 두 시진을 헤매고 나서야 겨우 필요한 만큼의 나무를 얻을 수 있었다. 가지를 치고 알맞은 길이로 자르는 데만도 벨 때만큼의 시간이 걸렸다. 베어낸 나무를 옮기는 것은 더 어려운 일이었다.

숲 속에서 열여섯 자나 되는 나무를 이리저리 들어 옮기는 것은 고역이었다. 스무 개의 나무를 겨우 숲 밖으로 빼냈지만 일은 그것으로 끝난 게 아니었다. 강가까지 가야 하는 거리도 근 오 리에 이르렀다.

주적자는 나무를 하나씩 아래로 던졌다. 나무가 떨어지며 울리는 소리는 쏟아지는 빗소리에 금세 묻혀 버렸다. 그렇게 몇 번이나 나무 던지기를 반복했는지 모른다. 습관적으로 던지고 또 던진 끝에 강가에 다다른 시간은 한밤중이었다.

여전히 줄기차게 내리는 폭우는 나무에 묻어 있던 진흙을 말끔히 씻어주었다.

'아무래도 나머지 일은 내일 해야겠군.'

주적자는 굵은 나무 기둥을 땅에 박은 후, 바퀴를 떼어낸 마차를 그 위에 얹었다. 젖은 땅 위에 기름 먹인 천을 깔고 그 위에 침낭을 펴자 훌륭한 잠자리가 되었다. 곁에 화백의 작은 침상을 따로 마련한 주적자는 새옷으로 갈아입고 침낭 안으로 들어갔다. 화백은 세상이 온통 물로 채워진 것이 좋은지 침상에 엎드려 밖을 하염없이 쳐다보았다.

잠이 오지는 않더라도 휴식은 취해야 했다. 잠을 자지 않고 며칠을 일해도 상관없겠지만, 무슨 일이 있을지 모르는 상황에서 몸 상태는 최상으로 유지하는 것이 좋았다.

마차 위로 요란하게 떨어지던 빗소리는 차츰 존재하는 소리없음으로 변해갔다.

'황금도에 흡혈야황이 있을까?'

그 생각은 한참 동안 뇌리를 맴돌다 수면이 몰고 온 소용돌이에 묻혀 사라졌다.

햇살 없는 아침을 맞은 주적자는 마차 아래서 빠져나왔다. 온몸이 금세 물에 빠졌다 나온 것처럼 젖어버렸다. 이토록 쉬지 않고 줄기차게 내리는 비는 본 적이 없었다. 설사 장마라 하더라도 간혹 햇볕이 보이는데 춘래풍은 태양을 보여줄 생각조차 하지 않았다.

철퍽철퍽!

발을 내디딜 때마다 흙탕물이 요란하게 튀어 올랐다. 주적자는 눈으로 들어오는 빗물을 훔쳐 내며 나무를 가지런히 정렬했다. 그리고 손도끼를 찾아 나무의 맨 가에서 한 뼘 정도 안쪽에 홈을 파 나갔다. 밧줄이 들어갈 틈새는 양쪽 가와 중간에 두 개 정도면 적당했다.

깎고, 묶고, 덧붙여 대자 작업의 윤곽이 차츰 드러나기 시작했다. 만드는 방법만 알고 있을 뿐 처음 해보는 작업이었는데 제법 그럴듯한 모양이 나왔다. 물에 잘 뜰 수 있게 빈 술통을 사방에 묶은 주적자는 노를 고정시키는 지지대를 만드는 것으로 일을 마무리 지었다.

"아차!"

노를 만들 나무와 돛으로 쓸 천을 구해오지 않은 것이다. 돛이 꼭 필요하지는 않았지만 시간을 단축시키기 위해서는 있는 편이 나았다.

"천상 악양성 내에 다시 들러야겠군."

주적자는 성 내로 가는 가장 빠른 길인 산을 올랐다.

쏴아아—

하늘에 있는 구름을 몽땅 비로 소진시켜 버리겠다는 듯 폭우는 쉬지 않고 내렸다. 성내에 가서 천을 구해올 때까지 비는 눈꼽만큼도 가늘어지지 않았다. 천을 둘둘 말아 옆구리에 끼고 뗏목 있는 곳에 도착한 주적자는 우뚝 걸음을 멈췄다.

그곳, 이틀 동안 만들어놓은 뗏목이 산산조각으로 부서져 있었다.

툭—

부러진 통나무가 그의 발길에 걸려 흙탕물 속으로 뒹굴었다. 여기저기 늘어져 있는 밧줄은 뗏목이 토해낸 내장처럼 널려져서 빗줄기에 몸부림을 쳤다. 주적자는 허리를 숙여 통나무의 단면을 보았다. 어떤 것은 부러지기도 했고, 가끔 예리한 것에 잘린 나무도 보였다.

사람에 의한 것이 분명한데 그 사람의 정체가 중요했다. 나무의 단면을 보면 단숨에 검이나 도로 자른 것이 분명했다. 이처럼 두꺼운 나무를 단번에 자른다는 것은 삼류 무사로서는 어림도 없는 일이었다.

'정천맹이겠지? 날 죽 감시하고 있었을까?'

주적자는 뒤에 떠오른 생각을 지웠다. 계속 감시를 당했다면 눈치채지 못할 정도로 그의 이목이 둔하지 않았다. 아마 그의 위치만 확인하고 기다리다가 자리를 비운 사이 뗏목을 부쉈을 것이다.

주적자는 물막이 쳐진 세상을 둘러보았다. 시야에 잡히는 것은 성난 동정호와 폭우에 맞아 상처 입은 언덕과 산뿐이었다. 그는 눈을 감고 귀로 주위를 살폈다.

쏴아아― 우르릉―

빗소리와 파도 소리가 나타났다 차츰 사라졌다. 흙을 파헤치는 소리도, 나무를 때리는 타닥거림도 옅어져 들리지 않았다. 커다란 소리부터 차례차례 없애자 비로소 옅은 숨소리가 파고들었다. 산 쪽이었다. 거리는 대략 오십 장 밖.

당장 쫓아가면 잡을 수도 있었지만 그렇게 많은 노력을 들일 필요는 없었다. 주적자는 흙탕물을 튀기며 산을 올라갔다. 뗏목을 만들어야 하니 어차피 가야 할 길이었고, 중간에 쥐새끼도 잡을 수 있으니 일석이조였다.

가까이 다가갈 수록 숨소리는 더욱 뚜렷하게 들렸다. 엇갈리는 호흡으로 보아 하나가 아닌 둘 같았다. 녀석들은 그가 가까워져도 움직일 생각을 하지 않았다. 이토록 폭우가 심하게 쏟아지니 들키지 않으리라

안심하고 있을 것이다.

주적자는 그들의 정면이 아닌 약간 우측으로 방향을 잡았다. 차츰 녀석들과의 각이 좁혀지고 드디어 일직선이 되었다. 거리는 십 장 정도.

팟!

주적자는 좌측으로 몸을 날렸다. 녀석들의 호흡이 거칠어지더니 이내 모습을 드러냈다. 사내 둘이 폭우 속을 뚫고 땅을 박차는 것이 보였다. 주적자는 그들이 채 다섯 걸음을 옮기기도 전에 일 장 가까이 따라붙었다.

도망칠 수 없다는 것을 깨달았는지 둘은 동시에 멈춰 서며 검을 빼들었다.

취리릭—

사내가 휘두른 검이 빗줄기를 가르며 주적자의 목 어름을 쓸어왔다. 주적자는 검을 쥔 팔을 잡은 후 손바닥으로 사내의 옆구리를 때렸다.

퍼억—

"욱!"

동시에 울린 타격음과 비명 뒤로 사내는 앞으로 거꾸러졌다. 입으로 피를 토하며 푸들푸들 떨더니 이내 움직임이 멎었다. 동료의 죽음 때문에 광분한 다른 사내가 팔을 쭉 뻗고 그를 향해 몸을 날렸다.

주적자는 빙글 돌아 사내의 팔을 잡은 후 그대로 꺾어버렸다.

우두둑!

"으아악—!"

죽은 사람보다 더 처절한 비명을 터뜨린 사내의 팔은 비정상적으로 꺾여 있었다. 주적자는 고통스러워하는 사내의 목을 잡고 끌어 올렸다.

"가서 기선진에게 전해라. 나와 싸우고 싶다면 직접 오라고. 그 잘 난 십대고수를 끌고 말이야."

그의 살기 진득한 말에 사내는 황급히 고개를 끄덕였다. 죽음에 대한 두려움은 고통을 잊게 만드는 법이었다. 주적자는 사내를 아무렇게나 팽개치고 산을 올랐다.

나무를 골라 다시 베고 다듬는 작업이 시작됐다. 이미 익숙한 손길 탓인지 처음보다 훨씬 빨리 일을 끝낼 수 있었다. 주적자는 나무들을 뗏목 만들던 자리로 옮겼다. 처음 뗏목을 만들고 남은 밧줄이 있었지만 턱없이 모자랐다. 또 성내에 다녀와야 한다는 생각을 하자 슬그머니 짜증이 치밀었다.

밤이 다가오니 오늘은 성내에서 자는 수밖에 없었다. 그가 막 산 쪽으로 걸음을 옮기려 할 때 적어도 서른 명 이상의 인기척이 느껴졌다. 정천맹이라면 생각보다 빠른 대응이었다. 어쩌면 언제든 싸울 수 있도록 준비하고 있었는지 모른다.

주적자는 잔뜩 두려운 얼굴을 하고 주머니로 들어가는 화백을 툭툭 두드린 후 다가오는 사람들을 기다렸다. 피부를 따갑게 만드는 폭우를 뚫고 흐릿한 그림자들이 강을 따라 난 길을 달려오는 것이 보였다. 주적자는 다가오는 사람들의 숫자를 단숨에 파악했다.

"서른넷, 별로 많지 않군."

하긴 문제는 사람 수가 아니었다. 오는 자들이 얼마만큼의 무공을 지니고 있느냐가 중요할 뿐 맨 앞에서 달려오는 사람이 기선진인 것을 보면 약한 자들은 아닐 것이다.

주적자는 팔짱을 끼고 느긋하게 오는 자들을 기다렸다. 그들은 천리 마(千里馬)보다 빨리 가까워졌다. 앞장을 선 기선진의 경공은 그것이

특기라고 해도 될 만큼 가볍고 빨랐다. 그녀의 좌측에는 용두장에서 보았던 화산삼검이 따랐고, 우측에는 이제 갓 육십 정도 되는 노인 두 명이 달려오고 있었다.

안력을 집중시킨 주적자는 비로소 두 노인이 무당파(武當派)의 장로인 검권이선(劍拳二仙)이라는 것을 알았다. 무공과 명성 모두 화산삼검과 비견될 정도의 고수들이었다.

"무림공적이 되는 것은 시간문제로군."

저들을 모두 죽이면 분명 무림 공적이란 이름을 달게 될 것이다. 그렇다고 그것이 별로 신경 쓰이지는 않았다. 흡혈야황이 그의 인생에 끼어든 후 무림은 그와 동떨어진 세계가 되어버렸다. 무림에서 그를 어떻게 인식하든 상관없었다.

그는 어떻게든 흡혈야황만 잡으면 그만이었고, 그 뒤는 생각하고 싶지 않았다. 어쩌면 전 무림이 그 하나를 향해 싸움을 하려 할지도 모른다. 삼백 년 전 마교(魔敎)에게 그랬듯이……

생각을 하는 사이 정천맹 사람들은 그의 이 장 앞에서 멈췄다. 물 먹은 옷이 기선진의 몸에 착 달라붙어 묘한 색기(色氣)를 풍겼다.

"당신은 정말 우리와 적이 되려고 작정을 했군요."

기선진은 멈추자마자 쏘아붙였다. 주적자는 그들을 쭈욱 훑어본 후 말했다.

"정말 눈부신 진용이군."

말을 해놓고 보니 그를 상대하기 위해 온 인물들의 면면이 너무 화려했다. 호인불사 주적자라는 이름은 무림에서 화산삼검 한 명에 비해도 한참 떨어지는 수준이니까. 그런데 저렇듯 우루루 몰려온 것이 선뜻 이해가 되지 않았다.

"당신의 힘을 고려해서 우리가 이처럼 몰려왔다고 착각하지는 마세요."

"그럼?"

"우리의 의지를 보여주기 위함이죠."

그녀의 말은 결국 주적자를 이용해 일벌백계의 효과를 노린다는 의미였다. 함부로 황금도로 가려 한다면 정천맹의 모든 힘을 동원해서라도 응징한다는 걸 만천하에 알리고 싶은 것이었다. 거기에 주적자는 정천맹 무사 한 명까지 죽였으니 저들의 의지가 더욱 강해질 수밖에 없었다.

주적자는 수긍한다는 뜻으로 고개를 끄덕이다 뒤쪽에서 고개만 내밀고 있는 왕족발을 발견했다.

"넌 여기에 왜 왔느냐?"

주적자가 말을 걸자 왕족발은 쭈뼛거리며 뒤통수를 긁적였다.

"기 소저와 함께 있다가 그냥 엉겁결에……."

변명을 하다가 그럴 이유가 없다는 것을 깨달았는지 왕족발이 버럭 소리를 질렀다.

"당신이 상관할 바가 아니잖소!"

하긴 그랬다. 왕족발이 싸움에 가담하지 않는 이상 여기에 있든 저 사나운 동정호에 뛰어들든 그가 관여할 문제가 아니었다.

"지금이라도 순순히 우리와 함께 간다면 정당한 심판을 받아 목숨만은 건질 수 있을지 몰라요."

그녀의 말은 빗소리에 묻혀 간신히 들렸다. 주적자는 조소를 머금었다.

"빨리 끝냅시다. 뗏목을 완성해야 하니까."

"당신……!"

기선진은 서늘한 눈으로 그를 볼 뿐 뒷말은 잇지 않았다. 곁에 있던 검권이선 중 좌측의 검선(劍仙) 구양경(歐陽慶)이 말했다.

"아무래도 관을 보기 전에는 정신을 차리지 못할 놈이로군."

왕족발은 협박을 하는 매부리코 구양경 영감을 힐끔 보고 재빨리 주적자에게 시선을 돌렸다. 지금이라도 무릎을 꿇고 빌면 기선진의 말대로 목숨만은 건질 수 있을지도 모르는데 주적자는 몸에 철심을 박은 듯 꿈쩍도 하지 않았다.

'저 녀석이 뭘 믿고 저렇게 뻗대는 거야?'

빌어도 시원치 않을 주적자는 오히려 검을 빼 들고 광오한 말을 내뱉었다.

"시간도 없으니 한꺼번에 덤비시오."

'명을 재촉하는군. 그렇게 죽고 싶으면 차라리 동정호에 뛰어들지. 그게 창자에 목이 졸려 죽는 것보다는 나을 테니까.'

왕족발은 다가온 주적자의 죽음에 조금은 속이 상했다. 이유를 대라면 '비무를 못해봐서'라는 궁색한 변명밖에 나오지 않겠지만 어쨌든 마음은 그랬다.

"왜 그토록 황금도에 집착하는지 알 수 없지만 죽으면 그곳에 갈 수도 없으니 당신의 노력은 결국 헛수고가 됐군요."

주적자는 집채만한 파도를 끊임없이 일으키는 동정호를 잠시 보더니 말했다.

"아마도… 황금도에 비하면 이곳은 어머니 뱃속처럼 안전한 곳이겠지."

"뭐라고요?"

주적자는 의미를 알 수 없는 웃음을 머금었다.

"당신들이야말로 황금도에 대한 생각을 접는 것이 좋을 것이오. 그곳에는 황금만 있는 것이 아닐 테니까."

"당신, 황금도에 대해 뭔가를 알고 있나요?"

주적자는 무슨 말을 하려는 듯하다가 이내 고개를 저었다.

"관둡시다. 말해도 믿지 않을 뿐더러, 설사 믿는다 하더라도 황금도 행을 포기할 당신들이 아니니."

주적자는 검을 아래로 내려뜨렸다.

"서두릅시다. 빨리 끝내고 쉰 후, 내일 뗏목을 만들어야 하니까."

주적자는 자신의 승리에 한 점의 의혹도 없는 것 같았다. 왕족발로서는 그런 주적자를 이해할 수 없었다. 이곳에 모인 사람들이라면 무림 십대고수 여섯을 모아놓아도 능히 자웅을 겨룰 수 있었다. 길 안내자 역할을 한 용두장의 무사 둘을 빼더라도 화산삼검과 검권이선, 그리고 구대문파의 이대 제자가 스물다섯 명이나 되었다.

그 스물다섯 중 무당구경(武當九驚)만 해도 주적자의 뼈를 추리기에 부족함이 없었다. 지극히 객관적인 입장의 왕족발이 봐도 상대가 되지 않을 싸움인데, 주적자는 승리의 여신을 등에 업은 듯 큰소리를 쳐대고 있었다.

'혹시 조력자가 있는 것일까?'

왕족발은 생각을 하며 주위를 둘러보았지만 장내에 모인 사람들 외에는 세찬 폭우와 그 속에 묻힌 자연이 전부였다.

"무당구경! 녀석을 제압해라."

권선(拳仙) 곽지봉(郭志峰)이 그 두꺼운 입술을 벌려 명령을 하자 사람들 틈에서 아홉 명이 몸을 날려 주적자 앞에 섰다. 각각 권, 검, 도, 봉(棒), 창(槍), 곤(棍), 편(鞭), 선(扇), 부(斧)를 무기로 쓰는 무당구경은 자신이 쓰는 무기에 경을 붙여 불렀다. 적으면 서른 초반에서 많아야 사십 대 중반인 그들은 무당이 이십 년 전부터 심혈을 기울여 키운 고수들이었다.

그들 중 가장 강한 자는 권경(拳驚) 문세직(文世職)으로 대사형이면서 곽지봉의 수제자였다. 하지만 무당구경에게 개인의 강함은 별 의미가 없었다. 왜냐하면 그들은 일 인 합공(合攻)을 위해 만들어졌다고 해도 과언이 아니었기 때문이다.

저들이 목표로 하는 사람은 깊이 생각할 것도 없이 왕족발의 아버지 왕청일이었다. 소문에 의하면 무당구경은 지금이라도 왕청일을 제압할 수 있다고 했다. 무림 십대고수의 이삼 위를 다투는 왕청일을.

그런 의미에서 이 싸움은 눈여겨봐 둘 필요가 있었다.

"여의치 않으면 죽여도 좋다!"

곽지봉의 말은 '너희들 맘대로 해라' 라는 말과 다를 바 없었다. 일자로 서 있던 무당구경은 눈 깜빡할 사이에 부챗살처럼 퍼지더니 주적자를 둘러쌌다. 완벽한 원진(圓陣)이었다.

치이익—

원진이 만든 기운은 줄기차게 내리는 빗줄기를 뿌연 수증기로 만들어놓았다. 삼 장 주변만 짙은 안개에 휩싸였다. 왕족발은 얼굴에 흐르는 빗물을 훔쳐 내고 싸움터로 가까이 다가갔다. 안개 때문에 주적자의 모습이 흐릿한 그림자같이 보였지만 관전하는 데 별 지장은 없었다.

중요한 것은 무당구경의 실력이지 주적자가 아니었기 때문이다. 되도록 주적자가 오래 버텨 무당구경의 실력을 장시간 볼 수 있기를 바

랐다. 위치를 잡고 공격 방식을 가늠하는 짧은 시간이 무척이나 길게
느껴졌다.

'누가 먼저 어떤 식으로 공격을 할까?

그의 의문은 곧 편경이 채찍을 날림으로써 풀렸다.

취릭—

일 장 가까이 되는 채찍은 안개를 산산조각으로 깨면서 주적자의 등
을 향해 날아갔다. 안개가 흔들리는 순간, 권경, 선경, 부경, 곤경이 동
시에 몸을 날렸다. 동시라고는 하지만 실상 권경이 촌각 정도 빨리 움
직였다.

이어서 검경과 도경이 공격에 들어갔고, 봉경과 창경이 동시에 그
뒤를 따랐다. 그들의 합공은 놀랄 정도로 일사분란해서 마치 잘 짜여
진 톱니바퀴를 보는 듯했다. 무기의 길고 짧음을 생각해서 움직인 그
들은 거의 동시에 주적자 가까이에 다다랐다.

촤아아아아—

안개가 증발한 듯 사라지고 그토록 세찬 빗발조차 그들을 비켜 나갔
다.

"동시에 아홉 방위를 점하다니! 어떻게……?"

왕족발은 자신도 모르게 중얼거렸다. 빠른 만큼 파괴적이고 절묘한
무당구경의 공격은 왕청일은 물론이고 설사 소림 방장이라도 막을 수
없을 것 같았다.

퍼엉—

왕청일은 그것이 주적자의 몸이 터지는 소리인 줄 알았다. 곧 갈기
갈기 찢어진 주적자의 살점과 내장들이 사방으로 흩어질 줄 알았다.
그런데 아니었다.

"크흑!"

"우욱!"

무당구경은 저마다 다른 비명을 뱉으며 뒤로 퉁겨져 나갔다. 왕족발로서는 어떻게 해서 저런 일이 벌어졌는지 보지 못했다. 마치 무당구경이 공격하는 중에 서로 충돌해서 생긴 일 같았다. 떨어지던 빗방울이 사방으로 퍼져 나가고 안개가 말끔히 사라지며 벌어진 격돌은 장내에 모인 사람들 모두를 경악으로 몰고 갔다.

"단 반 치의 공간도 없이 동시에 공격이 들어갔는데 어떻게 그걸 모두 쳐낼 수 있는 거지?"

기선진의 중얼거림에는 믿을 수 없다는 기색이 역력했다.

"단순히 쳐낸 것이 아니네."

천의검 궁철형의 말에 왕족발은 시선을 다시 주적자에게로 돌렸다. 고개를 약간 숙인 주적자의 머리칼은 얼굴을 덮고 있었다. 착 달라붙어 가슴까지 늘어진 머리칼을 타고 빗물이 쉬지 않고 떨어졌다. 순간적으로 많은 힘을 쓴 탓에 숨이 찬 듯 가슴을 일렁이는 주적자의 몸에서는 옅은 수증기가 피어 오르고 있었다.

그리고 그 주위, 무당구경은 주적자의 일 장 주변에 뒹굴고 있었다. 흙탕물을 뒤집어쓴 채 엎어지거나 누워 있는 그들 중 미약하게나마 움직이고 있는 사람은 넷밖에 되지 않았다.

왕족발은 무당구경을 살피다 비로소 붉은색을 발견했다. 너무 세찬 비 때문에 감춰졌던 피는 양이 많아지며 차츰 붉은 내를 만들었다. 가장 처참한 죽음은 자신의 무기에 목이 뚫려 덜렁거리는 봉경이었다. 혀를 길게 빼물고 눈을 부릅뜬 모습이 난 아직 죽지 않았다고 비명을 지르는 것 같았다.

하긴 처참한 봉경의 시신이 무슨 의미가 있으랴. 편경이나 창경, 선경과 도경 모두에게 찾아온 죽음은 다르지 않는 것을……

"으음……"

신음을 뱉으며 가장 먼저 몸을 추스른 사람은 권경이었다. 그는 팔꿈치부터 깨끗하게 잘려 나간 팔을 붙잡고 힘겹게 일어섰다. 살아남은 나머지 검경, 곤경, 부경도 몸을 뒤척였지만 부질없는 몸짓으로 흙탕물만 튀길 뿐이었다.

너무 놀란 정천맹의 인물들은 그들을 치료할 생각조차 하지 못했다.

"찔러오는 창을 잡아 밀면서 동시에 세 명의 가슴을 가른 후 권경의 팔을 잘랐어."

궁철형의 말을 남경후가 받았다.

"그런 후, 그 빈틈으로 들어가 선경의 미간을 찌르며 회선류(回線類)의 무공으로 나머지 셋의 무기를 되받아쳤죠."

아직도 믿지 못하겠다는 눈을 한 기선진이 물었다.

"저런 합공 속에서 그런 동작이 가능한가요?"

궁철형의 입은 한참 후에나 열렸다.

"지금 주적자가 보여주지 않았나. 비록 여기 있는 누구도 할 수 없는 일이지만……"

그의 말은 결국 주적자의 무공이 그들보다 뛰어나다는 우회적인 표현이었다.

"부상자들을 옮겨라."

뒤늦게 정신을 차린 구양경의 말에 무당파 제자 네 명이 앞으로 나섰다. 그들은 최대한 주적자를 멀리 돌아서 무당사경이 되어버린 부상자들을 한쪽으로 옮겼다.

그들이 움직이는 동안 주적자는 여전히 검을 아래로 내려뜨리고 미동조차 하지 않았다. 석상처럼 움직이지 않던 주적자가 고개를 든 것은 화산구룡(華山九龍)이 앞으로 나설 때였다. 주적자를 상대하기 위해 걸음을 옮기던 화산구룡은 왕족발의 곁을 지나려다 우뚝 멈췄다.

　'왜 하필 내 옆에서 멈추는 거야?'

　속으로 투덜거린 왕족발은 주적자를 보고서야 비로소 그 이유를 알았다.

　눈!

　머리칼 사이로 간신히 보이는 주적자의 눈을 보는 순간 갑자기 심장이 두방망이질쳤다. 단숨에 한 말의 독주를 들이킨 것처럼 몸의 균형이 무너지는 것 같았다. 왕족발은 자신도 모르게 주적자의 눈길을 피해 옆으로 두 걸음을 옮겼다. 주적자의 시선에 머문 적의가 그를 향한 것이 아님에도 그 자리에 있을 수가 없었다.

　간신히 평정이 찾아왔지만 그리 오래가지는 못했다. 주적자의 눈길이 바로 곁에 서 있는 기선진에게 머물렀기 때문이다.

　'젠장!'

　왕족발은 다시 슬금슬금 옆으로 이동했다. 화산구룡과 나란히 섰지만 다행히 주적자의 눈길이 따라오지는 않았다. 주적자는 검을 어깨에 걸치고 낮은 목소리로 말했다.

　"당신들이 직접 덤비는 것이 어떤가?"

　주적자가 말한 당신들이란 기선진과 화산삼검, 그리고 검권이선을 뜻하는 것이었다.

　두 다리로 굳건히 땅을 딛고 서 있는 주적자의 모습은 왕족발로 하여금 어떤 전율을 느끼게 했다. 머리에서 발끝까지 관통한 느낌 때문에 움직일 수조차 없었다. 주적자의 몸 뒤쪽에 희미한 후광이 비치는 것 같았다. 그것이 빗방울이 만들어낸 수증기라는 것을 깨달은 후에도 그 느낌은 가시지 않았다.

왕족발은 자신이 느끼고 있는 기분이 경외라는 것을 깨달았다. 주적 자의 저 모습은 그가 궁극적으로 되고 싶어하는 그 모습이었다. 끝을 모르는 강함과 누구에게도 꺾이지 않는 당당함!

왕족발은 주적자가 내뿜는 기운에 숨이 막힐 지경이었다. 주적자는 검을 아래로 내려뜨렸다.

"올 생각이 없다면 내가 가지."

'지 라는 말이 끝났을 때 주적자의 몸은 이미 허공을 날고 있었다. 그의 무섭도록 빠른 속도에 빗방울이 사방으로 퉁겨져 나갔다.

"위험해요!"

기선진의 경고는 주적자와 궁철형의 검이 한차례 부딪힌 후에야 끝 났다.

쩌겅—

고막을 터뜨릴 것처럼 강력한 쇳소리가 울리며 궁철형이 뒤로 주욱 밀려났다. 주적자는 두 개의 긴 자국을 남기며 물러서는 궁철형을 쫓 았다. 하지만 곽보숭과 남경후가 주적자를 가만 놔두지 않았다.

촤아아아—

남경후의 검은 수십 개로 변해 주적자의 전신을 압박했고, 곽보숭은 태산이라도 가를 기세로 검을 내리그었다.

카앙!

주적자의 몸이 한 바퀴 돌며 만들어낸 소리는 수십 개의 쇳조각을 흩날리게 만들었다.

찌익—

쪼개진 검의 파편 하나가 왕족발의 어깨를 스치고 지나갔다. 시큰한 통증이 느껴졌지만 왕족발은 상처를 보지도 않았다. 어찌 저 싸움에서 촌각이라도 눈을 뗄 수 있겠는가?

곽보숭과 남경후는 경악 어린 눈으로 쪼개진 자신들의 검을 보았다. 상대방의 검을 부순다는 것은 단순히 명검을 들고 있다고 되는 일이 아니었다. 압도적인 내공이나 실력의 우위를 점하지 않고는 불가능한 일이었다.

그들의 놀라움을 뒤로하고 주적자는 궁철형에게 짓쳐들었다. 차캉! 소리와 함께 궁철형의 검도 어이없이 부서져 버렸다. 평생을 검에 바쳐 온 화산삼검에게 검의 부재는 팔이 없어지는 것과 마찬가지였다. 다시 검을 휘두르는 주적자에게서 궁철형의 목숨을 구해준 사람은 기선진과 검권이선이었다.

그들은 세 방향에서 동시에 주적자를 공격했다. 기선진과 검선 구양경이 양 옆을 치고 권선 곽지봉이 배후에서 덮쳤다. 네 사람이 만드는 경기 때문에 이 장 반경의 빗물이 하늘로 치솟았다. 폭포가 거꾸로 역류하는 것 같았다.

왕족발은 두 눈을 크게 뜨고 싸움을 보았다. 무당구경과의 대결에서처럼 번쩍 하는 것만 보는 것으로 결과를 알고 싶지는 않았다. 하지만 주적자의 움직임은 그가 이해할 수 있는 수준이 아니었다.

카강!

"으윽!"

두 개의 마찰음과 하나의 신음을 남기고 부딪침은 끝나 버렸다. 저만치 물러선 기선진과 구양경이 가슴을 누른 채 얼굴을 붉히고 있었다.

곽지봉은 왼손으로 오른쪽 상박을 감싸고 있었는데 손가락 사이로 선혈이 비쳤다. 붉은색은 옷을 물들일 사이도 없이 비에 희석되어 버렸다.

"생각보다는 강하군."

독백처럼 중얼거리는 주적자의 안색은 창백했다. 하지만 심각한 내상을 입은 것 같지는 않았다.

"당신들의 오만이 죽음을 부른 것이다."

주적자는 말과 함께 권선을 향해 몸을 날렸다. 화산삼검이나 기선진, 구양경 모두 곽지봉을 도와주기에는 너무 멀리 있었다. 곽지봉은 마지막 힘을 짜내 팔을 휘둘렀다. 권풍에 밀린 빗방울이 회오리처럼 말리며 사방으로 퍼져 나갔다.

아래에서 위로 검을 휘둘러 권풍을 가른 주적자는 들어 올린 검을 내리그었다.

찌익—

옷이 찢어지는 소리와 함께 곽지봉의 가슴에서 피가 솟구쳤다.

"크윽!"

곽지봉은 고통스러운 비명을 지르며 뒤로 물러섰다. 하지만 주적자의 속도를 따를 수는 없었다.

치리리릿!

검과 비의 마찰은 악기의 연주 소리처럼 들렸다.

"안 돼!"

구양경의 비명 같은 외침이 주적자의 검을 막아주지는 못했다. 그런데…….

카앙!

날카로운 쇳소리와 함께 주적자의 검은 곽지봉의 목과 어깨 사이에서 멈췄다. 왕족발은 뒤늦게 누군가 주적자의 검을 막았다는 것을 깨달았다. 워낙 빠른 탓에 나타나는 것조차 알아차리지 못했다.

"성질머리는 여전하군."

두 개의 장침으로 주적자의 검을 막은 단구의 사내는 말을 하고 침을 갈무리했다. 주적자는 자신의 검이 막힐 것을 예상한 듯 담담한 얼굴이었다.

"많이 늘었구나. 십 장 거리를 그토록 빨리 뛰어와 내 검을 막다니."

단구사내는 씨익 웃음을 지었다.

"덕분에 내 쌍방울이 서로 부딪쳐서 깨질 지경이다."

주적자와 단구사내는 바닥에 털썩 주저앉은 곽지봉에게 시선도 돌리지 않은 채 서로를 끌어안았다.

"남자끼리 껴안고 있는 장면이 별로 보기 좋은 광경은 아니구먼."

새로운 목소리가 장내에 나타났다. 삐쩍 마른 몸에 큰 키, 두 자 가까이 되어 보이는 긴 손톱을 가진 이상하게 생긴 노인네였다. 그 또한 안면이 있는지 만면에 웃음을 짓고 주적자의 어깨를 두드렸다.

"자네 성깔은 여전하군. 예전보다 훨씬 강해진 것 같고."

"사도 선배도요."

"소 의원에게 뒤통수 안 맞으려고 부지런히 실력을 키웠지."

"사도 영감은 여기까지 와서 실없는 농담을 하고 싶소이까?"

"사실이 그러니 어쩌겠나?"

단구사내는 긴 손톱 노인을 흘긴 후 장내를 둘러보았다. 화산삼검을 비롯한 장내의 모든 인물들은 움직일 생각도 하지 않고 그들을 볼 뿐이었다. 구양경만이 허겁지겁 곽지봉을 옮겨 상세를 살폈다. 아직 움직이는 것으로 보아 죽지는 않은 것 같았다.

그 모습들을 보고 있던 단구사내가 말했다.

"요란하게도 부서놓았구나. 하긴 네 심기를 건드리고 이 정도면 약소하지."

무당구경 중 다섯을 죽이고 화산삼검과 기선진, 그리고 검권이선을 초주검으로 만들어놓은 광경이 전혀 이상하지 않다는 어투였다.

왕족발은 머리 속에 든 무림 인물들의 정보들을 한참 동안 끄집어내다 결국 긴 손톱 노인의 정체를 알아냈다.

'사지마군 사도철광!'

주적자가 사도 선배라고 불렀으니 틀림없었다. 그런데 저 단구사내의 정체는 도저히 생각이 나지 않았다. 고개를 숙인 채 머리를 싸매고 끙끙대는 그의 의문을 익숙한 목소리가 풀어주었다.

"소 의원, 내게도 인사할 기회를 주게나."

왕족발은 황급히 고개를 들었다.

"아버님!"

소소자가 비킨 자리에 들어선 사람은 다름 아닌 왕청일이었다. 왕청일은 서둘러 다가가는 왕족발을 힐끔 본 후 주적자에게 웃음을 지었다.

"오랜만이오."

"네, 그렇군요."

"그동안 주 보표의 무공이 놀라울 정도로 발전했구려. 예상은 했지만 이 정도로 강해지리라고는 미처 생각을 못했는데……."

왕청일은 말을 하며 주적자가 남겨놓은 흔적을 보았다.

"운이 좋았지요."

"허허… 무공의 성취가 어찌 운만으로 되겠소이까?"

왕족발은 서둘러 왕청일에게 다가가 말했다.

"아버님께서 이곳에는 어인 일로……."

그의 말은 왕청일의 서늘한 목소리에 끝까지 이어지지 못했다.

"넌 당장 지부로 가거라."

"아버님, 왜……?"

"어서!"

왕족발은 서슬 퍼런 왕청일의 단호함에 찍소리도 못하고 발길을 돌렸다. 이후에 벌어질 일들을 지켜보고 싶었지만 두 다리를 희생하면서까지 호기심을 해결할 수는 없었다. 어깨에 떨어지는 빗물만큼이나 그의 마음도 차갑게 식어갔다.

'이러다 흑도와 백도의 동맹은 물 건너가는 거 아니야?'


기선진은 최대한 침착하게 장내를 수습했다. 무당구경과 곽지봉을 용두장으로 옮기게 한 후, 소림사의 소환단(小丸丹)을 먹여 들끓는 기혈을 진정시켰다. 화산삼검과 홀로 남은 검선 구양경은 그녀가 주는 약을 사양했다. 자존심 때문일 것이다.

사상자들이 사라진 후 장내 구도는 순식간에 바뀌어 버렸다. 정천맹 쪽은 무당과 화산 제자 여섯을 포함해서 열한 명이었고, 저쪽은 무려 스물다섯이나 되었다. 왕청일이 어느 편인지 명확치 않지만 눈으로 보이는 숫자는 그랬다. 하긴 이런 숫자가 무슨 의미가 있겠는가? 어차피 주적자 하나도 감당 못했던 것을…….

그녀는 소소자와 이야기를 하고 있는 주적자를 보았다.

'주적자가 지금 이 자리에서 우리를 얌전히 보내줄까?'

부상당한 무당구경과 곽지봉을 순순히 돌려보낸 것을 보면 굳이 막을 마음이 없는 것도 같았지만 확실하지는 않았다. 곽지봉이야 부상자고 돌아간 화산과 무당의 제자는 주적자가 보기에는 하찮은 조무래기에 불과할 테니까.

그녀가 주적자 입장이라면 이 자리에서 그들을 무사히 돌려보내지는 않을 것이다.

'결국 문제 해결의 열쇠는 왕청일이 쥐고 있는데…….'

지금 상황으로 봐서는 왕청일이 정천맹의 편에 설지, 아니면 주적자의 손을 들어줄지 알 수 없는 노릇이었다. 정무문 자체의 이익만 놓고 본다면 정천맹에게 도움을 줘서 백도와 흑도의 단결을 공고히 하는 것이 당연했다. 하지만 그녀가 아는 왕청일은 이익만을 위해서 움직이는 인물이 아니었다.

일정한 규칙이 없이 움직이는, 어찌 보면 제멋대로인 사람이 왕청일이었다. 왕청일을 조력자에서 제외한다면 남은 희망은 시간밖에 없었다. 그녀는 세차게 쏟아지는 빗줄기 너머로 어렴풋한 그림자를 드리운 산을 보았다.

사상자들을 데리고 간 무당과 화산 제자들이 도착하고 원군이 올 때까지 적어도 두 시진은 족히 걸릴 것이다.

'그때까지 버틸 수 있을까?'

그녀의 걱정스러운 생각을 뚫고 소소자의 날카로운 음성이 들렸다.

"뭐? 흡혈야황이 황금도에?"

"그래."

"확실하냐? 그건 어떻게 알았는데?"

주적자는 흡혈야황이니, 화백, 호괴, 붕 같은 알 수 없는 이름들을 섞어가며 이야기를 했다. 그들에게는 조금의 관심도 없이 대화에 열중

한 모습이 당장 이 자리를 떠나도 막을 것 같지 않았다.

근 일각에 걸친 주적자의 얘기가 끝나자 사도철광이 말했다.

"어쩌면 흡혈야황이 본격적으로 움직이고 있는지도 모르겠군."

소소자가 물었다.

"어떤 근거로 그런 말을 하는 거요?"

"주 아우가 청송리에서 술법으로 만들어진 괴물들을 처치했다고 하지 않았나."

"'만들어진 것 같은'이라고 했죠."

"어쨌든 말이야. 그래서 생각을 해봤는데 주 아우가 없앤 괴물을 만든 술법사나 우리가 없앤 인호를 만든 술법사가 동일인이 아닐까?"

소소자는 곰곰이 생각하는 표정으로 고개를 끄덕였다.

"널린 게 술법사가 아닌 다음에야 그럴 수도 있겠죠. 이야기로만 전해오던 술법사가 동시대에 우루루 몰려나온다는 것도 이상하고."

"내 말이 그거네. 두 가지 요괴를 만든 술법사가 동일인이라면 결국 흡혈야황과 같은 편이라고 봐도 좋겠지. 흡혈야황이 있던 청송리에 만들어진 요괴가 우연히… 아주 우연히 있었다는 것은 이상해도 너무 이상하니까."

주적자가 이마에 깊은 주름을 만들며 말했다.

"그렇다면 우리는 흡혈야황과 술법사를 적으로 둔 셈이군요."

"나 소저의 말에 의하면 술법의 종류가 다르기는 하지만 객관적으로 놓고 볼 때 결코 자신보다 아래는 아니라고 하더군."

소소자가 둘의 대화에 끼어들었다.

"흡혈야황과 술법사의 만남에서 어쩌면 가장 빌어먹을 상황이 나올 수도 있어."

"어떤?"

"생각을 해봐. 더 이상 사악하고 강할 수 없는 정괴와 그만큼이나 사악하고 악랄한 술법사가 만났다면 둘이 어떤 상승 효과를 낼 수 있지 않을까?"

사도철광이 물었다.

"구체적으로 어떤 것을 말하는 건가?"

소소자는 그런 사도철광을 흘겨보았다.

"그걸 지금 내가 어떻게 알아요? 예상이 그렇다는 거지."

"그런 예상을 누가 못하나? 좀 그럴듯한 이론을 세워야 진정한 예상이라고 할 수 있지."

"그럼 사도 영감이 그럴듯한 이론을 세워보쇼!"

사도철광은 어깨를 으쓱하며 말했다.

"그러니까 난 그런 예상 안 하잖아."

"이 영감탱이가……!"

이제껏 잠자코 있던 왕청일이 둘의 싸움을 말렸다.

"비도 오는데 우리 지부에 돌아가서 얘기를 계속하도록 합시다. 두 분 소저도 기다릴 테니."

주적자가 그 말을 받았다.

"그렇게 하죠. 일단 이곳의 일을 마무리 지은 다음에……."

주적자가 드디어 기선진이 있는 곳으로 다가왔다. 원군이 오려면 멀었는데 주적자의 걸음을 막을 방도가 없었다.

툭!

누군가 그녀의 어깨를 두드렸다. 고개를 돌리자 엷은 웃음을 짓고 있는 궁철형이 보였다.

"우리가 어떻게든 막아볼 테니 자네는 서둘러 이 자리를 빠져나가 게."

"그럴 수는 없습니다. 어찌 저 혼자……."

"내 말 듣게. 살 만큼 산 우리 늙은이들보다 자네가 몸을 보존해야 지. 정천맹의 앞날을 생각해 봐도 군사인 자네가 무사해야 될 것 아닌 가?"

"하지만……."

그녀의 말은 곽보숭에 의해 막혔다.

"두말하지 말고 빨리 가게. 솔직히 저 괴물 같은 녀석에게 오래 버 틸 수 있을 것 같지도 않으니."

화산삼검과 구양경은 그녀 앞에 벽을 만들었다. 뒤에서 본 그들의 노구는 너무도 연약해 보였다. 화산삼검과 검권이선의 이름이 이처럼 초라해지리라고 누가 생각이나 했겠는가?

그들의 어깨 너머로 빗물을 철퍽거리며 다가오는 주적자가 보였다. 전혀 서두르지 않는 모습이었다.

"빨리 가게!"

구양경이 낮게 소리쳤다. 그녀는 몸을 부르르 떨다가 돌아섰다. 너 무 이를 악물어서 어금니가 부서질 것 같았다.

"이 원수는… 소녀가 살아 있는 한 꼭 갚겠습니다."

그녀는 말을 하고 땅을 박찼다. 얼굴에 부딪치는 빗방울이 뜨겁게 느껴졌다. 무사하시라는 말을 하고 싶었지만 가능성없는 말은 아무 위 로가 되지 못했다. 하늘에서 동아줄이 내려와 끌어 올려주지 않는 한 화산삼검과 구양경이 살아날 확률은 없었다.

기선진은 앞만 보고 달렸다. 부질없이 뒤를 돌아봐서 걸음을 늦출 수는 없었다. 어떻게든 살아서 화산삼검과 구양경의 죽음을 헛되지 않게 해야 했다.

그리고 자신의 손으로 복수를 하리라. 철저하고 잔인하게⋯⋯.

제36장
# 그에겐 쉴 시간이 없다

## 제36장 그에겐 쉴 시간이 없다

기선진은 용두장의 담을 뛰어넘었다. 빙 돌아서 문으로 들어갈 정도로 그녀의 마음은 여유롭지 못했다.

"멈춰라!"

담 밑에서 매복을 하고 있던 경비 무사 둘이 앞을 가로막더니 뒤늦게 그녀임을 확인하고 당황한 표정을 지었다.

"기 군사님!"

"너희들은 빨리 빈청에 계시는 어른들 모두를 봉황실(鳳凰室)로 모셔오너라!"

"모두를 말씀입니까?"

경비들이 놀란 음성으로 되물었다. 기선진은 봉황실이 있는 봉황각(鳳凰閣) 쪽으로 몸을 돌리며 말했다.

"그래! 매우 급한 일이라고 전해라!"

“네!”

그녀는 대답을 하고 돌아서는 경비들을 불러 세웠다.

“잠깐! 혹시 나와 함께 나갔던 사람들이 돌아오지 않았느냐?”

그들은 서로의 얼굴을 한번 본 후 동시에 대답했다.

“거기에 대해서는 들은 소식이 없습니다.”

부상자들을 데리고 오는 그들보다 그녀가 먼저 앞질러 온 것이 분명했다.

“알았다. 어서 그분들께 내 말을 전한 후, 천안당주(天眼堂主)에게 네 명을 데리고 주적자가 뗏목을 만들던 곳으로 가보라 하여라!”

이미 싸움은 끝났겠지만 화산삼검과 구양경의 시신이라도 모셔와야 했다.

“어서 가라! 어서!!”

기선진은 다시 한 번 다그치고 몸을 날렸다. 세 개의 건물과 당주급 인물들의 전용 연무장을 지나자 봉황각으로 들어가는 월동문이 나왔다. 그녀는 자그마한 정원을 거쳐 건물 안으로 들어갔다.

갑작스럽게 찾아온 정적에 그녀는 걸음을 멈췄다. 세상을 온통 부술 것처럼 내리는 비를 빠져나오자 귀에 위잉 하는 이명(耳鳴)만이 들려왔다. 그것은 마치 불행을 부르는 귀곡성처럼 느껴졌다. 그녀는 황급히 고개를 저어 불안감을 떨친 후 침실로 향했다.

서둘러 옷을 갈아입은 그녀가 봉황실로 들어서자 시비인 하희(賀喜)가 차를 가져다 주었다. 따뜻한 찻잔을 두 손으로 감싸자 긴장이 그곳으로 빠져나가는 것 같았다.

“빈청의 어르신들이 오실 것이니 맞을 채비를 하여라.”

“네, 아가씨.”

하희가 나가자 기선진은 긴 한숨을 뱉어냈다.

"침착하게 사태에 대처해야 한다."

그녀는 자신에게 혼잣말을 전했다. 이곳까지 오면서 생각했던 것들이 차츰 머리 속에서 정리되었다.

화산삼검과 구양경의 죽음은 아무리 슬픈 일이라 해도 사실로 받아들여야 한다. 애초에 주적자를 자극한 것이 실수였지만 그것은 이미 지나간 일이었다. 뒤로 처져 버린 시간에 연연하는 것은 바보나 하는 짓이었다. 가장 중요한 것은 언제나 그렇듯 바로 지금 이 순간, 현재였다.

"뭘 가장 먼저 처리해야 할까?"

문제가 주적자뿐이라 해도 해결하기 쉬운 일이 아닌데, 이상하게 초절정의 무공을 지니고 있는 소소자와 사도철광도 주적자와 같은 편이었다. 거기에 더 큰 문제는 바로 왕청일이었다. 자칫하다가는 이 일이 정사대전(正邪大戰)으로 번질 수도 있었다. 왕청일이 주적자와 손을 잡는다면 심각한 일이었다.

지금으로써는 주적자와 왕청일의 관계가 어느 정도인지 파악하는 것이 급선무였다. 그냥 안면이 있는 정도라면 모르지만 의외로 깊은 관계라면 그녀의 우려가 현실로 발을 들여놓을 수도 있었다.

최악의 경우 주적자와 왕청일이 뗄래야 뗄 수 없는, 가령 장래의 장인과 사위 같은 관계라면 이 문제를 풀기가 여간 까다롭지 않았다.

"아가씨."

밖에서 기선진을 부르는 하희의 목소리가 들렸다.

"빈청에 계신 분들이 오셨느냐?"

"그게 아니오라 무당과 화산 제자 분들께서 부상자들을 모시고 도착하셨다 하옵니다."

그녀는 자리에서 일어나지 않고 물었다.

"사망자가 몇 명이라고 하더냐?"

"다섯 분이라고 들었습니다."

다행히 오는 도중 더 이상의 시체는 생기지 않은 모양이다.

"알았다. 회의가 끝나는 대로 의방으로 향한다고 전해라."

"그렇게 전하겠사옵니다."

하희의 발자국 소리가 점점 멀어지는가 싶더니 다시 가까워졌다.

"빈청에서 손님들이 오셨습니다."

기선진은 황급히 일어나서 봉황실의 문을 열었다. 벽에 붙어서 허리를 숙이고 있는 하희를 일별한 그녀는 왼쪽으로 고개를 돌렸다. 십 장 저쪽의 회랑 모퉁이에서 희미한 발자국 소리가 들렸다.

"몇 분이나 오시는 것이냐?"

그녀가 목소리를 죽여 묻자 하희도 그녀만큼 낮은 소리로 대답했다.

"네 분이라 하옵니다."

그녀가 발자국 소리에서 짐작한 인원과 틀리지 않았다.

'한 분은 어디를 가신 모양이군.'

기선진은 생각을 하며 옷매무새를 가다듬었다. 일파의 수좌이면서 무림 십대고수라는 이름의 어른들을 만날 때면 아무리 그녀라도 조심을 해야 했다.

회랑의 꺾어지는 맞은편 벽에 희미한 그림자가 드리우더니 이내 네 사람이 모습을 드러냈다.

삼 노(老), 일 파(婆).

흰 머리칼과 흰 눈썹, 가슴까지 드리운 수염 또한 백색인 무당 장문인 도현 진인(道賢眞人), 칠순에 접어들었는데도 여전히 흑발과 세 줄기 흑염을 가진 화산 장문인 무결검제(無缺劍帝) 혁련제(赫連帝), 오십 대 초반의 나이에 이미 십대고수 반열에 든 소림의 무각 대사(無覺大師), 그리고 여중제일인이며 아미파의 장문인인 현현 신니(顯現愼尼)가 느린 걸음으로 다가왔다. 우산을 쓰고 왔는지 양쪽 어깨와 다리 부근의 옷만 젖어 있었다.

기선진은 몇 발자국 앞으로 마중 나가 허리를 숙였다.

"이렇게 걸음을 하시라고 해서 죄송합니다."

그녀의 사부 현현 신니가 물었다.

"무슨 일이 일어나고 있는 것이냐?"

"일단 안으로 들어가시지요."

기선진의 손짓에 그들은 봉황실로 들어갔다. 가장 성질이 급한 무각 대사가 의자에 앉자마자 물었다.

"주적자를 응징하기 위해 간 무당구경 중 다섯이 죽고 권선 곽지봉 대협께서 부상을 당하셨는데 대체 어찌 된 일인가?"

다른 사람들도 모두 눈빛으로 그녀의 대답을 재촉했다. 기선진은 이미 식어버린 차를 한 모금 마신 후 이야기를 풀었다. 주적자가 나타난 때부터 그녀의 대응, 그리고 싸움 과정과 결과까지 하나도 빠짐없이 얘기했다. 세세한 설명을 하는 반 시진 동안 누구도 그녀의 말을 끊지 않았다. 그리고 모두의 얼굴에 나타나는 표정 또한 비슷했다.

경악!

그들은 아무리 기선진의 말이라도 믿을 수 없다는 얼굴이었다.

"정말 주적자의 무공이 그렇게 강하더냐? 무당구경이 일검에 박살 나고 너와 화산삼검, 검권이선 그분들이 합공을 해도 못 당할 정도로 그렇게 강하더냐?"

현현 신니의 물음에 기선진은 힘겹게 고개를 끄덕였다. 주적자의 모습을 생각하자 온몸의 잔털이 곤두서는 것 같았다. 도현 진인과 혁련제가 자리에서 벌떡 일어섰다.

"이럴 때가 아니지. 빨리 그곳으로 가서 그들을 구해야지."

기선진은 금방이라도 나갈 것 같은 도현 진인과 혁련제를 말렸다.

"지금 간다 해도 이미 늦었을 겁니다. 그분들을 살리기에는……."

혁련제는 쓰러지듯 앉으며 탄식 섞인 음성을 토해냈다.

"사제들이… 정녕 삼검 사제들이 죽었다는 말인가?"

도현 진인이 혁련제의 어깨에 손을 얹으며 말했다.

"기 군사가 본 것은 아니니 아직 모르는 일이지요."

기선진은 깊은 숨을 들이쉬고 고개를 떨궜다. 그 자리에서 자신만 살아 나온 것이 새삼 부끄러웠다.

"어쨌든 가봐야지. 이대로 있을 수는 없는 일이니."

현현 신니가 낮은 음성으로 말했다.

"이미 천안당주를 보내놓았습니다."

애써 침착하게 말을 한 기선진은 단호한 얼굴을 만들었다.

"일이 이렇게 된 이상 지나간 일에만 집착할 수는 없습니다. 지금 당장 대책을 세워야 합니다."

"대책은 무슨 대책! 당장 주적자를 무림 공적으로 선포하고 잡아와야지!"

눈시울을 붉힌 혁련제가 소리쳤다. 평생 검과 도를 닦으며 살아온 도인도 친인의 죽음 앞에서는 평정심을 유지하기가 힘든 모양이다. 기선진은 그럴수록 침착한 목소리로 말했다.

"이미 말씀 드렸다시피 정무문이 있으니 그리 간단하지 않습니다."

"정무문이 무서워서 주적자의 응징을 마다할 수는 없지 않나?"

도현 진인의 말에 그녀는 고개를 끄덕였다.

"물론이죠. 하지만 섣불리 행동하다가 정사대전이라도 일어난다면 빈대 잡으려다 초가삼간 태우는 꼴이 되고 말 것입니다."

"빈대치고는 엄청나게 큰 왕빈대로구먼."

갑자기 들린 말소리에 봉황실에 있던 사람들의 시선이 창문 쪽으로 향했다.

삐꺽—

창문이 열리면서 얼굴 하나가 나타났다. 쥐가 뜯어먹은 듯 듬성듬성 난 콧수염에 아래로 처진 가는 눈, 얼굴의 반을 차지한 커다란 코에 오 척이 조금 넘는 키.

"상 방주(商房主)님!"

얼굴을 보는 것만으로도 웃음을 터뜨리게 만드는 육십 대 초반의 저 사내가 바로 거지들의 집단인 개방(丐房)의 방주이면서 무림 십대고수 중 한 명인 걸왕(乞王) 상통걸(商通傑)이었다.

창문을 넘어온 상통걸은 그야말로 물에 빠진 생쥐 꼴이었다. 그가 걸음을 옮길 때마다 옷에서 떨어진 물 때문에 작은 내가 생길 지경이 었다.

"이런, 이런… 깨끗한 방을 더럽혔구먼……."

말을 한 상통걸은 누가 말릴 사이도 없이 윗도리를 홀러덩 벗었다. 때가 어찌나 끼었는지 검은 가죽 옷을 한 겹 더 입은 것 같았다. 상통 걸은 벗은 윗도리를 양손으로 잡고 힘껏 짰다.

쪼르르륵—

경쾌한 소리와 함께 한 바가지나 되는 물이 방 안으로 쏟아졌다. 중인들의 어이없는 눈초리를 받으면서 상통걸은 내쳐 바지춤으로 손을 가져갔다.

"밖에 있을 때는 몰랐는데 안에 들어오니 영 갑갑하구먼."

상통걸은 중얼거리면서 허리띠를 풀었다.

"상 방주님!"

현현 신니가 기겁을 하며 상통걸을 불렀다. 상통걸은 화들짝 놀란 얼굴을 하더니 '아차!' 하는 표정을 지었다.

"알았소이다, 알았어."

말을 한 상통걸은 돌아서더니 마저 허리띠를 풀었다.

"상 방주님!"

이번에는 기선진과 현현 신니가 동시에 외쳤다. 상통걸은 뒤를 힐끔 돌아보더니 투덜거렸다.

"보기 싫다고 하더니 왜 이랬다저랬다 하는 거야?"

상통걸은 다시 정면으로 서서 그 짓(?)을 계속했다. 그러자 방 안에 있던 사람들 모두가 이구동성으로 외쳤다.

"상 방주님!"

상통걸은 한결같이 도끼눈을 뜬 사람들을 쓰윽 훑어보더니 혀를 찼다.

"쯧쯧쯧… 당신네들은 너무 딱딱해. 그러니 고리타분한 늙은이라는 소리를 듣지."

그는 윗도리를 팡팡 소리나게 털어 입은 후 빈 의자에 털썩 주저앉았다. 양 옆에 있는 무각 대사와 혁련제에게 바지 엉덩이에 묻어 있던 물이 튀었지만 상통걸은 전혀 신경 쓰지 않았다.

"어디 계시다 이제 오시는 것이오?"

도현 진인의 물음에 상 방주는 아무 방향이나 가리키며 말했다.

"의방에 갔다 오는 길이오. 많이 다치기는 했지만 죽을 것 같지는 않더군요."

"그건 우리도 봐서 알고 있소. 그보다 이 일의 전말은 모두 아시고 계시겠죠?"

"대충 들어서 알고는 있소만……."

상통걸은 코딱지를 파서 옷에 문지르며 말했다.

"초상집에 가서 개한테 물린 꼴이 되었더구려. 거지들에게는 더 이상 재수없을 수 없는 상황인데……."

혁련제가 상통걸의 말을 잘랐다.

"상 방주, 이건 무림의 안위가 걸린 중대한 일이오. 언제까지 농담을 하고 있을 때가 아니란 말입니다."

"무림의 안위가 아니라 정천맹의 체면이겠지요."

상통걸은 머리를 좌우로 흔들어 머리칼에 묻은 빗물을 털어냈다. 다섯 명 모두는 냄새 나는 물을 고스란히 묻혀야 했다. 이번에도 신경 쓰지 않는 상통걸이 말을 이었다.

"일단 여러분이 걱정하는 정무문과 주적자의 관계에 앞서서… 에이 씨— 왜 이렇게 머리가 가려운 거야?"

벅벅—

"그들의 관계에 앞서서 주적자만 놓고 생각을 해봅시다."

상통걸은 뜬금없이 기선진에게 물었다.

"기 군사, 혹시 소림의 대환단(大丸丹) 같은 거 있나?"

"갑자기 대환단은 무슨 일로……?"

상통걸은 머리를 긁적이며 말했다.

"거 몸에 좋다고 소문난 것이니… 혹시 가려움증이 없어질까 해서……."

"상 방주님, 하시던 말씀 계속하시지요."

현현 신니가 최대한 목소리를 깔아 말하자 상통걸은 뭐라고 구시렁거린 후 말했다.

"화산삼검과 검권이선, 여기 있는 기 군사가 합공을 했는데도 주적자의 상대가 되지 못했소. 사람들이 흔히 말하는 무림 십대고수 중 저 여섯 명의 합공을 받아낼 사람이 있소이까?"

대답하는 사람이 없자 상통걸이 다시 입을 열었다.

"뭔가 착각을 하고 있는데 주적자는 없애자고 마음만 먹는다고 쉽게 죽일 상대가 아니라는 것이오."

"주적자가 무서워서 피하자는 것이오?"

"뭐 원래 화난 개는 건드리지 않는 것이 거지의 철칙이오. 혀 몇 번 굴리는 것으로 좋다고 꼬리를 치며 따라오는 개들만 잡아먹어도 충분한데 굳이……."

사람들의 사나운 시선을 느꼈는지 상통걸은 '농담을 못한다니까' 하며 하던 얘기를 계속했다.

"솔직히 까놓고 말해서 우리에게는 주적자를 때려죽일 공적으로 만들 명분이 없소이다."

"화산삼검과 검선뿐 아니라 무당구검 중 다섯을 죽였는데도 말이오?"

상통걸이 보충 설명하듯 말했다.

"거기에 하급 무사 한 명도 죽었죠. 당신들에게는 별로 중요하지 않겠지만. 뭐 어쨌든 처음으로 돌아가서, 왜 주적자가 그들을 죽였소이까? 먼저 칼을 빼 들고 덤빈 쪽은 정천맹이 아니오?"

그 말에 기선진이 대답했다.

"주적자가 먼저 정천맹의 무사를 죽였습니다."

"말을 들어보니 그 상황이라면 나라도 죽였겠더구먼."

"상 방주는 지금 누구 편을 들고 계시는 거요!"

혁련제의 호통에 상통걸이 처음으로 진지한 표정을 만들었다.

"정천맹이라는 단체가 고작 편 가르기 식으로 해서 힘을 좀 더 키우자고 만들어진 곳이오? 강호에 정의를 세우고 협을 행하기 위해 모인 곳이 정천맹이오. 내 말이 틀렸소이까?"

"……."

"그런 정천맹이 단지 황금도로 가겠다는 사람을 붙잡아 시비를 걸어놓고, 한두 사람의 힘으로 안 되니까 무림 공적을 만든다는 것이 말이 되오이까?"

"황금도행을 막은 것은 희생을 최소한으로 하기 위한 고육지책……."

상통걸이 기선진의 말을 잘랐다.

"누구 마음대로 사람이 가는 길을 막는다는 말인가? 우리가 황제의 권한이라도 등에 업은 것인가? 악양에 있는 모든 배를 산 것으로 우리가 할 일은 모두 끝난 것이네. 그런데 배를 강탈한 것도 아니고 뗏목을 만들어서 가겠다는 사람을 왜 건드려."

"그건 제 지시가 아니라 하급 무사의 판단으로……."

"자식이 잘못 했으면 응당 부모가 그 책임을 져야지! 만약 여기서 정천맹이 주적자를 응징하겠다고 들고 일어서면 저 파렴치한 흑도들과 뭐가 다르단 말인가?"

쾅! 우지직—

요란한 소리와 함께 탁자가 부서져 폭삭 내려앉았다. 주먹을 쥐고 부들부들 떨고 있는 혁련제가 부순 것이었다.

"상 문주의 말이 옳소. 백 번 천 번 옳다는 것은 알고 있소. 하지만……!"

혁련제는 굵은 침을 삼킨 후 말을 이었다.

"난 화산삼검 사제들을 죽인 주적자를 절대 용서할 수 없소. 정천맹이 아닌 화산파의 이름으로 주적자를 기필코 응징하겠소!"

벌떡 일어서는 혁련제를 상통걸이 불렀다.

"혁 장문인! 진정 사사로운 감정으로 의를 저버릴 셈이오?"

혁련제는 부릅뜬 눈으로 상통걸을 보았다.

"의라는 것 때문에 오십 년을 형제처럼 지내온 사제들의 원수조차 갚지 못한다면 그런 의가 무슨 소용이오? 내 복수가 설사 불의라 할지라도 난 그 길을 택하겠소!"

"천 년 화산의 운명을 걸고 말이오?"

"……!"

상통걸은 한층 낮아진 음성으로 말했다.

"주적자의 능력을 잘 생각해 보시오. 설사 정무문이 아니라고 하더라도 주적자는 감당할 수 없을 만큼 강하오. 삼백 년 내 최강의 무인이라고 일컬어지는 소림 방장이라 한들 주적자만큼 강하리라고 보오?"

무각 대사가 상통걸의 말을 반박했다.

"상 방주, 어찌 방장님을 주적자 따위와 비교를 하시는 것이오?"

상통걸은 한숨과 함께 고개를 저었다.

"모두 자만심 때문에 눈이 멀었구려. 무각 대사 생각에는 현 소림 방장이신 천오 대사(天悟大師)께서 화산삼검과 검권이선의 합공을 단일 수에 박살 낼 수 있다고 보시오?"

"그거야 비무를 해보지 않고는······."

"물론 싸워보지 않고는 모르는 일이지요. 하지만 주적자는 그것을 이미 증명했소이다. 더구나 그것이 본신의 실력을 모두 쏟아 부었는지 누가 장담을 하겠소?"

분노 어린 얼굴로 상통걸을 보고 있던 혁련제가 낮은 음성을 토해냈다.

"상 방주 말씀은 우리 화산파 전체가 주적자 하나를 못 당할 것이란 말씀이오?"

"주적자 혼자라면 화산파가 삼십 년을 후퇴할 각오를 하고 일전을 벌여볼 수도 있겠지요. 하지만 그 곁에 사지마군과 소소자라는 조력자가 있다는 것을 잊지 마시오. 화산삼검조차 제대로 받아내지 못한 주적자의 일검을 받아낸 조력자요. 그걸로 실감이 안 난다면 점창파와 청성파 제자들이 인호의 공격을 받았을 때 사도철광이 두 명의 제자를 구한 소식은 이미 들었을 것이오. 그 인호들이 얼마나 강한지 직접 겪어보지는 않았지만 이곳으로 오던 구대문파 대부분의 제자들이 그 괴물들에게 살해당했소."

상통걸은 혁련제에게 생각할 시간을 주는 듯 말을 잠시 멈췄다가 다시 이었다.

"약하지 않은 구대문파의 제자들을 몰살시킬 정도로 강한 인호 수십 마리를 사도철광과 아직은 정체를 알 수 없는 일행이 해치운 것이오. 어쩌면 주적자와 그 일행만으로도 구파 중 하나와 거의 맞먹는 힘을 지녔을 수도 있소이다."

장내에는 잠시 침묵이 흘렀다. 상통걸의 예상에 동조는 할 수 없을지라도 반박할 근거 또한 없었다. 만약 상통걸의 예상이 비슷하게라도 맞는다면 혁련제가 하려고 하는 복수는 화산파의 존폐를 걸어야 하는 모험이었다.

혁련제의 복수나 화산파의 체면이 중요하다고 해도 그 자체의 존립을 뛰어넘을 수는 없었다.

"정천맹과 화산파는 절대 따로 움직이지 않을 것입니다."

기선진의 말에 상통걸이 그 작은 눈을 부릅떴다.

"정녕 주적자를 무림 공적으로 몰아넣을 생각인가?"

"지금으로써는 어떤 확정을 내릴 수 없습니다. 계획을 세운 후 장로 회의에서 결정을 내려야지요. 하지만 분명한 것은 어정쩡하게 주적자의 문제를 넘어가서는 안 된다는 것입니다."

"결국 체면과 복수 때문에 정천맹이 추구하는 의를 버리겠다는 말이로군. 만약 정천맹이 주적자를 무림 공적으로 본다면 우리 개방은 정천맹을 탈퇴하겠네!"

"상 방주님! 제가 알기로 화산삼검 어르신과 상 방주님의 친분이 상당한 것으로 아는데 분하지도 않으십니까?"

상통걸은 지그시 눈을 감고 잠시 생각을 하다가 말했다.

"분하지. 만약 화산삼검이 불의한 자에게 목숨을 잃었다면 정천맹이 나서지 않는다고 해도 먼저 타구봉(打狗棒)을 꺼내 들었겠지. 하지만 이번 일은 명백한 정천맹의 잘못이네. 감정을 위해 버리기에는 협의라는 이름이 너무 무거워."

돌아서는 상통걸의 어깨가 유난히 처져 보였다.

"협을 위해 사십 년 동안 무림을 활보한 화산삼검, 그분들의 이름을 더럽히지는 말게."

상통걸이 말을 끝내고 막 문을 나서려 할 때였다.

"아가씨, 손님이 오셨습니다."

"지금은 중요한 일이 있으니 기다리시라고 전해라."

"강기문(姜起文)이란 분이 화산삼검과 구양경 어르신들에 관한 급한 일이라고 하옵니다."

화산삼검과 구양경의 이름이 나오자 실내는 순식간에 경직되었다.

"어서 들여 보내거라!"

말을 하고 난 기선진은 강기문이라는 이름이 낯설지 않다는 것을 깨달았다.

"아!"

그녀의 탄성에 현현 신니가 물었다.

"강기문이란 자가 누구냐?"

"용두장의 무사인데 함께 주적자를 잡으러 갔었습니다. 네 분 어르신들과 그곳에 같이 남았었죠."

말을 하는 사이 비에 흠뻑 젖은 강기문이 들어왔다. 강기문은 방 안에 모인 사람들의 면면 때문에 감히 고개도 들지 못했다.

"네 분은 어찌 되셨느냐?"

기선진은 물음을 던지면서도 이미 대답을 예상하고 있었다. 그때, 엄청난 폭우를 어깨에 얹고 다가오는 주적자의 모습을 생각하면 그들의 죽음은 예고된 것이나 다름없었다.

"그, 그분들은… 주적자와 함께 정무문의 악양지부로 가셨습니다."

기선진은 자리에서 벌떡 일어섰다.

"뭐야? 그럼 주적자와 싸우시지 않았다는 말이냐?"

"네… 그, 그것이……."

마음이 급한 혁련제가 다그쳤다.

"어떻게 됐는지 어서 얘기를 해보아라!"

강기문은 허리를 더욱 깊이 숙이며 말했다.

"네, 소소자와 사도철광, 그리고 왕청일이 가까스로 말려서 싸움은 일어나지 않았습니다."

기선진은 가슴을 쓸어 내렸다.

"그런데 왜 그분들이 정무문으로 동행을 한 것이냐?"

상통걸의 물음에 강기문은 재빨리 대답했다.

"자세한 것은 모르오나 왕청일이 중요하게 얘기할 것이 있다고 동행을 요구했고, 네 분은 선선히 응낙을 하셨습니다."

장내의 인물들은 서로의 얼굴을 보며 눈으로 '대체 무슨 일일까?' 라는 물음을 던졌다. 하지만 뾰족한 대답이 나올 리 없었다.

"일단 정무문 악양지부로 가봅시다."

화산삼검의 안위를 가장 걱정스러워하는 혁련제가 먼저 문을 나섰다. 그 뒤를 실내의 인물들이 우루루 따라 나갔다.

*        *        *

화백은 창가에 걸터앉아 들이치는 비를 맞으며 발장난을 치고 있었다. 주적자도 턱을 괴고 멍한 눈으로 내리는 비를 보았다. 어둠을 밀어내는 희미한 불빛에 비추는 빗물은 마치 수많은 유성우(流星雨)가 떨어지는 것 같았다.

"황금도가 흡혈야황을 쫓는 마지막 장소가 될 수 있을까?"

주적자의 혼잣말에 화백이 싱긋 웃음을 지었다. 어찌 보면 '걱정 말아요. 잘 될 테니'라는 위로를 하는 것 같기도 했다. 대지 위로 요란하게 떨어지는 빗소리에 섞여 다가오는 발자국 소리가 들렸다. 화백도 그 소리를 들었는지 황급히 주적자의 주머니로 뛰어들었다.

주적자가 돌아서자 문이 열리며 소소자가 들어왔다.

"재수없는 늙은이들이 몰려와서 말이야."

그는 쓴웃음을 지었다.

"구파의 장문인들이 온 모양이군."

"사도 영감이 흡혈야황에 대해 얘기하고 협의 중이지. 되도록 그 인간들이 황금도에 가지 않았으면 좋겠지만, 기를 쓰고 가려 할 것이 분명하니 어떻게든 협조를 해야지."

"굳이 같이 갈 필요가 있을까?"

소소자는 의자에 앉으며 말했다.

"그 늙은이들이 재수는 없어도 실력은 있으니 어떻게든 도움이 될거야."

"황금도로 유인하려는 것이 분명한데도 말이냐?"

소소자는 주적자와 자신의 가슴을 번갈아 가리켰다.

"그 빌어먹지도 못할 녀석들이 노리는 것이 무엇인지는 모르지만 최소한 우리의 등장을 염두에 두지는 않았겠지. 변수란 언제나 상황을 반전시키는 가장 큰 힘이니까."

"너무 낙천적인 생각이군. 어쨌든 난 정천맹이 움직일 때까지 기다릴 수는 없어."

소소자가 웃는 낯을 딱딱하게 굳혔다.

"왜 그렇게 서두르는 거지? 사람들이 몰려가지 않는 한 황금도가 사라지지는 않아."

주적자는 소소자에게 손을 내밀었다.

"소도 좀 줘봐."

"소도는 뭐 하게?"

소소자는 물으면서 소도를 꺼내 주적자에게 건넸다. 좌판에게 강탈하다시피 얻은 것이었다. 주적자는 계지(季指:새끼손가락)를 탁자 가장자리에 걸친 후 그 위에 소도를 얹었다.

"이봐……!"

소소자가 말리려 했지만 주적자가 팔에 힘을 주는 것을 막지는 못했다.

파아—

손가락이 잘리며 피가 솟구쳤다. 주적자의 계지는 매듭부터 깨끗이 잘려 나갔다. 손가락이 잘려 나가는 아픔이 온몸의 뼈를 저릿저릿하게 만들었다. 주적자는 이마를 찡그리는 것으로 아픔을 참았다.

"무슨 짓이야!"

소소자는 품에서 황급히 붕대를 꺼내 주적자의 팔을 잡으려 했다. 주적자는 팔을 빼며 말했다.

"기다려."

주적자는 팔을 소소자의 눈앞에 놓았다. 손가락에서 흐른 피가 손등과 손바닥을 거쳐 팔뚝을 축축하게 적셨다. 그러던 어느 순간, 치솟던 피가 거짓말처럼 멈췄다. 그리고 잠시 후, 잘려진 단면에서 부글거리며 하얀 거품이 일기 시작했다.

그것을 보는 소소자의 얼굴은 경악으로 굳었다. 그대로 얼음 동굴에 빠져 얼어버린 것 같았다.

하얀 거품은 차츰 굳어가며 손가락의 형태를 띠어갔다. 얼마 지나지 않아 그것은 완벽한 계지의 형태를 띠었고 색깔도 살색으로 변했다. 손톱까지도 원형 그대로 돌아왔다. 팔과 탁자를 물들인 피만 아니라면 곡예단에서 흔히 하는 속임수라고 치부해도 좋을 것이다.

주적자는 새로 만들어진 손가락을 까딱거린 후 창밖으로 손을 내밀어 팔을 적신 피를 씻었다. 그가 물기를 닦고 의자에 앉을 동안 소소자는 아무 말도 하지 못했다. 도저히 믿을 수 없다는 표정만이 얼굴에 가득할 뿐이었다.

"어떻게… 어떻게……."

겨우 입을 열었지만 이 말밖에 하지 못했다.

"난 이미 한 번 죽었던 몸이야."

주적자는 이 말을 시작으로 동정호에서 하지 못한 이야기를 풀어냈다. 호괴와 화백을 만나고 붕과 싸웠던 얘기를 하는 내내 소소자는 단 한마디도 끼어들지 않았다.

주적자가 입을 다물고 한참 후에야 소소자가 탄식처럼 내뱉었다.

"세상에……."

"난 하루라도 빨리 내 몸에 관한 비밀을 풀고 싶다."

소소자는 쓴웃음을 짓는 주적자를 물끄러미 쳐다보았다. 그 시선에는 한두 마디로 표현할 수 없는 복잡한 감정이 서려 있었다.

"휴— 그랬구나. 그, 그러니까 그 일이 있은 후… 그러니까 호… 호……."

"호랑이의 피를 먹은 후 피가 그립지 않냐고 묻고 싶은 것이겠지?"

소소자는 고개를 끄덕였다.

"다행히 그렇지는 않더군. 하지만 한 번 더 죽음을 경험한다면 흡혈귀로 변할지도 몰라."

"그걸 어떻게 알아?"

주적자는 잘랐던 계지를 보며 말했다.

"그냥… 본능으로 알 수 있어. 본능으로……."

그 불길한 예감이 침묵을 불러왔다. 지붕을 때리는 빗소리가 갑자기 크게 들려왔다. 주적자는 기분 나쁜 침묵을 몰아내듯 숨을 한껏 내쉬며 말했다.

"구파 장문인들의 분위기는 어떻든?"

"그 목만 뻣뻣한 늙은이들한테 신경 쓸 것 없다. 그보다 그 화백이나 어떻게 생겼나 좀 보자."

주적자는 화백이 들어 있는 주머니를 툭툭 쳤다. 화백은 슬쩍 고개를 내밀다가 소소자를 발견하고 다시 쏙 들어가 버렸다.

"괜찮아. 나와봐."

주적자가 말하자 마치 알아듣기라도 한 듯 화백이 다시 얼굴을 드러냈다. 본능적으로 낯선 인간을 두려워하는 화백은 주적자의 옷깃을 꼬옥 붙잡았다.

"자, 이리 오렴."

소소자가 최대한 사람 좋은 얼굴을 하고 손을 벌렸다. 갑자기 화백의 얼굴이 찡그려지더니 금방이라도 울 것 같은 표정을 지었다. 주적자는 그런 화백을 다독거렸다.

"울지 마. 인상이 더럽기는 하지만 널 해치지는 않을 테니까."

꾹! 꾹!

화백은 단순한 음성을 뱉은 후, 주적자의 옷깃을 타고 올라가 목덜미 뒤로 숨어 고개를 내밀었다. 그래도 낯선 인간에게 호기심은 이는 모양이다.

"쳇! 마치 딸 가진 홀아비 같구먼."

피식 웃음을 터뜨리는 주적자에게 소소자가 말했다.

"그런데 그 화백이 혹시 나중에 끔찍한 괴물로 변하면 어쩌려고 그러냐?"

주적자는 화백의 머리를 손가락으로 간질렀다.

"그때 일은 그때 생각하지."

"그래. 미리 걱정할 필요는 없겠지. 일어나지도 않는 일 때문에 저런 꼬맹이를 죽일 수도 없으니."

소소자의 시선이 잘려졌던 주적자의 손가락에 닿았다. 그것은 이미 회색으로 변해 있었다. 주적자가 손가락을 훅 불자 먼지가 되어 날아가 버렸다.

"저것을 보면, 어쩌면 인간은 애초에 흙으로 만들어진 것이 아닐까?"

소소자는 헛소리 말라는 듯 손을 저으며 말했다.

"그보다 황금도 말인데, 정말 혼자 갈 생각이냐?"

"굳이 같이 갈 필요가 없으니까. 정천맹이나 정무문 모두 별 도움이 될 것 같지도 않고."

소소자도 수긍하는 고갯짓을 했다.

"그럼 우리도 떠날 준비를 해야겠구나."

소소자의 시선이 창밖으로 향했다.

"저 비가 그치면 바로 출발해야지. 배는 내가 어떻게든 구해볼게. 그리 어렵지는 않을 거다."

말이 끝나자 밖에서 호미령의 목소리가 들렸다.

"들어가도 되나요?"

"들어오시오."

소소자가 말하자 호미령이 문을 열고 들어왔다. 이미 개안(開眼)을 한 그녀의 눈은 더 초롱초롱해진 것 같았다.

"사도 어르신께서 두 분을 모셔 오래요."

"왜 그런 심부름을 호 소저가 하는 것이오?"

"제가 자청한 일이에요."

말을 하고 돌아서는 그녀의 뒤를 주적자와 소소자가 쫓았다. 기둥마다 용이 음각된 회랑을 몇 바퀴 돌자 접객당이 나왔다. 주적자와 소소자는 접객당의 문을 열고 들어갔다. 실내에 있는 열두 명의 시선이 그들에게 쏟아졌다.

커다란 원탁의 좌측에 네 명의 구파 장문인을 비롯해 화산삼검과 구양경, 기선진이 앉아 있었고, 우측에 사도철광, 나인현, 그리고 왕청일이 자리했다.

그들은 문을 들어서자마자 놓여 있는 빈자리에 앉았다.

"어서 오게."

사도철광이 마치 주인처럼 그들을 맞았다.

"무슨 일로 오라고 한 것이오?"

소소자는 권위있는 사람들 앞에서 언제나 그렇듯 삐딱한 목소리로 말했다.

"내가 여기 계신 분들에게 흡혈야황에 대한 얘기를 모두 들려줬으니 거기에 대해 최종적으로 결론을 내려야 할 것 같아서 말이야."

"결론이고 뭐고 내릴 것도 없소이다. 우리는 비가 그치는 대로 황금도로 떠날 테니 말이오."

기선진이 소소자의 말을 받았다.

"아무래도 흡혈야황의 일은 전 중원의 안위가 걸려 있는 일이기 때문에 같이 해결하는 것이 좋을 것 같군요. 한 손보다는 두 손이 낫지 않을까요?"

사도철광도 기선진의 말을 거들었다.

"아까 나와 말할 때도 같이 움직이는 것이 좋겠다고 하지 않았나?"

소소자가 퉁명스럽게 말했다.

"일이 그렇게 됐소이다. 나중에 사도 영감한테도 말해 주겠지만 황금도로 빨리 가야 할 일이 생겼으니, 세월아 네월아 시간만 잡아먹고 있는 흑백연합과 같이 가자는 계획은 없었던 것으로 합시다."

소소자가 자세한 사정을 말하지 않으려 하기 때문에 사도철광도 굳이 더 이상 묻지 않았다. 주적자와 얘기를 하면서 모종의 결정을 내렸으리라 짐작하는 얼굴이었다. 하지만 그냥 순순히 넘어가지 못하는 사람도 있었다. 바로 기선진이었다.

"저희에게 따로 움직여야 할 납득할 수 있는 이유를 대주실 수는 없는지요."

그녀의 정중한 물음에도 불구하고 소소자의 대답은 퉁명스럽기만 했다.

"우리가 당신에게 그걸 밝힐 의무라도 있소?"

"제 말은 공동의 적을 효과적으로 대처하자는 뜻이에요."

소소자는 화산삼검을 힐끔 보고 말했다.

"처음 양민들이 희생당했을 때, 이건 사람의 짓이 아니라고 그렇게 말해도 꿈쩍도 않던 사람들이 언제부터 흡혈야황을 적으로 생각했소?"

남경후가 소소자를 달래듯이 말했다.

"자네도 우리만큼 살아보게. 보지도 듣지도 못한 것을 믿을 수는 없을 테니."

주적자가 일어서며 말했다.

"더 이상 의논할 것이 없군요. 우리는 비가 그치는 대로 황금도로 떠날 것입니다. 막을 테면 막아보시죠."

주적자가 막 접객당을 나가려 할 때 밖에서 경비 무사의 목소리가 들렸다.

"용두장에서 전령이 왔습니다."

"들여보내거라."

왕청일의 말이 떨어지자 문이 열리면서 비에 흠뻑 젖은 이십 대 중반의 사내가 들어왔다.

"무슨 일이냐?"

기선진의 물음에 전령은 주위의 눈을 의식한 듯 잠시 머뭇거렸다. 기선진은 '잠시 실례하겠습니다' 라고 말한 후 밖으로 나갔다. 전령이 뒤를 따라 나간 잠시 후 기선진이 다시 접객당 안으로 들어왔다.

"화산파 제자들을 인호에게서 구한 여신우 대협과 술법사가 용두장에 도착했다고 하는군요."

그녀가 앉으면서 한 말에 가장 놀란 사람은 주적자 일행이었다.

"그 여우 꼬랑지가 인호에게서 화산파 제자들을 구해?"

소소자가 정파의 명숙을 여우 꼬랑지라고 부르자 정천맹 인물들의 눈가가 살며시 찌푸려졌다. 하지만 그런 것에 신경 쓸 소소자가 아니었다.

"어떻게 생각하냐?"

소소자는 주적자에게 물었다.

"글쎄, 당장 드는 생각은 고육지책(苦肉之策)이로군."

소소자가 사도철광을 보았다.

"내 생각도 그렇네. 같이 온 술법사도 의심해 봐야지."

그들의 말 사이에 기선진이 끼어들었다.

"대체 무슨 말씀들을 하시는 겁니까?"

소소자는 입을 열려다 이내 고개를 저었다.

"관둡시다. 얘기해 봐야 나만 죽일 놈 될 것이 뻔하니."

그는 왕청일에게 눈을 돌렸다.

"왕 문주, 배를 한 척 구할 수 있겠죠?"

부탁이 아니라 '안 주면 재미없어'라는 협박 조였다. 왕청일은 그런 소소자의 말투에 신경 쓰지 않고 흔쾌히 대답했다.

"주 보표 일행이 쓰겠다는데 배를 안 내놓을 수는 없지."

"왕 문주님!"

기선진이 힘주어 부르자 왕청일이 능글맞은 표정을 지었다.

"난 주 보표를 막을 자신이 없소. 만약 기 군사께서 막을 자신이 있으시면 막아보시구려."

기선진은 서늘한 눈빛만 보낼 뿐 아무 말도 하지 못했다. 그동안 만사해지라는 명호를 얻을 정도로 실패를 모르던 그녀가 주적자의 출현으로 인해 곤두박질치는 느낌이었다.

드르륵—

갑자기 문이 열리며 왜소한 인물이 들어왔다. 주적자는 한눈에 개방의 방주 상통걸임을 알아봤다.

"어, 측간 갔다 오는 사이 손님이 늘었네."

방 안을 둘러보던 상통걸의 시선이 소소자에게 멎었다.

"아니, 이게 누구신가?"

소소자는 어리둥절한 표정을 지었다.

"노인장이 날 아시오?"

"하하하! 당연히… 모르지. 하지만 이처럼 눈높이가 딱 맞는 친구를 만나기가 여간 쉽지 않으니 반가울 수밖에!"

소소자의 얼굴이 일그러졌다.

"영감처럼 크다 만 노인네한테 그런 소리 듣고 싶지 않소!"

구대문파의 일석을 차지하고 있는 개방의 방주인 상통걸은 영감이라는 소리를 들었는데도 전혀 기분 나쁜 표정이 아니었다.

"이보게, 자고로 유유상종(類類相從)이라고 하지 않았나. 우리 체구가 비슷한 사람끼리 친하게 지내보세."

상통걸이 말을 하며 다가가자 소소자가 기겁을 하고 물러섰다.

"아, 저리 가요! 난 지저분한 영감하고 친하게 지낼 생각 전혀 없으니!"

"에이이~ 그렇게 섭한 소리 하지 말라구. 나하고 사귀어서 손해 볼 것은 없으니 말일세."

"영감한테 이 옮아서 피 빨리면 그게 손해지!"

몸 여기저기를 살피던 상통걸은 머리를 긁적였다.

"이 말인가? 그건 걱정 말게. 한 일 년쯤 목욕을 하지 않으면서 이의 이빨도 뚫지 못할 때가죽신공을 익히면 피가 빨리는 일은 없을 걸세. 내가 이 비전을 특별히 자네에게 전수해 줌세. 물론 아직은 머리가 좀 문제이기는 하지만 이것도 거의 십성 수준에 다다랐으니 곧 대성할 수 있을 게야."

능청을 떠는 상통걸을 사도철광이 심각한 얼굴을 하고 불렀다.

"상 방주."

"왜 그러시오?"

사도철광은 중요한 얘기를 하려는 듯 목소리를 낮게 깔았다.

"지금부터 제가 하는 말에 한 치의 거짓도 없이 답해 주셔야 합니다."

"난 지금껏 살아오면서 거짓말할 때를 제외하고는 모두 진실만을 말해 온 사람이오."

사도철광은 잠시 뜸을 들이다 말했다.

"혹시… 젊었을 적에 어떤 여인을 만나지 않았소?"

상통걸은 생각할 것도 없이 바로 대답을 했다.

"내가 워낙 인기가 많아서 처자들이 수도 없이 따라다녔지요. 아ㅡ! 그때는 정말 고달픈 나날이었소이다. 그 수많은 여인네들을 따돌리기 위해 죽어라 경공을 연마하다 보니 어느새 상승 지경에 이르지 않았겠소. 물론 아직도 따라다니는……."

사도철광이 상통걸의 말을 끊었다.

"난 농담을 하는 것이 아니오."

상통걸도 비로소 약간은 진지한 표정이 되었다.

"그런데 내 과거 여자 얘기는 왜 묻는 것이오?"

"혹시 삼십삼사 년 전에 잉태한 여자와 헤어진 적이 있지 않소?"

상통걸은 곰곰이 생각하는 표정을 짓더니 대답했다.

"글쎄요, 워낙 오래전 일이라… 하지만 내가 알았다면 그냥 보내지는 않았겠죠."

"그럼 몰랐을 수도 있군요."

"알리지 않았다면 내가 알 리가 없지요."

사도철광은 한쪽에서 궁금한 얼굴로 서 있는 소소자를 보았다.

"저 사람은 천하제일의원 반선의 소소자요."

"오호! 이제 보니 유명한 친구였구먼."

"저 얼굴과 체형을 잘 보시오. 상 방주와 너무도 흡사하지 않소이까?"

소소자의 얼굴이 단숨에 일그러졌다.

"사도 영감! 지금 대체 무슨 소릴 하는 거요!"

사도철광은 소소자가 화를 내는 이유를 모르겠다는 얼굴로 말했다.

"소 의원도 생각해 보게. 세상에 이처럼 닮은 사람이 쌍둥이와 부자지간 말고 또 누가 있겠나? 자네 십 년 뒤의 모습을 눈앞에 두고 있는 것 같지 않나?"

소소자는 너무 어이가 없고 화가 나서 말도 못한 채 몸만 부르르 떨었다. 그러자 상통걸이 한술 더 떴다.

"오호! 그러고 보니 그렇구려. 소 의원, 이리 와보게. 손을 잡아보면 어떤 느낌이 올지도 모르겠구먼."

"큭큭큭……!"

참지 못한 나인현과 호미령이 억누른 웃음을 터뜨렸다. 그녀들의 웃음과 함께 소소자의 화도 폭발했다.

"이놈의 영감탱이들이 노망이 들려면 곱게 들 것이지! 누굴 거지 새끼로 만들려고 그래!"

사도철광은 슬그머니 자리에서 일어났다. 그의 얼굴에도 웃음을 참는 표정이 역력했다.

"아니면 말지, 왜 화는 내고 그러나?"

소소자는 품에서 침통을 꺼내며 고함을 질렀다.

"말긴 뭘 말아! 내 오늘 이 영감탱이 노망을 따끔하게 고쳐 주고 말

테다!"

사도철광은 침통이 모습을 드러내자마자 접객당을 쏜살같이 빠져나 갔다.

"난 벽에 똥칠하러 가네."

"거기 안 서! 노망난 영감탱이!"

＊　　　　＊　　　　＊

"주적자 일행이 정무문 악양지부에 있단 말이냐?"

조병천이 깊숙하게 허리를 숙이며 대답했다.

"그렇습니다. 구파의 네 분 장문인과 화산삼검, 검선 구양경, 그리고 기선진 군사도 같이 있다고 합니다."

"그래?"

여신우는 맞은편에 앉아 있는 술법사 묵룡(墨龍)을 보았다. 눈 아래 까지 드리운 모자 달린 망토를 뒤집어쓴 그의 얼굴은 그림자 때문에 턱의 일부밖에 보이지 않았다. 마치 먹지를 대고 있는 것 같은 짙은 어 둠이었다.

여신우가 술법사에 대해 알고 있는 것은 전무했다. 묵룡이라고 밝힌 이름조차 본명이 아님이 분명하니 말이다.

"그리도 또 한 가지 놀라운 소식을 들었습니다."

"무슨 소식을 말이냐?"

"주적자가 화산삼검과 검권이선, 그리고 기 군사의 합공을 일수에 박살 내고 권선 곽지봉 장로께 부상을 입혔다고 합니다."

"뭐야? 그게 정말이냐?"

"용두장에서 모르는 사람이 없을 정도니 사실이라 생각됩니다."

여신우는 가는 한숨을 내뱉었다. 주적자가 강하다는 것은 강찬충을 죽일 때 알고 있었다. 하지만 화산삼검과 검권이선이 누군가? 그가 따로따로 싸운다 해도 승리를 장담할 수 없는 인물들이었다.

그런데 그들의 합공을 일수에 무너뜨리고 곽지봉에게 부상까지 입히다니…….

이건 상상을 초월하는 강함이었다. 이치대로 따진다면 주적자는 현 천하제일 고수라고 불려야 마땅했다. 오랜 세월 무림에 모습을 나타내지는 않았지만, 소림 방장인 천오 대사도 그 정도 무위를 지니지는 못했을 것이기 때문이다.

"혈정을 얻었으니 그만큼 강해졌다고 해도 이상할 것은 없죠."

금방이라도 숨이 넘어갈 것 같은 탁한 목소리가 묵룡에게서 흘러나왔다.

"혈정이 무엇인지 자세히는 모르지만 강해져도 터무니없이 강해졌군요."

묵룡의 고개가 작게 끄덕여졌다.

"그 외에 다른 기연을 만났을 수도 있겠구려. 어쨌든 주적자를 빨리 처리해야겠습니다."

여신우는 조병천을 물러가게 했다. 조병천이 나가자 묵룡이 쓰고 있던 모자를 벗었다. 탁자 위에 있는 희미한 촛불이 묵룡의 얼굴을 비췄다. 묵룡의 얼굴은 목소리와는 너무나 달랐다. 먹물을 입혀놓은 듯한 흑발과 주름이라고는 찾아볼 수 없는 피부, 서글서글한 눈, 오똑한 코와 여인의 그것보다 붉은 입술.

얼굴만 본다면 이십 대 초반의 절세 미남자가 바로 묵룡이었다. 한

두 번 본 얼굴이 아니었지만 저 얼굴에는 좀체 익숙해지지 않았다. 차라리 온 얼굴에 밭고랑 같은 주름이 나 있다면 훨씬 편하게 마주할 수 있을 것 같았다.

여신우는 자신의 생각을 감추고 말했다.

"풍곡에 있는 관혜진을 써먹을 때가 온 것 같습니다. 주적자와 만날 시간이 예상보다 빨리 다가왔지만 준비는 완벽하니 그곳으로 보내기만 하면 되겠군요."

묵룡은 오래전에 식어버린 찻잔을 들었다.

"보내도 그냥 보내서는 안 되죠."

"다른 방도라도 있습니까?"

묵룡은 차를 마시며 생각을 고르더니 입을 열었다.

"누구로 할까 생각 중입니다."

"뭘 말입니까?"

"주적자의 손에 죽을 사람 말입니다. 당신 부하의 보고에 따르면 주적자가 정무 문주의 자식들을 호위해서 왔다고 했었지요?"

"네. 왕족발과 왕족쌍이라는 쌍둥이 남매입니다."

묵룡은 버릇처럼 고개를 끄덕였다.

"아무래도 사내아이 쪽을 죽이는 것이 왕청일의 분노를 더 살 수 있겠군요."

"주적자로 하여금 왕족발을 죽이게 할 묘안이 있습니까?"

"그리 복잡하지도, 어렵지도 않습니다."

여신우가 물어보려 할 때 묵룡이 먼저 말을 꺼냈다.

"그보다는 무림인들에게 우리를 믿게 만드는 것이 중요합니다."

"그건 내 이름만으로 충분합니다. 곤륜파의 장로일 뿐 아니라 검중

검 여신우라는 이름은 당신 생각처럼 가볍지 않습니다."

"물론 그렇겠죠. 하지만 주적자 일행이 분명 당신에 대해 의문을 제기할 것입니다."

"그들이 아무리 나에 대해 나쁜 말을 한다 해도……."

묵룡이 여신우의 말을 잘랐다.

"물론 사람들은 당신의 말을 믿겠지요. 하지만 사람처럼 간사한 동물 또한 없는 법입니다. 당신에 대한 나쁜 말이 나돌면 '혹시' 하는 마음을 조금이라도 갖기 마련입니다."

하긴 묵룡의 말에도 일리가 있었다.

"그래서 좋은 방법이라도 갖고 계시오?"

묵룡은 품 안에서 부적 한 장을 꺼냈다. 묵룡에게 들어서 익히 알고 있는 승룡부(昇龍符)였다.

"이미 말씀 드렸다시피 이 승룡부를 황금도로 가는 모든 사람들이 지니게 해야 합니다."

여신우는 묵룡이 무엇을 말하려는 것인지 눈치 챌 수 있었다.

"사람들에게 이 부적의 효용을 먼저 보여주겠다는 것이군요."

묵룡은 '역시 당신은 똑똑해' 하는 표정으로 여신우를 보며 품에서 또 뭔가를 꺼냈다. 붉은색과 푸른색이 섞인 달걀만한 그것의 표면에는 크고 작은 돌기가 빽빽하게 나 있었다. 묵룡이 그 알을 아이 머리 만지듯 쓰다듬자 여신우도 손을 가져갔다.

그가 막 만지려 할 때 갑자기 그것에 변화가 생겼다. 수많은 구멍이 생겨난 것이다. 손을 거둔 여신우는 자세히 본 후에야 구멍이 눈이라는 것을 알았다. 너무 작아서 구분이 가지 않았지만 구멍을 백배쯤 확대시켜 놓으면 사람의 눈과 흡사했다.

"이게 무엇이오?"

"요괴의 일종인 태세(太歲)의 알입니다. 태세란 목성(木星)을 가리키는 것으로 흔히 태세성(太歲星)이라고 부르기도 합니다. 이것이 크면 수천 개의 눈이 달린 고깃덩어리로 변하는데 태세성을 따라 땅속을 이동하며 살지요. 건드리지만 않으면 인간에게 해가 없는 요괴입니다. 하지만……."

묵룡은 말을 끊고 화섭자와 소도를 꺼내 탁자 위에 놓았다.

"제가 태세에 손을 봐서 약간 변질시켜 놓았습니다. 이것이면 능히 용두장 안에 있는 사람들에게 두려움을 줄 수 있을 겁니다."

묵룡은 승룡부를 태세 위에 덮은 후 소도로 자신의 팔뚝 안쪽을 그었다. 금세 피가 배어 나와 승룡부 위로 떨어졌다. 묵룡의 피는 가는 선을 만들며 한참 동안이나 흘러내렸다. 하지만 이상하게도 승룡부에만 피가 번질 뿐 탁자에는 혈흔조차 찾아볼 수 없었다.

근 반 각 동안 태세에게 피를 흘려 넣은 묵룡은 손으로 여러 가지 수결을 지으며 주문을 외우기 시작했다.

"조청북방흑제흑보궁(調請北方黑帝黑寶宮), 임계궁중치부신(壬癸宮中值符神), 치부사자문오향신청(值符死者聞吾香信請), 제대향신청묵인(齊待香信請墨人)……."

눈의 착각일까? 수결을 맺는 묵룡의 손에서 푸른색의 빛무리가 태세에서 전해지는 것 같았다.

"속도단전래칙령(速到壇前來勅令), 청향영청도단전(淸香迎請到壇前)!"

주문을 끝낸 묵룡이 화섭자의 뚜껑을 열어 파란 불꽃을 승룡부에 가져다 댔다. 승룡부는 마치 화약을 발라놓은 것처럼 순식간에 불이 붙었다. 머리카락을 태우는 것 같은 냄새가 사방으로 퍼졌다.

끼이익— 끼이익—

태세는 심하게 흔들리며 요란한 비명을 질러댔다. 이리저리 몸을 흔들며 탁자를 한 바퀴 돈 태세는 이윽고 움직이는 것을 멈췄다. 시커멓게 탄 모습이 죽은 것처럼 보였다.

묵룡은 그런 태세를 두 손으로 집어서 여신우에게 내밀었다.

"이걸 용두장의 중심부에 묻으십시오."

여신우는 태세를 받으며 물었다.

"정확히 중심부여야 하오?"

"그렇게 정확할 필요는 없습니다. 단, 땅의 깊이는 반드시 한 자 이상이어야 합니다."

여신우는 태세를 장포의 속주머니에 넣고 방을 나섰다. 긴 회랑을 돌아 대청으로 들어서자 빗소리가 더욱 크게 다가왔다. 그는 대청의 한켠에 놓인 우산을 쓰고 정원으로 나갔다. 키 작은 나무와 바위들이 조화를 이룬 정원은 그리 크지 않아 몇 걸음만에 벗어날 수 있었다.

어깨와 바짓가랑이에 물이 묻었지만 그리 신경 쓰지 않았다. 안주머니만 조심하면 되었다. 그러다 그는 피식 웃음을 지었다. 어차피 땅에 묻으면 물이야 자연히 묻게 되어 있으니 상관없는 일이었다.

그는 깜깜한 길을 부지런히 밟았다. 띄엄띄엄 놓인 길가의 석등에서 불빛이 새어 나왔는데 어둠을 밀어내기에는 너무 희미했다. 가끔 매복을 한 경비들이 이목에 걸렸지만 그를 익히 아는지 아무도 막아서지 않았다.

아직 밤의 깊숙한 곳에 이르지 않았지만 비 때문에 마주치는 사람은 아무도 없었다. 월동문 두 개를 지나자 양쪽이 숲으로 된 길이 나왔다. 돌로 만들어진 길을 걸어가도 숲 속의 기척은 느껴지지 않았다. 하지만 그곳에 매복이 있다는 것은 익히 알고 있었다. 여신우는 자신의 얼굴을 드러내기 위해 일부러 우산이 높이 들었다. 예상대로 막아서는 경비 무사는 없었다.

꼬불꼬불한 길을 한참 돌아가자 용두전(龍頭殿)이 어렴풋하게 보였다. 용두장의 정 중앙은 용두전이었지만 구들장을 팔 수는 없으니 천상 그 곁에 묻어야 했다.

여신우는 최대한 여유로운 모습으로 용두전 가까이 다가갔다.

"카악— 퉤!"

길게 가래침을 뱉은 여신우는 마치 그 가래침을 짓이기는 것처럼 발길질을 했다. 발에 공력을 모았기 때문에 한 번 움직일 때마다 땅이 다섯 치 이상 파였다. 앞이 벽이고 경비 무사는 뒤쪽에 있기 때문에 그가 땅을 이처럼 깊게 파는 것을 보지는 못할 것이다.

그는 일부러 붓을 떨어뜨린 후 허리를 숙이며 속주머니의 태세를 구덩이 안에 넣었다. 붓을 주으며 손을 움직이자 땅은 금세 메워졌다. 태세가 묻힌 땅 위로 빗물이 작은 내를 만들었다.

여기서 그냥 돌아선다면 뭔가 이상함을 느낄 것이 분명했기에 여신우는 용두전에 들어가 기선진을 찾았다. 돌아오지 않았다는 대답을 듣는 것은 당연했다. 그는 기선진이 오면 연락하라는 말을 남겨놓고 거처로 돌아오는 길을 밟았다.

흠뻑 젖은 몸으로 방에 들어오자 여전히 의자에 앉아 있던 묵룡이 물었다.

"잘 되었습니까?"

쓸데없는 질문에 여신우는 고개만 끄덕였다.

"그보다 황금도는 어떻소?"

"걱정 마십시오. 천부천살진(天部天殺陣)은 완벽하게 펼쳐졌고, 일원이분기(一原二分機) 또한 이상없습니다."

"흡혈야황은?"

묵룡의 입가에 금이 그어졌다.

"지금은 거의 가사 상태이니 얌전히 있을 수밖에 없습니다."

여신우는 걱정스러운 음성으로 물었다.

"흡혈야황이 당신 말에 그처럼 순순히 따른다는 게 너무 이상하오이다."

"이상할 것 없습니다. 천하를 얻을 힘을 주겠다는 데 마다할 정괴가 어디 있겠습니까?"

"하긴… 그건 인간도 마찬가지지요."

여신우는 상체를 깊숙이 숙여 묵룡을 보았다.

"나와의 약속은 잊지 마시오."

묵룡은 여전히 여유있는 웃음을 머금고 말했다.

"약속은 지켜질 것입니다. 제가 원하는 것은 오직 하나, 영원한 젊음과 무림인들에 대한 복수뿐입니다. 그 외의 힘은 필요없습니다. 흡혈야황의 힘은 워낙 엄청나기 때문에 우리 둘이 원하는 것은 전부 얻을 수 있습니다."

여신우는 만족스러운 웃음을 짓고 말했다.

"그럼 주적자 문제를 처리해 볼까요?"

제37장
머 저 리

제37장 **머저리**

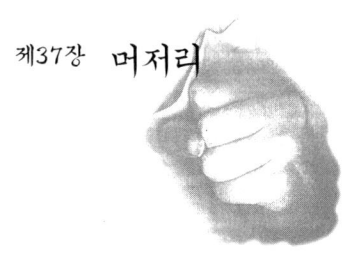

비는 가늘어지는 듯하다가 다시 폭우로 변하기를 반복했다.

"휴우ㅡ"

창가에 팔을 기대고 쏟아지는 비를 하염없이 쳐다보던 왕족발은 긴 한숨을 내쉬었다. 그의 한숨이 어쩌나 세던지 처마에서 떨어지는 낙수 (落水)가 갈라질 정도였다.

"기선진… 기선진……."

그는 자신도 모르게 이름 하나를 계속 뇌까렸다. 이곳 악양지부에서 어제 헤어졌는데 벌써 미치도록 보고 싶었다. 그의 뇌리에 기선진의 초롱초롱한 눈망울이 아른거렸다. 어느새 눈 아래쪽의 면사도 사라져 그녀의 모습은 선녀가 하강한 듯한 절세 미녀로 변해 있었다.

"그녀를 내게 넘어오게 할 좋은 방법이 없을까?"

그때 갑자기 목소리가 들려왔다.

"자빠뜨려 버리면 되지."

왕족발은 화들짝 놀라 돌아섰다. 왕족쌍이 문간에 기댄 채 팔짱을 끼고 있었다. 그녀의 입가에는 작은 선이 그어져 있었는데 틀림없는 비웃음이었다.

"너… 넌 계집애가 어떻게 그런 말을……."

"쯧쯧쯧… 사내놈이 그런 배짱도 없어서야 어떻게 미녀를 차지하겠냐?"

"하지만……."

"그러니까 네가 이날 이때까지 여자 손목 한 번 못 잡아보고 있는 거야. 여자란 자고로 확 휘어잡는 남자에게 끌리는 법이라구."

왕족발은 눈을 반짝이며 물었다.

"정말 여자들은 그런 남자를 좋아하냐?"

"세상에 강한 남자 싫어하는 여자들이 어디 있냐? 그리고 여자들이란 자고로 몸을 준 남자한테 마음까지 가게 마련이야."

왕족발을 우물쭈물하다가 한숨을 내쉬었다.

"그런데 어떻게 그녀를… 거시기하지? 보아하니 무공도 만만치 않던데."

왕족쌍은 문간에서 등을 떼고 왕족발에게 다가왔다.

"그러니까 머리를 써야지. 너 최음제(催淫劑)라는 약 이름은 들어봤겠지?"

그는 최음제라는 말만 듣고도 얼굴을 붉혔다.

"그거야… 들어는 봤지."

"이곳 하급 무사들 중에 구할 수 있는 녀석이 있을 거야. 명색이 흑도에 발을 담그고 있는데 최음제 하나 못 구하겠냐?"

왕족발은 난감한 표정을 지었다.

"내가 그걸 구해서 주라고 시키란 말이야?"

"그럼 내가 하리?"

"아니… 뭐 그건 아니지만… 그래도 대정무문 소문주의 체면이 있지."

왕족쌍은 휑 하니 돌아서며 말했다.

"체면과 사랑 중에 뭘 고를지는 네 마음이니 알아서 해라."

"야, 잠깐! 좀 더 자세히 알려줘야지!"

"내가 해줄 말은 다했어."

왕족쌍은 그렇듯 무정하게 가버렸다. 왕족발은 회랑을 총총걸음으로 걸어가는 왕족쌍의 뒷모습을 보다가 긴 한숨을 내뿜고 다시 방으로 들어왔다.

초저녁부터 커놓은 탁자 위의 초가 거의 타 들어갔다. 왕족발은 서랍에서 새 초를 꺼내 교환하고 다시 창가로 다가갔다. 며칠째 내리는 비가 그의 마음을 더욱 심난하게 했다.

"정말 최음제를 써볼까?"

마음이 동하기는 했지만 선뜻 용기가 나지 않았다. 최음제를 쓰려고 해도 쉽지 않을 것이다. 뭔가를 먹거나 마시며 방에 단둘이 있어야 하는데, 기선진과는 아직 그 정도로 가까운 사이가 아니었다.

한참 동안 창밖을 보던 왕족발은 주먹을 불끈 쥐었다.

"좋아! 한번 해보는 거야! 사내로 태어나 어찌 사랑을 쟁취하는데 망설일 쏘냐!"

왕족발은 몸을 돌려 문으로 향했다. 당장 하급 무사를 찾아가 최음제부터 구한 후, 다음 일을 생각할 작정이었다. 그가 문을 나서 왼쪽으로 몸을 돌릴 때 갑자기 앞에 시커먼 무언가가 나타났다. 왕족발은 황급히 몸을 뒤로 날렸다.

그런데 발이 땅에 닿는 순간 더 이상 움직일 수가 없었다. 전신이 동아줄로 꽁꽁 묶인 것 같았다. 왕족발은 중심을 잡지 못하고 그대로 바닥에 나뒹굴었다. 그의 몸 위로 긴 그림자가 드리워졌다. 망토에 달린 모자를 둘러쓴 사람은 아래에서 보는데도 턱밖에 보이지 않았다.

왕족발은 '누구냐!' 라고 소리치려 했지만 입술만 움직일 뿐 목소리가 나오지 않았다. 몸에 뭔가가 닿지 않았으니 혈도를 짚인 것도, 그런 느낌도 아니었다. 지독한 악몽을 꿀 때 깨어나지 못하고 허우적대는, 마치 가위 눌린 듯한 기분이었다.

"여신우와 체형이 비슷하니 많이 꾸밀 필요는 없겠군."

사내는 금방이라도 숨이 넘어갈 듯한 목소리로 중얼거린 후 품에서 손바닥만한 종이를 꺼냈다.

'무슨 짓을 하려는 거야! 이 썩어 문드러질 놈아!'

목소리는 나오지 않았지만, 입술만으로라도 욕을 안 하면 심장이 곤두설 것 같았다. 그의 입술 움직임을 읽었는지 사내의 턱이 실룩거렸다.

"주적자가 단숨에 죽여주기를 바라거라, 꼬마야."

'주적자가 단숨에 죽여주다니? 무슨 소릴 하는 거야?'

그의 입술을 읽은 사내는 대답 대신 이마에 종이를 가져다 댔다. 축축한 느낌과 함께 피부에 밀착된 느낌이 전해졌다. 사내는 왕족발의 머리에서 발끝까지 하얀 가루를 뿌렸다. 눈에 들어갔는데 느낌조차 전해지지 않았다.

"소종여아의(所從如我意), 문신구천군(問信九天君), 위오법령자(違吾法令者), 봉참이신형(奉斬爾身形), 급급여구천황인(急急如九天皇

人)……."

사내의 입에서 탁한 주문이 흘러나오자 의식이 점점 **빠져나갔다.** 아무리 정신을 차리려 해도 주문은 떨쳐 낼 수 없는 수마(睡魔)의 손길이었다.

'주적자가 날 죽일 거라고……?'

왕족발의 마지막 생각이었다.


주적자는 방으로 들어와 젖은 옷을 갈아입었다. 동정호 근처의 어촌마을에 들러 경험 많은 어부에게 춘래풍이 언제쯤 멎을 것인지 알아보고 오는 길이었다. 늙은 어부는 삼사 일 안에는 반드시 그칠 것이라고 확답을 했다.


"춘래풍이 그치면 고기들이 몰려올 텐데 배를 팔아버려 걱정이오. 돈이야 손해 보지 않을 정도로 받았지만 어부가 고기를 잡아야 하는데……."


늙은 어부가 한숨처럼 한 말이었다. 해야 할 일을 한다는 것은 돈과 상관없이 누구에게나 중요한 행위였다. 주적자가 보표를 열망하는 것처럼.

'난 언제쯤 보표라는 이름을 찾을 수 있을까?'

주적자는 옷을 입다 말고 내리는 비를 보았다. 저 너머 어딘가에 황금도가 있을 것이다. 제발 바라건대 황금도가 방황의 끝이기를…….

그는 마저 옷을 입고 젖은 옷을 방구석에 던졌다. 털썩 하는 옷 떨어지는 소리에 섞여 희미한 발자국 소리가 가까워졌다. 그가 돌아서자 문이 열렸다. 소소자려니 생각했는데 아니었다. 여기에 있어서도, 와서도 안 되는 인물이 그곳에 서 있었다.

"여신우!"

주적자는 비명처럼 이름을 토해냈다. 불을 켜지 않은 방은 밖보다 어두워 여신우는 회랑에서 흘러 들어오는 빛을 등지고 있었다.

"어둡군. 불 좀 켜지 그러나."

여신우는 마치 친구를 대하듯 말했다. 주적자는 그런 여신우를 뚫어지게 쳐다보았다.

"무슨 일이오?"

"너무 딱딱하게 굴지 말게나."

여신우는 방 안으로 들어와서 침상 곁에 놓인 의자에 털썩 주저앉았다. 그리고 화섭자를 꺼내 탁자 위에 타다 만 초에 불을 붙였다. 파란 불꽃은 이내 노란색의 촛불로 변했다. 불빛을 받아 일렁이는 여신우의 얼굴은 유난히 창백해 보였다. 뚜껑을 덮어 화섭자의 불씨를 끈 여신우가 맞은편 의자를 가리켰다.

"앉게."

마치 주적자가 방에 들어온 손님 같았다. 그는 의자에 앉아 검을 무릎 위에 놓았다. 언제든 뺄 수 있게 검 손잡이를 잡은 주적자가 물었다.

"날 찾아온 용건이 뭐요?"

타닥타닥!

여신우는 한참 동안 손가락으로 탁자를 두드리며 손장난을 치다 입을 열었다.

"나와 손잡을 생각 없나?"

주적자는 여신우의 제의가 선뜻 와 닿지 않았다. 아무리 요즘 흑도와 백도가 연합을 한다지만 주적자와 여신우는 절대 그렇게 될 수 없는 사이였다. 그건 주적자만큼 여신우도 잘 알고 있을 것이다.

그럼에도 이런 터무니없는 제의를 하러 왔다는 것은 이면에 분명 무언가가 있었다. 주적자가 대답이 없자 다시 여신우가 입을 열었다.

"생각해 보게. 자네와 내가 손을 잡는다면 그 힘은 상상을 초월할……."

주적자가 여신우의 말을 잘랐다.

"그게 가능하다고 생각하시오?"

"자네 마음먹기에 달렸지."

주적자는 문득 청송리에서 괴물이 죽어가며 남긴 말이 생각났다.

"이곳은 네 목에 걸린 첫 번째 올가미일 뿐이다. 두 번째는 절대 벗어날 수 없다. 네가 살길은 내밀어진 손을 잡는 것뿐……."

어쩌면 지금 여신우가 하는 제안이 그때 괴물이 말한 내밀어진 손인지도 모른다.

"자네는 누구도 갖지 못할 강한 힘과 영원한 생명을 가질 수 있네. 지금 그대로의 젊음을 유지하면서 말이야. 세상에 이 이상 매력적인 일이 있다고 생각하나?"

주적자는 조소를 머금었다.

"영원한 생명? 내게는 단지 구역질 나는 쓰레기일 뿐이오. 쓸데없는 소리 하지 말고 빨리 꺼지시오. 당신을 눈앞에 두고 베지 않는 내 인내심이 바닥을 드러내기 전에."

쓰레기라는 말에 충격을 받았는지 여신우의 눈가가 잘게 떨렸다.

"아직 죽음의 공포가 어떤 것인지 모르는 애송이로군."

와락!

주적자는 여신우의 멱살을 움켜쥐었다.

"죽음을 모른다고? 내가 경험한 죽음을 당신에게 알려줄까?"

그의 살기에도 불구하고 여신우는 의미를 알 수 없는 웃음까지 지었다.

"자네는 너무 성질이 급해."

"그것 때문에 당신이 죽을지도 모르오. 행여 곤륜파 때문에 내가 당신을 죽이지 못할 거란 생각은 하지 마시오."

여신우는 주적자를 보고 있다가 손을 가리켰다.

"이것 좀 놔주지 않겠나? 할 말이 많은데 숨 쉬기조차 거북해서야 원."

주적자는 한참 동안 여신우를 노려보다가 거칠게 뿌리쳤다. 몸을 크게 휘청인 여신우는 옷깃을 여미며 말했다.

"자네는 참 복도 많더군."

"무슨 말이 하고 싶은 거요?"

여신우는 씨익 웃음을 지었다.

"이제 겨우 열일곱 살밖에 안 된 어린 신부 얘기지."

주적자는 여신우가 누굴 말하는 것인지 알 수 없었다.

"열일곱 살짜리 신부라니? 누굴……."

그는 묻는 것을 멈췄다. 그가 아는 열일곱 살 먹은 여자는 단 한 사람밖에 없었다.

"당신, 설마……."

"그리 놀란 표정 지을 것 없네. 아직은 괜찮으니. 아직은……."

여신우는 주적자를 물끄러미 쳐다보았다. 마치 놀라는 표정을 보고 즐기는 것 같았다. 주적자는 얼굴을 굳히고 무릎에 있던 검을 탁자 위에 올려놓았다. 검 손잡이는 여전히 잡은 상태였다.

"당신, 아직도 날 모르는군. 내가 그런 협박에 넘어갈 사람처럼 보였나?"

살기 진득한 주적자의 음성은 여신우의 얼굴에서 웃음을 지워 버렸다.

"그렇게 허세 부리지 말게. 자네와 결혼할 그 어린애를 생각한다면 성질을 죽여야지."

스릉—

주적자의 검신이 살짝 모습을 드러냈다.

"내가 문제 하나 낼까?"

주적자의 물음에 여신우는 의아한 표정을 지었다.

"문제라니?"

검이 조금 더 빠져나왔다.

"지금 내가 당신에게 관혜진을 손대지 말라고 사정을 할 것 같나, 아니면 당신의 목을 베어버릴 것 같나?"

여신우의 얼굴에는 당황하는 표정이 역력했다.

"협상이란 시간을 두고 차근차근해야지 기분만으로 결정해서는 안 되네."

"당신 제자들이나 잘 가르치시지."

말이 끝남과 동시에 무명묵검이 움직였다.

쉬잇—

"안 돼!"

뒤쪽에서 들려온 외침의 주인공은 소소자였다. 하지만 주적자의 검을 막기에는 이미 늦어버렸다.


털썩!

묵룡은 격렬한 통증을 느끼며 쓰러졌다. 왕족발이 받은 충격이 고스란히 목에 전해졌다. 차가운 빗물이 고통을 씻어주지 않았다면 상당히 오래 갔을 것이다.

"괜찮소?"

지붕 위에서 쭈그리고 앉아 있던 여신우가 물었다.

"으음— 생각보다 아프군요. 하지만 제 몸에는 이상이 없습니다."

목을 이리저리 움직인 묵룡은 정무문 악양지부를 내려다보았다. 비에 젖은 악양지부는 아직 왕족발의 죽음을 품고만 있었다. 하지만 내일 아침이면 알게 될 것이다.

"왕족발이 죽은 것이 확실하오?"

"목이 잘렸는데 살아 있을 리가 없죠."

여신우는 얼굴에 흐르는 빗물을 훔쳐 내며 말했다.

"그런데 주적자를 저렇게 막다른 골목으로 몰아도 괜찮겠소?"

"문제 될 것이 뭐가 있겠습니까?"

"만약 주적자와 정무문이 싸우게 된다면 많은 희생자가 나올 텐데, 그렇게 되면 되도록 많은 고수들을 황금도로 데려가려는 우리의 계획에 차질이 생기지 않겠습니까? 자칫 정천맹까지 싸움에 끼어들어 주적자 일행과 공멸한다면……."

여신우는 걱정스러운 듯 말끝을 흐렸다.

"사태가 그렇게 흘러간다면 우리가 나서야겠지요."

묵룡은 자리에서 일어났다. 비보다 굵은 물방울이 옷에서 떨어졌다.

"주적자를 너무 두려워하지 마십시오. 당신이 얻은 힘도 결코 적지 않으니 말입니다."

여신우는 자신의 손을 살피다 주먹을 꽉 움켜쥐었다.

"아직 난 실감을 못하겠소이다. 분명 강해진 것은 느낄 수 있지만 그것이 어느 정도인지."

"비약적인 발전을 이루게 되면 느끼기 쉽지 않죠. 차차 알게 될 겁니다. 주적자 정도의 고수와 싸워보면 의외로 금방 알 수도 있습니다."

여신우는 약간 들뜬 음성으로 물었다.

"내가 주적자와 싸워서 이길 수 있겠소?"

"글쎄요. 이번에 기회가 만들어지면 좋겠군요."

묵룡은 다시 악양지부를 보았다.

"나도 저기에 있는 술법사가 어느 정도인지 궁금합니다. 과거에는 음술법(陰術法)이 양술법(陽術法)에게 번번이 패했지만 지금은……."

그는 말을 하다 말고 돌아섰다.

"얼마 지나지 않아 우린 무적이 될 텐데 현재의 강하고 약함이 무슨 의미가 있겠습니까?"

"하긴 그렇구려. 그런데 태세는 언제쯤 깨어나는 것이오?"

"오늘 새벽이면 활동을 시작할 겁니다."

*　　　　　*　　　　　*

"얼마나 구했느냐?"

왕청일의 물음에 무형당(無形堂) 당주 송마강(宋摩姜)은 깊게 허리를 숙였다.

"총 삼천육백 근입니다."

왕청일은 고개를 끄덕였다. 창밖에서 비치는 어스름한 빛이 그의 발치까지 드리우고 있었다. 그는 그 빛에서 벗어나며 물었다.

"그들이 내 제의를 수락했느냐?"

"네. 세가(世家) 가솔들의 목숨은 건드리지 않는다는 조건 하에 수락했습니다."

"상관없겠지. 이 일이 성공하게 되면 그들 정도야 살든 죽든 별 상관이 없을 테니. 그들은 언제 오기로 되어 있느냐?"

"칠 일 안으로 도착할 것입니다."

왕청일은 만족한 표정을 지었다. 모든 일은 순조롭게 진행되고 있었다. 황금도라는 호재를 그냥 넘길 정도로 그는 바보가 아니었다.

'두 달, 그 안에 무림은 내 손에 들어온다.'

\*　　　　\*　　　　\*

"이 일을 어떻게 했으면 좋겠냐?"

소소자의 음성에는 걱정이 가득 묻어 나왔다. 주적자는 바닥에 점점이 떨어진 피를 보며 말했다.

"나 혼자 해결한다."

"이봐……!"

주적자는 손을 들어 소소자의 말을 막았다.

"너나 사도 선배는 이 일에 아무 도움이 안 돼."

"하지만 모른 척할 수는 없다."

그는 분노가 깃든 소소자의 얼굴을 보았다.

"감정만을 앞세워 해결할 일이 아니라는 것은 너도 잘 알고 있잖아."

스윽— 스윽—

"그건 그렇지만 너 혼자 해결한다는 것은 위험이 너무 커."

"위험이야 내 그림자처럼 익숙한 일인데 새삼스러울 것도 없지."

스윽— 스윽—

"아무리 그래도 예견된 위험에 너 혼자 내버려 둔다는 것은……."

"예견된 위험이라 대처하기도 쉽지."

스윽— 스윽—

"꼭 혼자 가야 하겠냐?"

"훨씬 빠르니까. 너는 이곳에서 내가 올 때까지 사람들이 황금도로 떠나는 것을 막아줘."

"다 닦았는데요."

주적자는 고개를 돌렸다. 양쪽 콧구멍에 휴지를 박고 목은 시퍼렇게 멍든 왕족발이 걸레를 들고 어정쩡하게 서 있었다.

"빨리 치료 좀 해주세요. 목을 돌리기도 힘들다구요."

왕족발이 사정을 하자 소소자가 손을 휘휘 저었다.

"조금 기다려. 지금 중요한 얘기 중이니까."

"정말 아프단 말이에요."

소소자가 눈을 부라렸다.

"멍청하게 자기가 왜 여기 와 있는지 기억도 못하는 놈은 그런 말할 자격도 없어!"

"그게 어디 제 탓인가요? 제 죄라면 방에서 나오다 기억을 잃은 것밖에 없단 말이에요. 빨리 치료해 줘요."

소소자는 왕족발을 보다가 긴 한숨을 쉬었다.

"알았으니 일각만 기다려."

"그러지 말고 지금 치료해 달란 말이에요. 생각을 해보라구요. 검 옆면으로 사정없이 후려 맞았는데 얼마나 아프겠어요?"

소소자는 징징거리는 왕족발을 보다 주적자에게 시선을 돌렸다.

"저 녀석, 아예 목을 떨궈 버리지 그랬냐?"

주적자는 웃음을 지었다.

"죽여주라고 목을 들이미는 여신우의 모습이 이상해서 일단 기절만 시켜놓기로 했는데, 저 얼굴이 나올 줄은 상상도 못했다."

그들의 대화 사이로 다시 왕족발이 끼어들었다.

"빨리 치료해 달라니까요."

소소자가 빽 소리를 질렀다.

"알았으니 반 각만 기다려!"

왕족발은 뭐라고 구시렁거렸지만 더 이상 채근하지 못하고 한쪽으로 찌그러졌다. 소소자는 걱정스러운 얼굴을 주적자에게 돌렸다.

"여기서 관 노사가 계시는 풍곡까지 갔다 오려면 최소한 두 달은 걸릴 텐데 그때까지 사람들이 기다려 줄지 모르겠군."

"한 달이면 된다. 내가 너와 사도 선배를 이곳에 머무르라고 한 것도 시간 때문이지. 말을 타더라도 나보다 늦으니 같이 가는 의미가 없잖아."

소소자는 걱정스런 신음을 토해냈다.

"으음… 그곳으로 가는 너도 걱정이지만 관 노사와 혜진이가 아직 무사한지 모르겠구나."

"걱정만 한다고 해결될 일이 아니잖아."

"하긴, 그런데 그 여우 꼬랑지를 어떻게 해야 하지 않겠냐?"

소소자는 한쪽에서 꽁한 얼굴로 서 있는 왕족발을 가리켰다.

"저놈을 죽이게 해서 너와 정무문을 싸우게 할 심산이었잖아."

"여신우 혼자 꾸민 일은 아니야."

주적자는 탁자 위에 놓인 부적을 집었다.

"여신우와 같이 다니는 술법사가 도왔겠지."

"그래. 그리고 우리에게는 그 두 놈이 나쁜 놈이라는 것을 증명할 길이 없다는 게 더 분통 터지는 일이지. 그냥 확 없애 버릴까?"

"탈명침으로 변해서?"

소소자는 어깨를 으쓱했다.

"못할 것도 없지."

"관둬. 여신우를 죽이는 사람이 있다면 그건 나야."

"네 맘대로 해라. 언제 떠날 거냐?"

주적자는 부적을 소소자에게 건네주며 말했다.

"지금."

돌아서는 그를 향해 소소자가 비장한 음성으로 말했다.

"관 노사와 혜진이를 꼭 구해라."

"…할 수 있다면."


\*　　　　\*　　　　\*


용두장의 경비 무사 상엽충(常曄忠)은 긴 하품을 하며 우의를 걸쳤다. 새벽에 나가는 경비 교대는 언제나 고역인데 비까지 내리니 더욱 그랬다. 챙이 넓은 모자를 쓴 상엽충은 빗속으로 발을 들여놓았다.

봄이라고는 생각할 수 없는 차가운 기운이 뼛속으로 스며들었다. 몸을 한차례 부르르 떤 상엽충은 용두전으로 가기 위해 걸음을 옮겼다. 하늘이 맑다면 어슴푸레 밝음이 밀려올 시간인데 비에 젖은 세상은 아직도 한밤중이었다. 키 작은 나무들이 양쪽에 자리한 소로(小路)를 따라가던 그는 어떤 소리에 걸음을 멈췄다.

사락!

옷깃 스치는 것처럼 낮고 부드러운 소리는 요란한 빗소리에 묻혀 희미하게 들렸다. 경비 무사들이 내는 소리는 아닐 것이다. 때가 때인만큼 숨도 크게 쉬지 못하는데, 움직여서 소리를 낼 만큼 나태한 그들이 아니었다.

상엽충은 잠시 자리를 지키며 그 희미한 소리가 들려오기를 기다렸다. 하지만 한참을 기다려도 소리는 들리지 않았다. 그렇다고 주위에 있는 경비 무사들에게 말을 시킬 수도 없었다.

'잘못 들었나?'

생각을 하며 막 걸음을 옮기려 할 때였다.

털썩!

이번에는 확실히 들을 수 있었다. 둔탁한 그 소리는 분명 무언가가 쓰러지면서 만들어낸 것이었다. 불길한 예감이 꼬리뼈를 타고 정수리로 이어졌다. 그는 황급히 소리나는 쪽으로 발길을 돌렸다. 작은 나무 사이를 지나자 속이 빈 커다란 바위가 나왔고, 바위 안이 평소 매복을 하는 장소였다.

상엽충은 조심스럽게 바위 뒤쪽으로 다가갔다. 이런 행동은 자칫 위험할 수도 있었지만 이상함을 발견하고 그냥 지나칠 수는 없었다. 문이 있는 바위 뒤쪽으로 돌아갈 동안 당연히 있어야 할 경고성이 터지지 않았다. 진흙이 달라붙은 신발이 유난히 무겁게 느껴졌다.

그는 바위 틈새로 조심스럽게 손가락을 집어넣었다. 심호흡을 하자 습기가 폐 속으로 밀려들었다. 상엽충은 어금니를 물고 단숨에 문을 열었다.

덜컹!

문은 유난히 커다란 소리를 내며 열렸다. 바위 안은 바깥보다 훨씬 어두워 금세 무언가를 확인할 수 없었다. 화섭자를 찾기 위해 품을 더 듬는 그의 후각에 비릿한 내음이 걸렸다. 익숙하지는 않더라도 어떤 종류의 것인지는 충분히 알 수 있는 냄새. 그는 '설마 아니겠지'라는 마음을 품고 화섭자의 뚜껑을 열었다.

치이이익―

특유의 소리와 함께 파란 불빛이 어둠을 단숨에 밀어냈다. 그리고……

"허억―"

상엽충은 경악성과 함께 주춤 물러섰다. 바위 안에 있는 것은 두 구의 시체이면서 또한 고깃덩어리였다. 목은 어디론가 사라져 버렸고, 내장은 원래 바위의 것인 양 벽에 달라붙어 있었다.

그는 황급히 돌아서면서 피리를 꺼내 입에 물었다.

퍼억―

무언가 뚫리는 듯한 소리는 매우 이상했다. 귀가 아닌 뇌 속으로 파고드는 것처럼 느껴졌다.

'뭐지?'

고개를 돌릴 때 가슴에 묵직한 통증이 전해졌다. 그는 고개를 내려뜨렸다. 그의 가슴 앞으로 팔뚝만큼 굵은 줄이 꿈틀거리고 있었다. 그리고 그 끝에 걸려 있는 뼛조각과 핏덩이.

상엽충은 꿈틀거리는 그것을 따라 고개를 더 안쪽으로 밀어 넣었다. 괴물의 촉수 같은 그것이 가슴에 달라붙어 있었다. 하지만 그는 곧 그것이 붙은 게 아니라 가슴을 꿰뚫었음을 알았다.

갑자기 머리 속이 하얗게 비어버렸다. 죽음이란 언제나 예고된다고 생각했는데…….

삐익—

날카로운 피리 소리는 물기 머금은 대기를 갈기갈기 찢어놓았다. 하나가 울리자 피리 소리는 금세 수십 개의 메아리를 만들어냈다. 이미 일상이 되어버린 빗소리를 품은 고요함은 단숨에 사라졌다.

"이제 시작이군요."

여신우는 창밖을 보며 말했다. 보이지는 않았지만 들리는 소리로 대충 상황을 짐작할 수 있었다.

"슬슬 나가봐야 하지 않을까요?"

그의 물음에 묵룡은 오래전에 비워진 찻잔을 만지작거리며 말했다.

"강한 인상을 주려면 되도록 늦게 나타나야 합니다."

"그러다 태세가 여기 모인 사람들을 모두 죽여 버리면……."

묵룡의 입가에 조소가 맺혔다.

"자기를 중요한 사람이라고 생각하는 인물들은 자신을 위해 더 이상 죽어줄 사람이 없을 때만 위험에 맞서려 하죠. 죽는 자들은 하급 무사뿐 일 것이니 염려하지 마십시오."

언제나 느끼는 거지만 묵룡이란 자가 세상을 보는 시선은 무척이나 냉소적이었다. 물론 대부분 타당해서 반박할 여지가 없긴 하지만…….

묵룡이 무거운 엉덩이를 의자에서 뗐을 때는 그 후로도 이각이나 지난 후였다.

"슬슬 움직여 볼까요? 그전에 우선 모습을 바꿔야겠죠?"

묵룡은 눈을 감고 입술을 달싹거려 소리없는 주문을 외웠다. 그러자 그의 얼굴에 점점 주름이 잡히고 머리칼과 눈썹도 흰색으로 변해갔다. 맨들맨들했던 턱에도 점차 하얀 수염이 탐스럽게 자라났다.

잠시 후 묵룡은 누가 도사라고 하지 않아도 한눈에 그렇게 보일 정도의 외모로 탈바꿈했다.

"가시죠."

목소리조차 낮고 깊게 변했다.

'어떤 것이 진짜 모습인지 종잡을 수가 없군. 어쨌든 상관없겠지.'

이번이야말로 자신이 얼마나 강해졌는지 확인해 볼 수 있는 기회였다. 그의 생각을 읽은 듯이 묵룡이 말했다.

"실력을 모두 드러내지는 마십시오. 자칫 의심을 살 수도 있습니다. 우리의 가장 큰 목적은 승룡부를 알리는 데 있다는 것을 잊지 마십시오."

"알고 있소이다."

아쉬움이 남았지만 알아볼 기회는 얼마든지 있을 것이다. 어둠이 완전히 걷히지 않은 회랑을 나와 대청에 다다랐을 때 용두장 무사 한 명이 달려왔다.

"여 장로님! 큰일 났습니다!"

여신우는 짐짓 모른 체하고 물었다.

"무슨 일이냐?"

"괴물이… 알 수 없는 괴물이 나타나 용두장을 쑥밭으로 만들고 있습니다!"

"뭐야? 그게 무슨 소리냐?"

자신이 생각해도 실감나는 연기였다.

"괴물이 땅속에서 올라와 용두장 무사뿐 아니라 이곳에 모인 구파의 제자들까지 죽이고 있습니다!"

여신우는 비명이 끊이지 않는 곳으로 발걸음을 옮기며 물었다.

"구파의 장로 분들과 장문인들은 무사하시더냐?"

"아직은 사태 파악에만 주력하고 계십니다. 개방의 방주님께서 정무문 악양지부에 있는 주 보표 지인들을 모셔 오라고 사람을 보내놓았습니다."

"쓸데없는 짓을 했군."

"네?"

"아무것도 아니다."

그는 태세가 난동을 부리는 곳으로 서둘러 갔다. 왕족발이 죽었으니 그럴 리야 없겠지만, 주적자 일행이 나타나 행여 태세를 없애 버릴지도 모르니 서둘러야 했다. 묵룡도 그와 생각이 같은지 옮기는 발걸음에 여유가 없었다. 그들이 용두전으로 들어서는 월동문을 막 나설 때였다.

콰앙!

지축을 울리는 소리와 함께 용두전 일부가 모래성처럼 무너져 내렸다. 태세의 수많은 촉수가 만들어낸 괴력이었다. 주변에 있던 사람들은 메뚜기 떼처럼 이리저리 피하느라 정신이 없었다.

태세는 높이와 넓이가 이십 장에 이르는 검붉은 색의 거대한 고깃덩어리 같았다. 수천 개의 눈을 몸 구석구석에 지녔고, 그만큼이나 많은 촉수를 사방으로 흔들며 주변에 있는 모든 것을 파괴하고 있었다. 간혹 용감함이 지나친 자들이 칼을 휘두르며 덤벼보았지만 주변의 형체를 알 수 없는 시체들과 같은 모습으로 변했다.

"여 장로!"

여신우는 자신을 부르는 소리에 고개를 돌렸다. 혁련제가 검을 들고 서둘러 다가왔다. 그의 검과 옷에는 녹색의 진득한 액체가 들러붙어 있었는데, 태세에게서 나온 것이리라.

"어떻게 된 것입니까?"

"나도 아직은 모르겠소. 저 괴물이 무엇인지, 왜 이곳에 나타나 난동을 부리는지."

혁련제의 말을 묵룡이 받았다.

"태세군요."

혁련제는 기대가 담긴 눈을 묵룡에게 보냈다.

"도사께서는 저 괴물을 알고 있소?"

"땅속에 살면서 태세성을 따라다니는 요괴입니다. 건드리지만 않으면 사람을 해치지 않는 요괴인데……."

묵룡은 황금성이 있는 쪽으로 시선을 돌리며 중얼거렸다.

"역시 영향력을 행사하고 있는 건가?"

혁련제도 묵룡과 같은 방향을 보며 물었다.

"영향력이라니, 그게 무슨 소리요?"

묵룡은 품에서 승룡부 두 장을 꺼내 여신우와 혁련제에게 각각 한 장씩 나눠 주었다.

"이걸 몸에 지니십시오. 모든 요괴의 침범을 막는 부적입니다."

여신우는 일부러 의심스러운 표정을 지으며 물었다.

"이것만 지니면 정말 모든 요괴가 접근하지 못한단 말이오?"

묵룡은 보기 좋은 미소를 지었다.

"당장 증명이 될 것입니다. 그 부적을 가슴에 품고 절 좀 도와주셔야겠습니다."

"어떻게 말이오?"

묵룡은 육중한 몸을 땅에 끌며 움직이는 태세를 보았다.

"저 녀석에게는 급소가 있는데 그곳에 상처를 내주셔야 합니다."

혁련제가 물었다.

"그 급소가 어디요?"

묵룡은 손바닥만한 종이 한 장을 꺼내더니 새끼손가락을 깨물어 피로 종이에 알 수 없는 그림을 그렸다. 이어서 피로 쓴 부적을 손가락 사이에 끼워 수결을 짓더니 그것을 태세에게 날렸다.

비도처럼 허공을 날아간 부적은 이리저리 곡선을 그리더니 태세의 수많은 눈 사이에 달라붙었다.

"저곳입니다!"

묵룡은 새로운 종이를 꺼내며 말을 이었다.

"저곳에 부적이 들어갈 수 있도록 흠집을 내주십시오. 서두르십시오! 녀석이 요동을 치면 떨어질지도 모릅니다!"

묵룡은 소리를 치고 다시 종이에 피로 무언가를 그렸다. 여신우는 가슴에 있는 승룡부를 확인하고 태세를 향해 몸을 날렸다. 멀리 있을 때는 희미하던 악취가 오 장 가까이 다가가자 후각을 마비시킬 정도로 풍겼다. 그의 뒤로 혁련제가 따라붙었다.

"조심하시오!"

혁련제에게 소리친 그는 태세에게 달라붙은 부적을 향해 일직선으로 쏘아져 갔다.

취리리리릭—

수십 개의 촉수가 거대한 구렁이처럼 그를 향해 뻗어왔다. 본능이 느끼는 위험이 등골을 서늘하게 만들었다. 여신우가 막 몸을 덮치는 촉수를 향해 검을 휘두르려 할 때였다. 그를 향해 덮쳐 오던 촉수는 마치 불에 데인 것처럼 빠르게 물러났다. 달랑 부적 한 장이 자신을 지켜 준다는 것이 이상하게 느껴졌다.

여신우는 검을 고쳐 쥐고 부적을 향해 곤두박질쳤다. 검붉은 색을 가진 태세의 피부는 한번 빠지면 헤어나올 수 없는 늪처럼 보였다.

그 늪에 일엽편주처럼 자리한 부적 한 장!

여신우의 검이 부적에 깊숙이 꽂혔다. 진녹색의 액체가 검 주위로 치솟아올랐다. 태세의 피가 번지기 시작한 부적에 다시 혁련제의 검이 틀어박혔다.

비명은 없었다. 하지만 요동을 치는 태세의 몸짓으로 녀석의 고통을 알 수 있었다.

"빨리 피합시다!"

여신우가 소리치며 몸을 날리자 혁련제도 황급히 뒤를 따랐다. 그들 곁으로 부적 한 장이 스쳐 갔다.


소소자 일행이 도착했을 때 상황은 이미 끝나 있었다. 검붉은 태세의 파편과 눈알이 사방에 흩어져 있고, 그보다 많은 진녹색의 피가 물에 섞여 옅은 녹색으로 땅을 물들이고 있었다.

"대체 저게 뭐였지?"

나인현이 땅에 구르고 있는 주먹만한 눈알을 집은 후 주위를 둘러보며 말했다.

"잔해로 봐서는 태세와 흡사한데 다르군요."

"뭐가 다르다는 것이오?"

소소자의 물음에 나인현은 눈알을 땅에 던졌다.

"첫째, 태세에게는 촉수가 없어요. 둘째, 태세는 이처럼 난폭하게 사람을 공격하지 않아요. 태세를 파내면 저주를 내릴지언정 물리적인 공격은 하지 않죠. 셋째, 태세의 몸 색깔은 싱싱한 고기 색깔이라는 거예요. 이건 마치 한 달쯤 썩은 고기 같지 않나요?"

소소자는 물에 젖은 태세의 파편을 툭툭 걷어차며 말했다.

"그럼 이건 결국 태세가 아니라는 소리잖소?"

나인현은 고개를 저었다.

"태세가 아니면 이런 모습의 비슷한 요괴조차 없어요. 이건 마치 태세의 변종을 만들어낸 것 같군요."

소소자는 사람들에게 둘러싸인 여신우와 정체 모를 노인을 보았다. 아마도 그 술법사일 것이다.

"만약 이것이 태세의 변종이라면 저 노인이 만든 것일까요?"

나인현의 시선도 노인에게 향했다.

"그럴지도 모르죠. 전혀 불가능한 일은 아니니."

심각한 표정으로 무언가를 생각하던 사도철광이 물었다.

"태세를 변질시켰다면 증거를 잡아낼 수는 있나?"

나인현은 고개를 저었다.

"아뇨. 이렇게 산산조각이 나버렸으니 밝혀낼 방법이 없죠. 그리고 설사 있다 하더라도 태세가 무엇인지도 모르는 사람들에게 진짜와 변형된 것을 어떻게 설명하겠어요?"

소소자는 영웅이 된 여신우와 술법사를 보았다. 사기극이 분명한데도 밝혀낼 방법이 없으니 화가 났다. 소소자가 노려보고 있을 때 여신우의 시선이 그들에게로 향했다. 순간 여신우의 얼굴에 의아함이 떠올랐다.

'너희들이 왜 여기 있는 거지? 왕족발의 죽음 때문에 정무문 안에서 허우적대고 있어야 하잖아?' 라고 생각하는 것이 눈에 보였다. 하지만 그 표정도 잠시, 여신우는 씨익 웃음을 지었다.

입술 한쪽 끝만을 올려서 웃는 그 웃음에는 거만함이 배어 있었다. 주먹을 불끈 쥐고 한걸음 내딛는 소소자의 발길에 무언가 걸렸다. 발치를 보자 진흙이 잔뜩 묻은 잘려진 손이 뒹굴고 있었다. 분명 누군가의 인체에 붙어서 무언가를 집고, 가려운 곳을 긁고, 코를 후벼 파던 그 손은 싸늘하게 식어 혐오감만을 풍기는 고깃덩이로 전락해 버렸다.

태세와 여신우에게 신경 쓰느라 미처 발견하지 못했는데, 주인 잃은 신체의 일부는 빗물 속에 적지 않게 뒹굴고 있었다. 여신우와 술법사의 음모로 인해 근 백여 명의 사람들이 죽은 것이다.

소소자는 빗물이 들어와 눈을 따갑게 만들어도 여신우에게서 시선을 떼지 않았다.

'여신우, 곧 탈명침이 널 찾아갈 것이다!

*　　　*　　　*

"여 장로님께서 오셨습니다."

기선진은 일어서 옷매무새를 가다듬고 말했다.

"모시거라."

문이 열리며 여신우와 술법사 정 진인(鄭眞人)이 들어왔다.

그녀는 앞에 있는 의자를 가리켰다.

"앉으시지요."

여신우가 의자에 엉덩이를 걸치며 물었다.

"무슨 일로 우리를 부른 것이오?"

그녀는 여신우와 정 진인을 번갈아 쳐다보며 말했다.

"사안이 중요하니 사족은 빼고 본론만 말씀드리겠습니다."

잠시 뜸을 들인 기선진의 입이 다시 열렸다.

"화산 장문인이신 혁 어르신의 말씀에 의하면 태세와 싸우시기 전에 정 진인께 승룡부라는 부적을 받으셨다고 하더군요."

"그랬소이다만."

"혹시 그 부적이 요괴의 침범을 막을 수 있는 것이 아닌가 여쭙고 싶습니다."

여신우는 눈길을 정 진인에게 돌렸다. 대신 대답을 하라는 뜻이었다. 정 진인은 탐스러운 수염을 쓰다듬으며 입을 열었다.

"그 말씀을 드리기 앞서 이번에 나타난 태세를 짚고 넘어가야겠습니다. 용두장에 나타난 태세는 흔히 우리가 알고 있는 태세와는 상당히 달랐습니다."

"그 말씀은?"

"변형되었다는 것입니다. 일반적으로 태세는 목성을 따라 땅속을 돌 뿐 건드리지 않는 이상 사람을 해치지는 않습니다. 그런데 이번에 나타난 태세는 땅 위로 스스로 올라와 살육을 자행했습니다. 더구나 그 생김새도 상당히 달랐고 말입니다."

기선진이 걱정스러운 눈빛으로 물었다.

"태세가 변형됐다는 말씀인가요?"

"네. 아마도 주변의 어떤 기운에 의한 것이 아닌가 생각됩니다."

"진인께서 생각하시는 것은 혹시… 황금도가 아닌가요?"

정 진인은 잠시 비 내리는 창밖의 풍경을 보다가 말했다.

"그럴 확률이 높습니다. 아니, 틀림없이 황금도의 영향을 받았다고 생각합니다. 동정호 저쪽에서 밀려오는 요기가 느껴질 정도니까요."

기선진도 정 진인의 시선을 따라 눈길을 돌렸다.

"그렇다면 제이, 제삼의 태세가 나타날 수도 있다는 말씀인가요?"

정 진인은 고개를 저었다.

"태세 정도와는 비교도 되지 않을 요괴지요. 태세처럼 온순한 요괴가 저 정도로 변했는데, 하물며 포악한 요괴의 잠을 깨워 변형을 시킨다면……."

그는 차마 무서워서 말을 못하겠다는 듯 입을 다물었다.

"진인께서 하시고 싶은 말씀은 무엇입니까?"

정 진인은 얼굴을 가린 면사까지 꿰뚫을 것 같은 깊은 눈으로 그녀를 응시했다.

"서둘러야 합니다. 한시 바삐 황금도가 품고 있는 요기를 잠재우지 않는다면 어떤 일이 벌어질지 알 수 없습니다. 어쩌면……."

그가 말을 멈추자 기선진이 서둘러 물었다.

"진인께서 걱정하시는 것이 무엇입니까?"

정 진인은 긴 한숨을 내쉬고 말했다.

"온갖 요괴와 정괴들이 세상을 덮을지도 모릅니다. 한곳에서 요괴의 기가 세지면 그 주변에 잠들어 있던 요괴들은 자연히 깨어나게 되어 있습니다. 근래 들어 사방에서 심심치 않게 나타나는 요괴들이 그 중 거입니다. 그렇게 요괴들이 깨어난다면 결국 인간들은 그 수많은 요괴들과 힘겨운 싸움을 해야 할 것입니다."

기선진은 정 진인의 암울한 예견에 몸을 부르르 떨었다. 태세의 위력은 이미 보아서 알고 있었다. 순한 태세가 그 정도인데 정말 악한 요괴는 어떻겠는가? 인간들에게 도저히 승산이 없는 싸움이었다.

"서둘러 황금도로 떠나야 한다는 말씀이군요."

"물론 충분한 준비는 필요합니다. '황금도로 오지 마라'라고 했다는 것은, 즉 더 강하고 많은 인간들을 황금도로 보내라는 말과 다름없으니까요. 여기에는 뭔가 있다는 뜻입니다. 노부가 듣기로 흡혈야황이라는 정괴가 이 일의 음모자라고 하던데……."

"주적자라는 보표가 지금껏 흡혈야황을 쫓아서 여기까지 왔다고 하더군요. 앞뒤 정황을 들어보니 의심할 여지가 없었습니다."

정 진인은 가볍게 고개를 끄덕인 후 말했다.

"그것이 사실이라면 황금도에 어떤 함정이 있다고 봐도 되겠군요. 하지만!"

그는 몸을 앞으로 내밀며 훨씬 나직한 음성을 뱉어냈다.

"우린 빨리 가야 합니다. 시간이 조금만 더 지나면 수없이 많은 요괴들이 잠에서 깨어날 것입니다. 흡혈야황이란 정괴가 무엇을 꾸미는지 알 수 없지만 세상이 요괴로 덮이는 것보다 나쁠 수는 없겠죠."

기선진이 말이 없자 정 진인이 다시 입을 열었다.

"비가 그치는 대로 노부는 황금도로 떠날 생각입니다."

"혼자서 말인가요?"

정 진인은 긴 한숨을 쉬었다.

"노부라고 어찌 혼자 그곳에 가고 싶겠소이까. 하지만 내 한 몸의 안전을 위해 코앞에 닥친 재난을 모른 체할 수는 없는 일이지요."

기선진은 잠시의 사이를 두고 입을 열었다.

"정 진인께서는 잠시 기다려 주실 수는 없는지요? 구파의 장문인 어르신들과 장로님의 의견을 모아서 되도록 빨리 출발할 수 있도록 해보겠습니다. 그리고 태세 때문에 얘기를 하다 말았는데……."

어려운 부탁을 할 때 항상 그렇듯 그녀는 말을 잠깐 끊었다.

"태세를 잡을 때 쓰셨던 그 승룡부를 떠나는 사람들이 모두 지참할 수는 없을까요?"

정 진인이 놀란 얼굴로 되물었다.

"그 많은 사람들에게 모두 말입니까?"

"무리한 부탁을 드려 죄송합니다."

이제껏 방관자로 있던 여신우가 입을 열었다.

"내가 술법에 대해서 많이는 알지 못하지만, 술법을 펼치는 횟수만큼 술법사의 수명이 짧아진다고 하더군요. 특히 부적은 자신의 생명력을 불어넣는 것이니 그게 심하다고 합니다."

여신우는 말을 하고 정 진인을 보았다. 부정을 하지 않는다는 것은 곧 긍정을 의미했다.

"그런데 수백 장의 승룡부를 써서 나눠 주는 것은 무리한 부탁……."

여신우의 말 중간에 정 진인이 파고들었다.

"써드리죠."

"정 진인님!"

여신우가 놀란 얼굴로 정 진인을 불렀다. 정 진인은 사뭇 비장한 얼굴로 말했다.

"제가 술법을 배운 이유가 인명을 구하고자 함인데 어찌 마다할 수 있겠습니까?"

"하지만……."

정 진인은 손을 들어 여신우의 말을 막았다.

"저를 걱정해 주시는 것은 고맙지만 이번만은 제 뜻대로 할 터이니 양보해 주십시오."

그의 시선이 기선진에게로 향했다.

"몇 장이면 되겠습니까?"

기선진은 이미 계산해 놨기 때문에 바로 대답할 수 있었다.

"사백 장이면 되겠습니다. 너무 부담스러우시다면……."

"아닙니다. 칠 일 안으로 준비해 드리지요. 그 때문에 제 황금도행이 조금 늦어지겠군요."

그녀는 안도의 한숨을 내쉬었다. 황금도에 어떤 함정이 기다리고 있을지 알 수 없지만 흡혈야황도 정 진인의 출현을 계산에 넣지는 못했을 것이다.

'변수란 상황을 반전시키는 가장 큰 힘이지.'

제38장
나쁜 현실

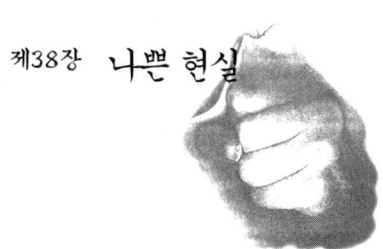

제38장  나쁜 현실

사도철광은 침 하나하나를 정성 들여 닦는 소소자를 보았다. 나중에
야 알았지만 몇 달 전 주적자와 싸우기 전에 보였던 그 모습과 흡사했
다. 벽에 닿아 있는 침대 아래에는 세 자 길이의 굵은 통나무 네 개가
놓여 있었다.

"탈명침으로 변해서 죽여야 할 인물이 생겼나 보지?"

농담 같은 사도철광의 질문은 침묵으로 돌아왔다. 아무 말 없이 침
을 손질하는 소소자를 보며 사도철광은 자신의 예상이 맞다는 것을 직
감했다.

"자네, 설마 여신우를?"

"아무 말 마시오. 내가 알아서 할 테니."

사도철광은 열어놓고 들어왔던 방문을 닫고 소소자의 맞은편에 앉
았다.

"정말 여신우를 죽일 생각인가?"

"무고한 사람을 그렇게 많이 해친 놈을 알고도 그냥 놔두란 말이오?"

"자네 마음은 알겠지만 지금은 때가 좋지 않아. 성공한다 해도 자칫 자네의 정체가 탄로날 수도 있고, 실패한다면……."

소소자가 그의 말을 잘랐다.

"탈명침에게 실패란 있을 수 없소. 사도 영감은 괜한 걱정 하지 말고 잠자코 있으시오."

사도철광은 소소자를 물끄러미 쳐다보다가 한숨을 내쉬었다. 이미 완고하게 뜻이 선 소소자를 천하에 누가 말릴 수 있겠는가? 도와줄 방법이나 강구하는 것이 가장 좋은 선택일 것이다.

"언제 여신우를 찾아갈 생각인가?"

소소자는 창을 통해서 줄기차게 내리는 비를 보았다.

"주적자의 말에 의하면 모레쯤이나 비가 그칠 것이니 내일이 적당하겠죠."

사도철광은 소소자의 어깨를 툭툭 두드렸다.

"호 소저를 생각해서라도 조심……."

"아야!"

갑자기 들린 비명 뒤로 소소자의 고함 소리가 들렸다.

"이 영감탱이야! 건드리는 바람에 침에 찔렸잖아!"

사도철광은 슬그머니 돌아서며 구시렁거렸다.

"누가 알고 그랬나?"

막 문을 나서려는 창문 쪽에서 달그락 하는 소리가 들렸다. 고개를 돌리자 흠뻑 젖은 화백이 몸을 부르르 터는 것이 보였다. 몸에 방울방울 맺혀 있던 물기는 금세 몸 안으로 빨려 들어갔다.

강행군을 해야 하는 주적자가 돌볼 겨를이 없다고 맡겨놓고 간 것이다. 그냥 이삼 일에 한 번 물만 주면 된다고 했고, 지금은 비가 내리니 따로 돌보지 않아도 혼자 잘 지냈다. 주적자가 떠난 후 화백은 소소자가 아무리 불러도 다가오지 않았고, 혼자서 방구석에 앉아 있다 생각나면 빗속으로 나가는 일만 반복했다.

가끔 창가에 앉아서 멍한 시선을 보내고 있는 것을 보면 주적자를 기다리는 것 같기도 했다. 소소자도 별 위험이 없는 한 그런 화백을 그냥 지켜보았다. 꼬맹이에게 신경 쓸 만큼 정신의 여유가 없는 탓이었다.

지금도 화백은 그대로 창가에 앉아 하염없이 내리는 빗물만 보고 있었다. 화백의 뒷모습을 물끄러미 보고 있는 사도철광에게 소소자가 말했다.

"행여 날 도와주려는 생각에 따라오지 마시오. 혼자가 편하고 쉬우니까."

사도철광은 대답없이 방을 나선 후 바로 곁에 붙어 있는 나인현과 호미령의 거처로 갔다.

"어험!"

그가 문 앞에서 헛기침을 하자 안에서 호미령의 목소리가 들렸다.

"들어오세요."

사도철광은 문을 열고 안으로 발을 들여놓았다. 그녀들은 김이 모락모락 나는 차를 앞에 두고 마주 앉아 있었다.

"용정차로군."

호미령이 일어서며 말했다.

"잠깐 기다리세요. 한잔 드릴게요."

"아니네. 소 의원이나 갖다 줘."

호미령은 짓궂은 웃음을 지었다.

"단둘이 계시고 싶어서 그렇군요."

나인현만큼이나 사도철광의 얼굴도 붉어졌다.

"무슨 그런 소릴……."

호미령은 차 한 잔을 탁자 위에 올려놓고 주전자와 찻잔을 들고 밖으로 향했다.

"두 분이서 오붓한 시간 즐기세요."

문을 닫고 나간 그녀의 기척이 옆방으로 향했다. 사도철광은 의자에 앉아 앞의 찻잔을 감싸 쥐었다. 따뜻한 기운이 기분 좋은 나른함을 불러왔다.

달그락!

잔과 접시가 부딪치는 소리에 사도철광은 나인현을 보았다. 창밖으로 시선을 두고 있는 나인현에게서 어색함이 묻어 나왔다.

"모레쯤이면 비가 그칠 거라고 하더군."

사도철광은 그녀도 알고 있을 쓸데없는 말을 건넸다.

"네."

짧은 대답 뒤로 나인현은 찻잔을 입에 댔다. 후루룩 하는 소리가 유난히 크게 들렸다.

"겁나지 않나?"

"뭐가요?"

"이번 황금도행 말이네. 틀림없이 위험한 길이 될 게야. 어쩌면……."

그녀가 사도철광의 말 사이로 끼어들었다.

"아직 일어나지도 않은 일에 서둘러 겁먹을 필요는 없잖아요. 피할 수 있는 일도 아니구요."

사도철광은 침착한 그녀의 얼굴을 물끄러미 처다보다 고개를 끄덕였다.

"그래. 하지만 지금이라도 피할 수 있는… 어쩌면 자네가 꼭 피해야 하는 일이 있네."

"무슨 일을 말씀하시는 거예요?"

사도철광은 흑백이 뚜렷한 나인현의 시선을 외면했다. 그 눈을 보고 있으니 말이 입속에서 맴돌 뿐 밖으로 나오지 않았다. 사도철광은 숨을 들이켜 할 말을 정리한 후 입을 열었다.

"자네와 나의 관계 말일세."

나인현의 얼굴을 보지는 않았지만, 고르던 숨이 뚝 끊기는 것으로 그녀의 놀라움을 짐작할 수 있었다.

"지금이라도 천의지에서 했던 우리의 약속을 없던 것으로 돌리면 좋겠네."

한참 후에야 그녀의 말이 들려왔다.

"왜 그런 생각을 하셨어요?"

사도철광은 쓸쓸한 웃음을 머금었다.

"당연한 것 아니겠나? 내 나이 벌써 예순여섯이네. 자네 나이를 곱하고도 열네 살이나 더 많지. 그런 내가 무슨 낯으로 자네를……."

그는 말끝으로 고개를 저었다.

"처음부터 말도 안 되는 일이었는데 내가 무엇에 씌인 것이 분명해. 그렇지 않고서야 내가 자네 같은 젊은 처자를 탐낼 리가 없어."

"그래요. 우린 둘 다 무엇에 씌였어요."

사도철광은 나인현에게로 시선을 돌렸다. 그녀는 당돌하리만치 그를 똑바로 쳐다보고 있었다.

"우린 둘 다 사랑이라는 것에 씌인 거예요."

"이보게, 자네는 착각을 하고 있는 것인지도 모르네. 사부 외에 자네를 헌신적으로 도와준 사람이 나뿐이니까. 사랑과 고마움을 혼동하면 안 돼."

"그럼 당신은 어떤가요?"

나인현은 '사도 선배'라는 호칭 대신 '당신'이라고 불렀다.

"난 평생을 혼자 살아왔네. 우습게도 아내로 맞이하고 싶은 여자가 없었기 때문이지."

그가 '우습게도'라는 표현을 썼지만 말을 한 자신도, 그것을 듣는 나인현도 별로 우습다고 생각하지 않았다.

"그렇게 평생을 혼자 살았는데 이제 와서 새삼스럽게 결혼을 한다는 것도 부담스러운 일이지. 더욱이 자네처럼 앞날이 창창한 젊은 처자와 말이야."

나인현은 물끄러미 그를 보다가 말했다.

"제 질문에 대한 답이 아니군요. 전 당신이 날 사랑하냐고 물은 거예요."

사도철광은 말문이 막혔다. 새털처럼 많은 날을 살았지만 지금껏 단 한 번도 여자에게 사랑한다는 말을 해본 적이 없는 그였다. 주먹이나 사방, 반찬, 무공, 무림, 살인 등등… 두 글자로 된 말은 수없이 많고 그 말들은 아무렇지 않게 뱉어낼 수 있었다.

하지만 사랑이라는 말은 입 밖으로 나오는 순간 심장이 멎기라도 하는 것처럼 쉽게 나오지 않았다.

사도철광은 입술을 한참 동안 달싹거린 후에야 말을 할 수 있었다.

"자네를… 사랑하지 않았다면 청혼도 하지 않았겠지. 하지만……."

"그럼 됐어요. 날 사랑과 고마움도 구별하지 못하는 멍청한 여자로 만들지 마세요. 나이 따위는 아무 상관 없어요."

그녀는 탁자 위에 올려진 사도철광의 손톱을 잡아끌었다.

"다시는 그런 소리 하지 마세요. 듣고 싶지 않아요. 제가 사랑하는 사람은 젊은 사도철광이 아니라 지금의 사도철광 바로 당신이니까요."

나인현은 사도철광의 나뭇등걸처럼 거친 손을 쓰다듬었다.

"제게 가장 중요한 것은 당신과 함께할 수 있는 바로 지금이에요."

사도철광은 가슴이 뻑뻑해지는 기쁨 속에서도 한줄기 씁쓸함을 느꼈다.

"그 시간이 남들보다 훨씬 짧은 게 가슴 아픈 일이지. 만약……."

그는 굵은 침을 삼킨 후 말을 이었다.

"내가 먼저 죽거든……."

나인현이 무언가 말을 하려 했지만 사도철광의 손짓에 막혔다.

"날 되도록 빨리 잊게나. 이건 그냥 해보는 말이 아니야. 오래오래 같이 살면서 행복을 함께하는 것을 꿈꾸는 것만큼이나 반대되는 불행 또한 언제든 일어날 수 있으니까. 특히 우리 같은 처지에 있는 사람들에게는 더욱 그렇지."

암울한 예견 같은 것은 그들에게서 말을 빼앗아갔다. 열어놓은 창문으로 스며든 빗소리는 순식간에 그들의 공간을 메워 버렸다. 어색한 침묵은 아니었다. 그들은 그저 같은 자리에서 다른 생각으로 서로를 보듬을 뿐이었다. 알 수 없는 미래를 걱정하며…….

사각— 사각—

소도가 움직일 때마다 나무 살이 얇게 떨어져 나갔다. 통나무는 차츰 다른 형태로 변모해 가고 있었다. 속이 파이고 겉은 약간 돌출된 가면이었다.

호미령은 소소자의 손놀림을 물끄러미 쳐다보고 있다가 입을 열었다.

"자신있으세요?"

근 이각 만에 꺼낸 말이었다. 소소자는 여전히 손을 놀리며 대꾸했다.

"자신이 없었다면 애초에 마음도 먹지 않았을 것이오."

그녀가 말이 없자 소소자가 만들던 가면과 소도를 놓았다.

"걱정되시오?"

"아니라고 하면 거짓말이겠지요."

소소자는 싱긋 웃음을 지었다.

"날 믿으시오. 지금까지 한 번도 실패해 본 적이 없고, 이번에도 마찬가지일 테니."

호미령은 다시 일을 시작하는 소소자를 말리고 싶었다. 황금도로 가는 것만으로도 위험한 일인데, 다른 위험을 서둘러 만들 필요가 있느냐고 말하고 싶었다. 하지만 그녀는 끝내 입을 열지 못했다. 그것은 소소자가 옳다고 믿는 일이었고, 그녀 또한 그렇기 때문이다.

"조심하세요."

소소자는 밖을 보이게 하는 두 개의 구멍을 파며 말했다.

"난 언제나 조심하고 이처럼 살아남았소. 물론 이번에도 그럴 테고."

그는 그 말로 안심을 시키지 못했다고 생각했는지 일손을 멈추고 호미령을 보았다.

"흡혈야황의 일을 끝내면 난 무림을 떠날 생각이오."

"……"

"어디 한적한 마을에 가서 의원이나 하며 살고 싶소. 당신과 함께."

*　　　*　　　*

기름종이를 풀자 검은 장포는 금세 비에 젖어버렸다. 이제껏 하얀 색만을 고집했지만 이번만은 그럴 수 없었다. 그가 지금까지 해왔던 정화(淨化)보다 훨씬 중요했고, 그만큼 꼭 성공하고 싶었다.

소소자는 언덕 아래 용두장을 보았다. 띄엄띄엄 밝혀진 불은 물기 머금은 어둠을 밀어내기에는 턱없이 부족했다. 가면을 쓰자 거친 느낌이 전해졌다. 서둘러 만든 탓이었다. 각목 위에 올라서 발에 끈을 묶고 장포를 입은 것으로 준비는 끝났다.

오랜 시간을 두고 경비 상황이나 지리, 여신우의 행동 반경을 충분히 숙지한 후 일을 시작해야겠지만 그럴 만한 시간이 없었다. 비가 곧 그칠 것이기 때문이다. 이처럼 오랜 비의 막바지에는 무사들의 경계가 흐트러지기 마련이었고, 그것은 어떤 조건보다 좋았다. 다행인 것은 여신우의 거처는 용두장 가장 뒤쪽에 있다는 것이다. 그만큼 잠입하기가 쉬웠다.

삼십 장 길이의 언덕을 반쯤 내려가자 매복한 무사들의 기척이 느껴졌다. 호흡이나 움직이는 소리가 고스란히 들리는 것으로 보아 전혀 긴장하지 않고 있었다. 소소자는 빗소리에 자신의 기척을 묻으며 천천히 이동했다.

　나무 사이를 지나는 그와 경비 무사들의 거리는 적어도 십 장 이상 떨어져 있었다. 주변 상황으로 보아 나태한 그들이 소소자를 발견할 가능성은 전무했다. 소소자는 얼마 지나지 않아 담 밑에 다다를 수 있었다. 담에 귀를 대자 빗방울 떨어지는 소리만 들릴 뿐, 그 외의 기척은 느껴지지 않았다.

　소소자는 담을 뛰어넘었다. 소매와 허리를 묶었기 때문에 옷 펄럭이는 소리는 희미했다. 담 바로 밑에는 그의 키보다 조금 큰 나무들이 심어져 있었고, 길과의 경계는 바위의 몫이었다.

　소소자는 주위를 빠르게 살폈다. 담을 따라 길이 양쪽으로 나 있었고, 앞은 건물과 길이 번갈아 자리했다. 건물은 넓은 면이 담 쪽을 보고 있어서 건물과 건물 사이의 길을 파고들려면 상당한 거리를 이동해야 했다.

　경비 무사들이 담 밑의 어딘가에 몸을 숨기고 있을 테니 길로 잠입하는 것은 힘들었다.

　'지붕으로 가는 것이 좋겠군.'

　생각이 끝남과 동시에 소소자는 몸을 날렸다. 기와가 물을 먹은 덕분에 소리는 거의 들리지 않았다. 소소자는 각목의 뒤꿈치를 들고 지붕을 이동했다. 복장은 어둠과 완벽하게 조화를 이뤘고, 비 또한 내리고 있으니 소리만 나지 않으면 가까운 곳에서도 그의 움직임을 눈치채지 못할 것이다.

　지붕 두 개를 뛰어넘은 소소자는 주변을 살폈다. 분명 그가 밟고 있는 건물이 여신우의 거처였다. 이 건물에 있는 방은 총 세 개였고, 여신우가 묵고 있는 방은 중앙에 있다고 했다. 건물이 크지 않으니 방을 찾는 것은 그리 어렵지 않았다.

소소자는 건물의 중앙쯤에서 걸음을 멈춘 후 조심스럽게 기와를 걷어냈다. 무림의 고수 스무 명을 꼽는다면 그 안에 들어가는 여신우이니 극도로 조심해야 했다. 비가 웬만한 소리는 삼켜 버릴 터이지만 상대가 여신우인만큼 안심할 수 없었다.

기와를 치우자 촘촘히 드리운 나무 막대가 보였다. 보통의 집보다 훨씬 사이가 좁아서 그냥 들어갈 수가 없었다. 잠시 망설이던 소소자는 나무를 젖은 옷으로 감쌌다. 내력을 끌어올려 옷을 쥐어짜듯 나무를 비틀었다.

버석!

곁에서도 잘 들리지 않을 정도로 낮은 소리였지만 소소자는 가슴이 서늘해지는 것을 느꼈다. 지붕 안쪽은 길게 가로지른 나무 막대에 천장 역할을 하는 판자가 대어져 있었다.

소소자는 막대 위에 올라서 침을 꺼내 판자 틈 사이로 집어넣었다. 침을 움직이자 천장에 발라진 종이가 가늘게 벌어졌다. 그는 허리를 숙여 좁은 틈 사이로 방 안을 보았다. 소소자가 서 있는 곳은 침상의 아래쪽 바로 위였다.

그는 손과 발을 이용해 조심스럽게 침상 머리맡 쪽으로 이동했다. 이마에서 흘러내린 땀이 눈을 따갑게 만들었다. 소소자는 눈을 질끈 감아 땀을 흘러내리게 한 후 다시 침으로 틈을 만들었다. 허리를 숙여 방 안을 보자 어둠을 사이에 두고 여신우의 얼굴이 드러났다.

그가 서 있는 곳이 정확히 여신우의 머리맡이었다. 허리에서 침 여섯 개를 꺼낸 소소자는 깊은 숨을 들이쉬었다. 단숨에 천장을 뚫고 내려가며 침을 날린 후 들어왔던 길로 소리없이 나가면 일은 끝나는 것이다.

'어려울 것 없어. 지금까지 해왔던 대로 하면 되는 거야.'

소소자는 자신을 진정시킨 후 몸을 힘을 넣었다.

우직!

판자가 부서지는 소리와 함께 몸이 떨어져 내렸다. 소소자는 몸을 수평으로 만들며 여신우의 머리를 향해 손을 떨쳤다.

침이 그의 손을 벗어난 찰나, 질끈 감겨 있던 여신우의 눈꺼풀이 위로 올라갔다. 그와 동시에 이불이 움직이며 하얀 막을 만들었다.

파르르르—

이불은 허공을 격한 침을 삼키더니 그대로 소소자를 휘감아왔다.

"헙!"

소소자는 다급한 호흡을 뱉으며 이불이 공격해 들어오는 방향 그대로 몸을 회전시켰다.

촤라락—!

이불과 옷자락이 스치는 소리가 유난히 크게 들렸다. 소소자는 소맷자락에서 장침을 꺼내며 침대 위로 떨어졌다. 하지만 여신우는 이미 그곳에 남아 있지 않았다.

"간 큰 암습자군. 감히 여기까지……."

소소자를 확인한 여신우는 놀란 얼굴로 하던 말을 멈추었다.

"탈명침!"

소소자는 침대에서 내려와 문 앞에 선 여신우를 보았다. 그는 어느새 왼손에 검을 들고 있었다.

"네가 지은 죄는 네가 잘 알 터이니 내가 찾아온 것이 이상하지는 않겠지?"

여신우의 얼굴은 언제 놀랐냐는 듯이 담담하게 변했다.

"탈명침이 정파의 명숙을 죽이려 하다니. 이제 보니 지금껏 전해진 탈명침에 대한 소문은 모두 거짓이었군."

"위선의 탈을 언제까지 쓰고 있을 셈인가?"

"탈을 쓰고 있는 것은 내가 아니라 바로 너지."

소소자는 허리에서 침 여섯 개를 꺼내 양쪽 손가락 사이에 끼웠다.

"무슨 말이 필요하겠는가?"

소소자로서는 급할 수밖에 없었다. 그의 침입이 들킨다면 여신우를 죽이는 일이 수포로 돌아가기 때문이다. 암습이 실패로 돌아간 이상 정공법으로 빨리 끝내는 것이 최선의 방법이었다.

"잠깐!"

막 침을 날리려 할 때 여신우가 그를 황급히 제지했다.

"소란을 피워 사람들을 깨울 필요가 있겠나?"

소소자는 의아함을 느꼈다. 이 상황에서 사람들의 이목을 생각해야 하는 사람은 그이지 여신우가 아니었다. 그런데도 여신우는 소란함을 피하려 하고 있었다.

'저 여우 꼬랑지가 무슨 꿍꿍이속을 가지고 있는 거지?'

소소자는 그가 들어온 천장의 지붕을 힐끔 보는 여신우를 응시하며 이유를 짐작할 수 있었다. 여신우가 곤륜파의 장로라는 정파 명숙의 신분이라면, 그 또한 지금까지 수많은 악인을 처단해 온 탈명침이라는 이름을 가지고 있었다.

악인만을 골라 죽이는 탈명침이 여신우를 찾아왔다!

정천맹 사람들에게 의아함을 심어주기에 충분했다. 여신우는 분명 그것을 염려하고 있을 것이다. 암살을 하기 위해 온 소소자나 의심을 조금이라도 받지 않으려는 여신우의 이해가 맞아떨어져 둘이 있는 공간은 조용하게 흘러가고 있었다.

"밖으로 나가는 것이 어떻겠나?"

여신우의 제안은 소소자로서 손해 볼 것이 없었다. 암습이라는 방법을 사용한 것은 조용히 일을 처리하기 위함이지 실력이 떨어져서가 아니었다. 소소자는 짧게 고개를 끄덕인 후 여신우를 일별하고 몸을 날렸다.

뚫어진 지붕 위에 도착하자 빗물이 다시 몸을 적셨다. 고개를 돌리자 여신우가 천장 위로 올라오는 것이 보였다. 갑작스럽게 공격을 할 것 같지는 않았다. 소소자는 지붕으로 올라가 주위를 살폈다. 그가 올 때와 달라진 것은 없었다. 지붕에서 내려와 침입로를 거쳐 빠져나갈 때까지 그의 행동은 은밀했고, 그래서 들키지 않을 수 있었다.

여신우 또한 놀랄 정도로 가벼운 몸짓으로 소소자를 따랐다. 소소자는 용두장에서 거의 이백 장 정도 되는 산의 중턱에서 걸음을 멈췄다. 이만하면 아무리 커다란 소리도 용두장에 들리지 않을 터였다.

그가 싸울 장소로 택한 곳은 사방 십 장 정도의 너른 공지였다. 중앙에 누런 잡초가 길게 자란 무덤만이 유일한 장애물이었다. 공지 주위로 빽빽이 자란 소나무들이 빗물에 몸을 떨고 있었다.

뒤늦게 공지에 들어선 여신우는 주위를 둘러보며 말했다.

"싸우기에는 적당한 곳이군."

소소자는 넣었던 침을 다시 빼 들었다. 너무도 여유있어 보이는 여신우의 모습이 왠지 불안했다. 행여 조력자가 있나 이목을 집중시켜 보았지만 그런 기척은 느껴지지 않았다. 하긴 여신우가 자신감을 갖는다고 이상할 것은 없었다.

그는 한낱 살수에 불과하고 여신우는 명문정파의 장로라는 일류고수의 신분이니…….

하지만 그 자신감으로 인해 여신우는 오늘 여기서 목숨을 잃게 될 것이다.

스릉―

여신우의 검이 검집을 빠져나오는 소리가 나직하게 울렸다.

"중원 최고 살수 탈명침의 무공을 견식해 볼까."

"너무 놀라 심장 마비 일으키지 않도록 조심해."

여신우는 피식 웃음을 터뜨렸다.

"너야말로 내가 얼마나 강해졌나 알아보기도 전에 죽지 않았으면 좋겠군."

소소자는 가늘게 눈살을 찌푸렸다. 마치 새로운 기연이라도 얻은 듯한 말투였다.

"상대가 주적자라면 더할 나위 없겠지만 하는 수 없지."

여신우의 중얼거림은 소소자를 혼란스럽게 했다. 주적자의 강함은 누구보다 여신우가 잘 알고 있을 것이다. 그런데 저런 말을 한다는 것은 자신의 강함을 그만큼 믿고 있다는 뜻이었다.

'저 턱없는 자신감은 뭐지?

알 수 없는 불안을 부르듯 여신우가 그에게 손짓을 했다.

"와라."

소소자는 손을 떨침과 동시에 몸을 날렸다.

쉬이잇―

여섯 개의 침은 여신우의 이마에서 가슴까지를 노리며 날아갔다. 눈앞에서 쪼개진 비가 땅에 떨어지기도 전에 침은 목표물의 앞까지 다다랐다.

까라라랑!

어깨가 움찔했다고 느꼈을 뿐인데 어느새 침은 사방으로 흩어지고 있었다. 소소자는 머리 위로 검을 올리고 있는 여신우의 가슴으로 뛰어들었다. 그의 침이 여신우의 목젖을 노리고 찔러갈 때 검이 아래로 떨어졌다. 양패구상을 생각할 수도 없을 정도로 여신우의 검이 훨씬 빨랐다.

"허업!"

소소자는 그대로 몸을 팽그르르 돌려 옆으로 비켜났다.

서걱!

그의 장포 끝자락이 허공에 맴돌더니 내리는 비에 눌려 땅으로 추락했다. 가까스로 중심을 잡은 소소자는 놀란 가슴을 좀체 진정시킬 수 없었다. 여신우는 절초를 펼치지도 않았다. 초식도 없이 그저 이리저리 휘두르는 검으로 소소자의 공격을 간단히 막아내 버렸다.

"역시 넌 내 상대로 약하군."

소소자는 어금니를 물고 허리에서 침 스물네 개를 빼 들었다. 예상을 빗나간 것이 그보다 강함을 의미하는 건 아니었다.

"뭔가 기연을 얻은 모양이군. 그 술법사가 네게 특별한 힘이라도 준 모양이지?"

소소자의 말은 여신우의 얼굴을 딱딱하게 경직시켜 놓았다.

"그걸 어떻게 알았지? 대체 넌 누구냐? 누군데 나에 대해 그토록 많은 것을 알고 있는 것이냐?"

지레 놀란 여신우의 질문이 쏟아졌다.

'역시 그렇군.'

여신우의 표정은 놀람에서 차가움으로 변했다.

"네 녀석을 죽이고 그 가면을 벗겨보면 알겠지."

말이 끝남과 동시에 여신우의 몸이 빗줄기를 사방으로 퉁겨냈다. 뿌연 물막을 만들 정도로 가공할 속도였다. 소소자는 뒤로 물러나며 스물네 개의 침을 모두 뿌렸다. 어떤 것은 느리고 또 어떤 것은 눈에 보이지 않을 정도로 빨랐기 때문에 일수에 막기는 불가능했다.

소소자는 물러나는 것을 멈추고 열여섯 개의 침을 빼 앞으로 몸을 날렸다.

차라라랑—

여신우가 몸을 회전시키며 침을 쳐내는 소리가 마치 악기를 연주하는 것 같은 청아한 음을 만들어냈다. 소소자는 여신우의 회전이 채 멈추기도 전에 다시 침을 날렸다. 땅에 한 발을 디딘 여신우의 전신으로 침이 쇄도했다.

화들짝 놀란 여신우는 뒤로 물러서며 검을 휘둘렀다. 카라랑 하는 소리와 함께 사방으로 침이 비산(飛散)했지만 모두를 막지는 못했다.

"욱!"

여신우는 신음과 함께 뒤로 비틀비틀 물러섰다. 검을 쥔 오른쪽 상박에서 가늘게 피가 흘러나왔다. 적어도 침이 세 개 이상 틀어박힌 상처였다. 소소자는 내처 장침을 빼 들었다. 금강부가 새겨진 원래의 장침이 아니어서 손에 낯설었지만 싸우기에 불편함은 없었다. 그는 침끝을 바깥쪽에 두고 여신우를 덮쳤다. 빗물이 얼굴을 따갑게 할 정도의 속도로 허공을 격한 소소자는 침을 여신우의 목에 찔렀다.

여신우가 동귀어진을 하지는 듯 검을 앞으로 뻗었다. 소소자는 몸을 비틀어 겨드랑이 사이로 검을 흘리며 여신우의 목에 침을 박았다. 살을 뚫고 뼈를 스치는 느낌이 손끝으로 전해졌다.

'끝났다!'

손에 느껴지는 감촉은 그에게 확신을 주었다.

"끄륵!"

여신우는 가래 끓는 듯한 소리를 내며 주춤주춤 뒤로 물러섰다. 목을 움켜쥔 채 고통스러워하면서도 끝내 넘어지지 않으려고 검을 지팡이 삼아 땅에 꽂았다. 소소자는 자신이 들고 있는 두 자 길이의 침을 보았다. 검붉은 여신우의 피는 내리는 빗물에 씻겨 금세 자취를 감췄다.

그는 장침을 소매 사이에 끼우고 허리에 찬 침 한 개를 꺼냈다.

"내세에는 부디 좋은 사람으로 태어나길……."

말과 함께 침은 그의 손을 떠나 여신우의 미간에 틀어박혔다. 뒤로 휘청 목을 꺾은 여신우는 그대로 넘어졌다. 사방으로 튀기는 흙탕물만큼이나 지저분한 인간의 생은 그렇게 끝났다. 잠시 여신우의 주검을 보고 있던 소소자는 몸을 돌렸다. 신발 사이로 스며드는 물이 어깨에 떨어지는 빗방울보다 차가웠다. 그가 막 소나무 숲으로 들어가려 할 때였다.

"탈명침이 이토록 강할 줄은 몰랐군."

소소자는 우뚝 걸음을 멈췄다. 뒤에서 들려오는 목소리. 그것은 분명 여신우의 것이었다. 소소자는 천천히, 아주 천천히 몸을 돌렸다. 어둠에 물든 소나무 숲과 무덤 세 개가 눈앞을 스쳐 가고, 그 끝에 여신우의 모습이 걸렸다. 이미 죽어서 싸늘히 식어가야 마땅한 여신우는 꼿꼿이 선 채 황토색 물을 툭툭 떨구고 있었다.

"어떻게……?"

소소자는 의문조차 제대로 뱉지 못했다. 목젖과 미간이 뚫리고 살아 날 수 있는 인간은 주적자 외에 아무도 없었다. 그런데 저렇듯 멀쩡하 게 서 있는 여신우의 모습은 무엇인가?

"눈을 보니 많이 놀란 모양이군."

아무렇지도 않게 말을 하는 여신우의 미간에서 무언가가 튀어나왔 다. 그것은 소소자가 깊숙하게 박아 넣은 침이었다. 차츰 밀려 나온 침 은 이내 힘없이 바닥에 떨어졌다. 미간뿐 아니라 어깨에 박혔던 침도 빠져나왔다. 여신우는 옷에 걸려 달랑거리는 침 하나를 툭 쳐서 떨어 뜨린 후 소소자를 보았다.

소소자는 여신우의 눈빛이 녹색으로 변한 것 같다는 착각을 했다. 그런데 착각이 아니었다. 실제로 여신우의 눈동자는 스스로 녹색의 빛 을 뿜기 시작했다.

"자, 그럼 다시 싸워볼까?"

여신우는 검끝으로 그의 미간을 겨누었다. 머리끝이 쭈뼛 서는 듯한 느낌이 고스란히 전해졌다.

"넌… 뭐지?"

소소자의 혼잣말 같은 물음에 여신우는 몸을 날리며 소리쳤다.

"천하제일인!"

빨라도 너무 빨랐다. 오 장이란 거리가 결코 짧지 않은데도 불구하 고 검이 코앞까지 다다른 데는 눈 깜빡할 시간도 걸리지 않았다. 소소 자는 장침으로 검을 위로 거둬 올리며 허리를 뒤로 젖혔다.

차앙!

쇠의 마찰음에 사각 하는 소리가 섞였다. 검은 장침에 완전히 밀리 지 않은 채 소소자의 가면을 핥고 지나갔다. 허리를 꺾은 상태에서 뒤로 물러나는 그를 향해 여신우의 발이 날아왔다. 중심이 제대로 잡힌 상태라도 피할 수 없을 정도의 거리와 빠르기였다.

퍼억!

허벅지에 둔중한 통증이 느껴지며 중심이 완전히 흐트러졌다. 넘어지는 그의 옆구리로 다시 여신우의 발등이 틀어박혔다.

"커억!"

소소자는 비명을 토하며 허공을 날아 소나무에 거칠게 부딪쳤다. 등뼈가 부러지는 듯한 고통은 땅에 떨어지는 느낌까지 앗아가 버렸다.

"쿨룩! 쿨룩! 우욱!"

그는 기침 끝으로 검붉은 핏덩이를 토해냈다. 가면 때문에 밖으로 내뱉지 못한 핏덩이가 턱을 타고 흘러내렸다. 단 일격에 내장이 상한 모양이다.

'빌어먹을!'

소소자는 곁에 선 나무를 잡고 힘겹게 일어섰다. 흐릿한 시야에 보이는 것은 녹색으로 반짝이는 여신우의 눈뿐이었다. 고개를 세차게 젓고 초점을 모으자 비로소 다가오는 여신우가 온전히 보였다.

근접전으로는 승산이 없다고 판단한 소소자는 허리에서 침을 빼 들었다.

"아직도 희망을 가지고 있군."

여신우는 비릿한 웃음을 지으며 천천히 다가왔다. 가까워지는 거리만큼이나 절망의 무게도 더해갔다. 여신우에게 침이 소용없다는 것은 한 번의 경험으로 알 수 있었다. 그렇다고 손 놓고 죽음을 맞이할 수는 없는 노릇이었다.

소소자는 호흡을 가득 폐에 집어넣고 양손을 떨쳤다. 침이 그의 손끝을 막 벗어날 때였다.

"천봉천봉 래호오신, 오령신부구아 생남불역……."

익숙한 주문과 함께 화살이 소소자의 귀 옆을 스치고 지나갔다. 화살은 그가 던진 침과 거의 동시에 여신우를 압박했다. 갑작스런 화살의 출현에 놀란 여신우가 황급히 검을 휘저었다.

까앙!

침과는 비교할 수 없을 정도로 커다란 소리가 울리더니 여신우가 한 발자국 뒤로 물러섰다. 끊이지 않는 주문 속에서 화살은 계속 날아왔다. 어둠 저편에서 날리는 화살은 여신우를 연신 뒷걸음치게 말들었다.

그 모습을 보고 있는 소소자의 장포를 뒤에서 누군가가 잡아끌었다.

"빨리 피하게."

낮지만 단호한 사도철광의 목소리였다. 소소자는 아쉬운 눈길을 여신우에게 던진 후 뒤로 몸을 날렸다.

"탈명침! 비겁하게 도망을 가다니!"

소소자가 아무리 '비겁'이라는 말을 싫어한다고 해도 이번만은 어쩔 수 없었다. 그의 생각보다 여신우는 몇 배나 더 강했다. 거기에 그의 능력으로는 죽일 수 없는 육체까지 지녔으니 뒷모습을 보일 수밖에.

숲을 이리저리 헤쳐 나가는 그의 곁으로 나인현을 업은 사도철광이 따라붙었다.

"괜찮나?"

소소자는 사도철광은 힐끔 보는 것으로 대답을 대신했다. 여신우의 강함에 대한 당황스러움과 죽음 앞에서 느꼈던 두려움이 차츰 분노로 바뀌어갔다.

"젠장!"

소소자는 욕으로 분통을 터뜨렸다. 탈명침이 저따위 인간을 못 죽이고 도망친다는 것이 참을 수 없었다.

"쫓아오지는 않는 것 같은데요?"

나인현의 말에 사도철광이 고개를 돌리더니 걸음을 늦추었다. 혼신의 힘을 다해 뛰어온 거리는 무려 오 리에 가까웠다. 황급히 멈춘 소소자는 가면을 벗고 허리를 숙였다.

"우웩!"

입을 통해 쏟아진 핏덩이가 마치 짓이겨진 그의 자존심 같았다.

"괜찮나?"

사도철광이 걱정스럽게 물었다. 몇 차례 침을 뱉은 소소자는 깊은 숨을 들이쉬고 멀리 있는 동정호에 시선을 뒀다. 거친 파도가 마치 잔물결처럼 보였다.

"빨리 약을 먹고 운기조식을 하게. 몸이 더 상하기 전에."

소소자는 여전히 동정호를 보며 물었다.

"여신우의 무위를 봤소?"

"끝에 조금."

그는 휙 돌아서 사도철광이 여신우인 양 노려보았다.

"왜! 왜 천하에 나쁜 놈이 그토록 강해진 것이오? 왜?!"

절규를 하는 듯한 그의 물음에 사도철광은 쓴웃음을 지었다.

"강함이 선한 자에게만 온다면 누가 악을 가까이 하겠나?"

"젠장할! 염병할! 빌어먹을! 육시랄! 좆같은… 또 무슨 적당한 욕 없소?"

"욕은 자네 전문이지."

소소자는 깊은 숨을 들이쉬고 품에서 약을 꺼내 입 안에 털어넣었다.

"갑시다."

그가 힘없이 몸을 돌리자 사도철광도 묵묵히 따라왔다. 그토록 세차게 내리던 빗방울이 어느새 많이 가늘어져 있었다. 왠지 이번에는 다시 굵어질 것 같지 않았다. 소소자는 아쉬움이 남는 얼굴로 걸어온 길을 돌아보았다. 그런 그의 어깨를 사도철광이 다독거렸다.

"너무 분해하지 말게. 어차피 주 아우의 손으로 해결해야 할 사람이었으니."

소소자는 쓴웃음을 지었다.

"그래요. 주적자라면 여우 꼬랑지를 잘라 버릴 수 있겠죠. 그 빌어먹을 여우 꼬랑지를……."

*　　　*　　　*

오랜만에 비춘 햇살은 그래서 더 눈부셨다. 왕족발은 침상 위에서 뒹굴거리며 창으로 비춰오는 햇살을 한참 동안 쳐다보다 자리에서 일어났다.

"흐흐……."

그는 괜히 헛웃음을 흘리며 장식장으로 다가가 서랍을 열었다. 왕족발은 책 세 권을 들춘 후 작은 주머니를 꺼냈다. 그를 새벽까지 잠 못 이루게 한 것, 바로 최음제였다. 왕족쌍의 말대로 정문을 지키는 하급무사에게 구해달라고 하자 두 시진도 안 돼서 그의 손에 들어왔다.

이 일을 절대 누설하지 말라고 단단히 일러뒀으니 누구의 귀에 들어가지는 않을 것이다.

"흐흐흐······."

그가 다시 음흉한 웃음을 흘릴 때 갑자기 문이 벌컥 열렸다. 왕족발은 황급히 최음제를 넣고 서랍을 닫았다. 문으로 시선을 돌리자 팔짱을 끼고 선 왕족쌍이 보였다.

"이 계집애야! 몇 번을 말해야 알아듣겠냐? 내 방에 들어올 때는 기척을 내라고 했잖아!"

그의 고함에도 왕족쌍은 무표정하게 서랍을 응시하고 있었다.

"서랍에 집어넣은 것이 뭐냐?"

"내··· 내가 뭘 집어넣었다고 그래?"

왕족쌍이 방 안으로 발을 들여놓았다.

"다 알고 왔으니까 바른대로 말해."

"뭐··· 뭘 알고 왔다는 거야?"

혀가 자꾸 입 안에서 꼬여 발음이 제대로 되지 않았다. 왕족쌍은 어깨를 으쓱하더니 의외로 순순히 돌아섰다.

"아닌가 보군. 아버지한테 말씀드려서 유언비어를 퍼뜨린 그 경비 놈을 혼내주라고 해야겠군."

왕족발은 막 문을 나서려는 왕족쌍을 황급히 막았다.

"야! 기다려! 누구 다리 부러지는 꼴 보고 싶냐?"

말이 떨어지기가 무섭게 왕족쌍이 돌아섰다.

"정말 구했구나? 그렇지?"

왕족발은 그제야 자신이 속았다는 것을 깨달았다. 평생 남의 집 살이를 한 할망구보다 눈치가 빠른 왕족쌍이었다.

"문이나 닫아!"

왕족쌍은 문을 닫고 그에게 바짝 다가왔다.

"시험은 해봤니?"

"젠장! 저게 무슨 쥐약이냐? 어떻게 시험을 해봐?"

"하긴. 좀 보여주라."

"계집애가 궁금한 것도 많아."

왕족발은 구시렁거리며 최음제가 든 주머니를 꺼내 탁자 위에 놓았다. 의자에 앉은 왕족쌍은 주머니를 열고 신기한 듯 안을 쳐다보았다.

"이걸 먹으면 정말 흥분을 한단 말이지?"

"내가 써봤어야 무슨 말을 해주지."

그녀는 주머니를 코 가까이 대고 킁킁 냄새를 맡았다.

"야! 그러다 중독되면 어쩌려고 그래?"

"남자가 소심하긴."

왕족쌍은 핀잔을 주고 주머니로 코를 싸듯이 들이밀었다.

"어어… 너 정말……!"

툭!

갑자기 왕족쌍의 손에 있던 주머니가 탁자 위로 떨어졌다. 손을 가늘게 떠는 그녀의 안색이 점점 빨갛게 물들어갔다.

"야, 조… 족쌍아!"

얼굴이 잘 익은 홍시처럼 붉어진 왕족쌍은 무언가를 억누르듯 가슴을 움켜쥐었다.

"너, 왜 그래? 괘, 괜찮냐?"

그녀의 입에서 쌕쌕거리는 숨소리가 터져 나왔다.

"이상해. 가슴이 답답하고 숨이 차. 그리고…….'

그를 보는 왕족쌍의 눈이 벌겋게 충혈되어 갔다.

"아무래도 나 최음제에 중독된 것 같아. 헉! 헉! 왜 이렇게 몸이 달아오르지?"

왕족발은 순간 머리가 텅 비는 듯한 기분을 느꼈다. 그에게 최음제를 준 하급 무사 말에 의하면 해독 방법은 오직 교접(交接)뿐이라고 했는데…….

"이… 이걸 어쩌지?"

그가 안절부절못하는 사이 왕족쌍이 벌떡 일어서더니 옷고름을 풀기 시작했다.

"족발아! 나 좀 어떻게… 어떻게……."

"야! 지… 진정해! 이… 이럴 때일 수록 침착하게……!"

그렇게 말을 하는 그조차 도저히 침착함을 유지할 수 없었다. 그는 황급히 침상 머리맡으로 가서 냉수가 든 대접을 가져왔다.

"찬물을 들이키면 좀 진정이 될 거야! 일단 시간을 벌면서……."

그가 더듬거리는 사이 왕족쌍은 이미 저고리를 벗고 있었다.

"이… 이거 어떻게 한다."

"족발아… 숨이 차고… 이상해. 날 빨리… 빨리……!"

"나보고 빨리 뭘 어떻게 하란 말이야! 이런 젠장!"

그의 뇌리에 순간적으로 소소자의 이름이 떠올랐다. 주적자의 칼 면에 맞은 목의 부상도 하룻밤 만에 완쾌시킨 명의이니 방법이 있을 것이다.

"진정하고 조금만 기다려! 어디 가지 말고 여기 얌전히 있어! 알았지?"

"족발아, 날 두고 가지 마."

"내가 여기 있으면 더 큰일 난단 말이야! 정신 차리고 가만히 있어!"

그는 방을 가로질러 부서지도록 문을 열었다. 그때…….

"깔깔깔깔……!"

자지러지는 왕족쌍의 웃음소리가 들렸다. 그의 몸은 순간 돌이 된 듯 멈췄다. 방 안을 요란하게 울리는 왕족쌍의 웃음이 무엇을 의미하는지 모를 정도로 그는 멍청하지 않았다. 물론 조금 전까지는 천하에 다시없을 멍청이였는지 모르지만 말이다.

그는 얼굴을 우그러뜨리고 왕족쌍을 향해 돌아섰다.

"너… 너……!"

너무 화가 나서 말이 나오지 않았다. 왕족쌍은 여전히 웃음을 머금고 말했다.

"호호호… 너하고 있으면 최소한 심심하지는 않아. 놀려먹는 재미가 있거든. 호호호……."

쫘르륵— 쾅!

왕족발은 거세게 문을 닫고 왕족쌍에게로 다가갔다.

"이번만은 도저히 그냥 넘어갈 수가 없어!"

머리끝까지 다다른 분노가 금방이라도 뚜껑을 날려 버릴 것 같았다. 살의까지 품은 그가 가까이 가자 왕족쌍이 주머니를 흔들었다.

"아버님과 숙부님이 이것의 용도에 대해 아시면 어떻게 될까?"

"어떻게 되긴 뭐가 어떻게 돼!"

왕족쌍의 입에서 답이 튀어나왔다.

"다리가 부러지겠지."

왕족발은 우뚝 걸음을 멈췄다. 왕족쌍 저 계집애는 그의 급소를 너무도 잘 알고 있었다. 아버님과 숙부님은 그의 목을 언제라도 조를 수 있는 올가미였다. 온몸을 부들부들 떨며 주체할 수 없는 분노를 표출

하던 왕족발은 언제나 그렇듯 휴— 하고 긴 한숨을 내쉬었다.

"신은 왜 한 배에서 나를 나오게 하고, 또 너까지 태어나게 했는지 모르겠다."

"어쭈, 꽤 유식한 척하는구나."

왕족발은 밖을 향해 손짓했다.

"더 이상 네 얼굴 보고 싶지 않으니 나가라."

"정말?"

"기왕이면 내 백 살 생일 때쯤 해서 네가 나타났으면 좋겠다."

왕족쌍은 입술 끝을 아래로 삐쭉 내리고 고개를 끄덕였다.

"그래? 기선진에게 이것을 먹일 방법을 알려주려고 했는데 하는 수 없지. 주인장이 축객령(逐客令)을 내렸는데 따르는 수밖에."

그녀는 주머니를 탁자 위에 툭 던지고 문으로 향했다. 분노를 가라 앉히려 정신을 집중하는 바람에 '기선진에게 이것을 먹일 방법'이란 말뜻은 한참 후에야 해석이 되었다.

"잠깐!"

역시 이번에도 그의 부름이 떨어지기 무섭게 왕족쌍이 돌아섰다.

"왜?"

"너 정말 최… 최음제를 기 소저에게 먹일 좋은 방법이 있는 거냐?"

"내가 언제 거짓말하는 것 봤어?"

"응."

그녀는 계면쩍은 웃음을 흘리며 자리에 앉았다.

"하긴, 내가 가끔 진실을 살짝 비틀어 말하기도 하지."

"설마 이번에도 말라비틀어진 진실은 아니겠지?"

왕족쌍은 팔을 앞으로 쭉 뻗었다.

"물론 곧게 쭉 뻗은 진실 그 자체지."

왕족발은 몸을 앞으로 수그리며 다그쳤다.

"빨리 방법을 말해 봐."

"그 방법이 뭐냐 하면… 일단 목 좀 축이고."

왕족쌍은 그의 애간장을 새까맣게 태울 작정인 듯 오랫동안 냉수를 들이켰다. 위아래로 움직이는 그녀의 목젖을 따라 그의 심장도 따라서 쿵쾅거렸다.

"캬— 시원하다."

"다 마셨으면 빨리 방법을 알려줘."

왕족쌍은 검지로 코끝을 문지르더니 아무렇지 않게 말했다.

"차 한잔 하자고 해."

왕족발은 다음 말이 나오기를 기다렸다. 하지만 한참이 지나도 왕족쌍은 더 이상 입을 열지 않았다.

"고것이 전부냐?"

"응."

"그냥 단순히 '차 한잔 합시다' 하고 내 방으로 끌고 오란 말이냐?"

"누가 끌고 오랬나?"

"어쨌든 달랑 '차 한잔 합시다' 가 전부잖아!"

왕족쌍은 어깨를 으쓱했다.

"뭐 그게 부족하면 '중요하게 할 말이 있으니' 라는 말을 덧붙여."

왕족발은 뚫어지게 왕족쌍을 쳐다보았다.

"그러니까 '중요하게 할 말이 있으니 차 한잔 합시다' 라고 하면 기선진이 따라올 거란 말이냐?"

"그래. 넌 그것 외에 무슨 기발한 생각이 있냐?"

묘수가 있으면 꿈에서라도 보기 싫은 왕족쌍을 앞에 앉혀두겠는가?

"원래 가장 단순한 방법이 가장 좋은 방법이야. 정무문의 소문주가 중요한 일로 정천맹의 군사를 보자는데 기선진이 마다하겠냐?"

왕족쌍은 할 말을 다 했다는 듯 일어서 밖으로 나갔다.

"여기서 실컷 재미 봤으니 다른 곳에서 소일거리를 찾아볼까?"

닫히는 문 사이로 들린 왕족쌍의 목소리였다.

"가장 단순한 방법이 가장 좋은 방법이라……."

왕족발은 오랫동안 그 말을 입속에 굴렸다.

제39장
# 그녀, 면사 속의 비밀

## 제39장 그녀, 면사 속의 비밀

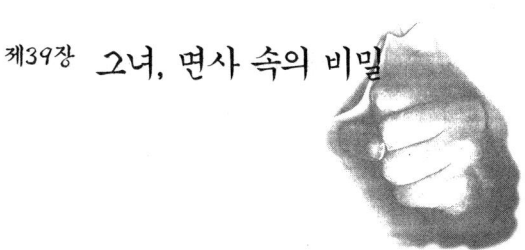

기선진은 탁자 위에 승룡부를 놓고 왕청일 쪽으로 내밀었다.

"이게 무엇이오?"

"왕 문주께서도 용두장에서 일어난 사건에 대해서 알고 계시리라 생각합니다."

"그 소식은 들었소이다. 태세라는 요괴가 갑자기 나타나 난동을 부렸다지요?"

"네. 다행히 능력이 뛰어난 술법사가 계셔서 적은 피해로 해결이 되었습니다."

적은 피해라고 했지만 실제로 죽은 사람이 무려 백열두 명이었고, 부상자는 그 두 배에 이르는 상당한 피해였다.

"다행이구려."

기선진은 승룡부를 힐끔 보고 말했다.

"제가 이 밤중에 문주님을 찾아온 것은 두 가지를 의논하기 위해서 입니다."

"말씀해 보시지요."

기선진은 앞에 놓인 차로 목을 축인 후 입을 열었다.

"앞에 놓인 이 부적에는 요괴를 물리치는 힘이 있습니다. 태세의 출현 때 혁 문주님과 여 장로께서 지참을 하시고 태세를 물리치셨으니 틀림없습니다."

왕청일은 '오호!' 하는 표정으로 새삼스럽게 승룡부를 보았다.

"그래서 제가 특별히 정 진인께 부적 사백 장을 써달라고 부탁했습니다. 다행히 승낙을 하셔서 이번 황금도행에 큰 힘을 얻게 되었죠."

"잘됐구려. 가만, 사백 장이면 이번에 황금도로 떠나는 인원과 비슷하구려."

"그렇습니다. 비록 정사가 그동안 반목을 해오기는 했지만, 같은 일을 위해 위험을 맞닥뜨리는데 우리만 부적을 소지할 수는 없는 일이지요."

"허허허, 고맙소이다."

왕청일이 웃으며 인사를 했지만 기선진은 그가 진정 고마워하고 있지 않다는 것을 알 수 있었다. 뭐, 어쨌든 상관없었다. 애당초 고마움 따위를 바란 것은 아니니까.

그녀는 왕청일의 웃음이 잦아들 때쯤 다시 입을 열었다.

"그리고 또 한 가지가 있습니다."

"말씀해 보시지요."

"황금도로 떠나는 날짜를 앞당겼으면 합니다."

"날짜를요?"

"네."

기선진은 정 진인에게 들었던 말에 살을 덧대고 옷을 입혀 상세하게 설명했다. 듣고 있던 왕청일의 안색이 차츰 굳어지더니 그녀가 이야기를 끝냈을 때쯤에는 침통함까지 나타내 보였다.

"그게 사실이라면 정말 큰일이구려."

"그래서 하루라도 빨리 떠났으면 합니다. 우리 정천맹도 오늘 회의를 해서 열흘 안에 떠나자는 의견을 모았습니다."

"으음."

왕청일은 미간에 주름을 만들고 잠깐 생각을 하더니 말했다.

"우리에게도 생각할 시간이 필요하구려. 이틀 정도 시간을 주실 수 있겠소?"

"물론이죠. 그럼 전 이만 가보겠습니다. 야심한 시각에 찾아와 폐를 끼쳤습니다."

왕청일은 웃는 얼굴로 손을 저었다.

"아니오. 중요한 사안이니만큼 어쩔 수 없는 일이지요. 신경 쓰지 마시오. 그런데 호위도 없이 혼자 오신 것이오?"

"네. 미처 준비를 못 시켰습니다."

"허허… 그러면 안 되지요. 아무리 기 군사께서 여걸이시라고 하지만 밤중에 혼자 다니는 것은 위험하니 제가 호위를 붙여드리겠습니다."

왕청일이 그녀를 걱정하는 것은 고양이가 쥐 생각을 하는 것과 다름없었다. 기선진은 왕청일의 호의를 극구 사양하고 접객실을 빠져나왔다. 대청에까지 나와 그녀를 배웅하는 왕청일을 뒤로하고 정원을 가로질렀다. 기선진이 막 월동문을 빠져나올 때 왼쪽에서 기척이 들렸다.

"기 군사 아니시오?"

시선을 돌리자 달빛을 밟으며 다가오는 왕족발이 보였다. 그녀는 짧게 고개를 숙여 인사를 했다.

"오랜만이네요."

"네. 그런데 밤중에 무슨 일로 이곳까지 오셨습니까?"

"문주님과 긴히 상의드릴 일이 있어서요."

왕족발은 유난히 큰 고갯짓을 했다.

"네에. 마침 잘되었군요. 안 그래도 정무문의 소문주로서 기 군사께 긴히 상의드릴 일이 있었는데."

"제게요?"


왕족쌍의 말대로 그녀는 순순히 그를 따라왔다. 기선진을 어떻게 지부로 부르나 방법을 강구하느라 머리에 쥐가 날 지경이었는데 이렇게 쉽게 풀리다니! 이건 분명 일이 성사될 조짐이었다.

왕족발은 자신의 방으로 기선진을 안내했다. 그는 들어가자마자 방구석에 있는 화로에 불을 지폈다. 화로 위에는 주전자가 얹어져 있었고, 그 안에 든 물에는 이미 최음제를 넣어놓은 상태였다.

기선진은 의자에 앉으며 물었다.

"중요하게 하실 말씀이 무엇인지요."

무림의 여인들이 아무리 세속의 예에 얽매이지 않는다고 해도 야심한 밤중에 남자와 단둘이 있는 것은 꺼림칙할 수밖에 없었다. 왕족발은 최대한 천천히 화로에서 탁자까지 걸어가 앉았다.

무슨 말로 시간을 끌까 하는 생각은 해놨기 때문에 대답은 망설임없이 나왔다.

"기 군사께서는 현 무림의 상황을 어떻게 생각하시오?"

기선진은 의아한 표정을 지었다.

"무슨 말씀이신지요?"

왕족발은 최대한 심각한 얼굴을 하고 말했다.

"현재 흑도와 백도는 팽팽한 힘의 균형을 이루고 있소이다. 백도가 정천맹을 중심으로 구파가 뭉쳤다면 흑도는 우리 정무문을 기점으로 해서 열두 개의 문파가 연합한 상태요. 물론 그 열두 개가 구파에 필적하지는 못하지만, 우리 정무문이 소림의 세력에 밀리지 않을 정도로 강하니 비슷하다고 할 수 있지요."

기선진은 왕족발의 말에 반박을 하지 않고 물었다.

"그래서요?"

"내가 걱정하는 것은 이번 황금도의 일이 마무리된 후요. 난 지금처럼 흑도와 백도가 사이좋게 무림을 이끌어 나가기를 바라오."

그녀도 동감을 한다는 듯 고개를 끄덕였다.

"우리 정천맹도 굳이 흑도와 분란을 일으키고 싶지 않아요. 무림의 평화를 어찌 마다하겠어요?"

"생각이 같아서 정말 다행이구려. 사실 이후 무림의 주축이 될 사람은 바로 우리 같은 젊은이들 아니겠소? 서로의 세력을 침범하지 않고 존중한다면 어찌 싸움이 일어나겠소?"

말을 하는 사이 미지근하게 데워놓았던 물이 끓기 시작했다. 왕족발은 찻잎이 든 잔을 들고 와서 서로의 앞에 놓았다. 떨지 않으려고 무진장 애를 써야 했다.

"용정차인데 맛이 괜찮더군요."

그는 태연하게 말을 하고 주전자를 가져와 잔에 따랐다. 뽀얀 수증기를 뿜으며 떨어지는 물은 다행히 투명한 색 그대로였다.

"드시지요."

기선진은 잔을 들어 면사 아래로 가져갔다. 뜨거움을 쫓는 그녀의 입김 때문에 면사가 작게 펄럭였지만 얼굴이 보이지는 않았다. 기선진은 그저 차만 식힌 후 잔을 내려놓고 물었다.

"하실 말씀이란 그게 전부인가요?"

왕족발은 뚫어지게 찻잔만 보고 있다 화들짝 놀라며 말했다.

"아, 아니오. 그 문제에 대해 구체적이면서 허심탄회(虛心坦懷)하게 얘기를 했으면 하오이다."

"따로 가지고 계시는 복안이 있다면 말씀해 보시지요."

왕족발에게 그런 복안이 어디 있겠는가? 가진 밑천은 이미 바닥난 상태였으니 지금부터는 임기응변(臨機應變)으로 풀어가는 수밖에 없었다.

"험험, 그것이… 허엄!"

"먼저 말씀하시기 곤란하다면 제가 먼저 제안을 해도 될까요?"

왕족발로서는 더없이 반가운 말이었다.

"말씀하시지요."

"저도 오래전부터 왕 소문주님과 같은 생각을 해오고 있었습니다. 정사의 반목은 서로에게 아무 득이 되지 못하는 일이지요. 일시적으로 한쪽 세력이 득세를 할 수 있을진 모르지만 영원히 지속될 수도 없는 것이고요."

여기까지 말한 기선진은 다시 찻잔을 입으로 가져갔다.

"꿀꺽!"

왕족발은 굵은 침을 삼키고 그녀를 뚫어지게 쳐다보았다.

'마셔라! 제발 한입에 툭 털어 넣어라!'

그의 이런 염원에도 불구하고 그녀는 또 김만 뿜어내고 잔을 내려놓았다.

'아이구, 젠장, 심장 터져 죽겠구만.'

그의 심정도 모르고 기선진은 진지하게 말했다.

"그래서 생각해 낸 것이 정사 조율 기구입니다. 분쟁이 생기면 싸움이 아닌 대화로 해결을 할 수 있는 통로 역할을 하는 기구 말입니다."

왕족발은 건성으로 끄덕끄덕거렸다.

"네, 네, 좋은 생각이군요. 그런데 차 향이 참 좋지 않습니까?"

"그렇네요."

그녀는 동의만 할 뿐 마실 기미를 보이지 않았다. 순간 왕족발의 뇌리에 어떤 생각이 스쳤다.

'혹시 차에 독을 탔을까 봐 마시지 않는 것이 아닐까?'

충분히 그럴 만했다. 만약 그래서 기선진이 차를 마시지 않는 것이라면 그가 먼저 먹어서 의심을 풀어주는 수밖에 없었다.

'나도 먹어버릴까?'

나쁜 생각은 아니었다. 여자 손목 한 번 잡아보지 못한 그인데 대뜸 기선진이 흥분해 버리면 그가 어떻게 할 것인가? 본능이 해결해 주겠지만 그조차 자신을 믿을 수 없었다. 차라리 같이 흥분해 버리면 일이 더 쉽게 풀릴 수도 있었다.

'그런데 만약 나만 마시고 그녀가 안 마시면 어떡하지?'

그러면 정말 큰일일 수밖에 없었다. 해약도 없으니 천상 정무문 내의 시비라도 덮쳐야 하는데……

'왕족발아, 왕족발아, 어찌 이리 소심하냐? 이런 중대한 일을 행하

는데 위험을 두려워하다니.'

"…왕 소문주님."

기선진의 물음에 왕족발은 자신만의 생각에서 뛰쳐나왔다.

"네, 네?"

"어떻게 생각하세요?"

'뭐가?' 라고 물을 수는 없었다. 그래서 왕족발은 무조건 고개를 위 아래로 움직였다.

"좋은 생각이군요. 일단 차를 마시며 천천히 의논해 봅시다."

그는 마치 건배를 하듯 잔을 위로 올린 후 입으로 가져갔다.

'정말 먹어도 괜찮은 걸까?'

이런 생각이 스쳤지만 내친걸음이었다. 그는 뜨거운 차를 단숨에 들 이켰다. 화끈한 기운이 입 안에 잠깐 머물더니 식도를 따갑게 하며 뱃 속으로 들어갔다. 맛을 느낄 겨를조차 없었다. 그가 마셨기 때문일까? 기선진도 찻잔을 입에 대고 기울였다.

면사 때문에 자세히 볼 수는 없었지만 목젖이 움직이는 것으로 보아 마신 것이 틀림없었다.

'됐어!'

그에게 최음제를 준 녀석의 말에 따르면, 손톱의 때만큼만 먹어도 말라비틀어진 고목에 꽃이 핀다고 했으니 약효가 나타나는 것은 시간 문제였다. 그는 초조하게 시간이 가기만을 기다렸다.

"이 조율 기구는 황금도에 갔다 온 후 바로 만들었으면 합니다."

"네, 네."

"중요 사안을 책임질 수 있는 인물을 대표로 세우는 것이 좋겠죠?"

"네, 네."

"사실 이 문제는 일 년 전에 소림 방장이신 천오 대사님과 잠깐 얘기를 했던 문제라 정천맹 쪽에서도 별 무리 없이 받아들여질 수 있을 거예요. 그런데 정무문 쪽은 어떨까요?"

"네, 네."

"네?"

"네? 아… 아니, 그러니까… 에… 그것은……."

말을 얼버무리던 왕족발은 갑자기 숨을 멈췄다. 불구덩이에 몸을 던진 것처럼 전신이 동시에 화끈 달아올랐다.

"왕 소문주님."

기선진이 불렀지만 왕족발은 대꾸할 수가 없었다. 단전에서 치밀어오르는 열기는 그에게 다른 어떤 것도 할 수 없게 만들었다. 그의 이런 변화에도 불구하고 기선진은 평소와 다름없었다.

'으으… 왜 나만 이렇게 괴로운 거야?'

왕족발은 무거워진 하체(?)를 붙잡고 기선진을 뚫어지게 쳐다보았다. 그의 핏발 선 시선 때문에 기선진의 눈빛이 흔들렸다. 그녀는 이상함을 느꼈는지 자리에서 일어섰다.

"밤이 깊었으니 이만 가는 것이 좋겠군요."

"자, 잠깐만!"

소리를 지르며 벌떡 일어선 왕족발의 다리에 걸려 의자가 우당탕 하고 넘어졌다. 하지만 그나 그녀 모두 그 딴 소리에는 신경조차 쓰지 않았다.

"기 소저!"

기선진은 힐끔 뒤를 돌아보았다. 잘게 떨리는 그녀의 시선이 왕족발의 중심부에 머물렀다. 굳이 눈으로 확인하지 않아도 옷을 뚫을 듯이 힘차게 솟아 있는 녀석(?)의 위용을 짐작할 수 있었다.

"왕 소문주, 당신……"

기선진은 말을 끝까지 잇지 못했다. 그녀의 눈가도 어느새 붉게 물들어 있었다. 부끄러움 때문인지 약효가 퍼져서인지 알 수 없지만 그걸 확인할 때가 아니었다. 왕족발의 상태는 그만큼 급했다.

"기 소저……!"

그가 다가가자 기선진이 뒷걸음을 쳤다.

"왜 이러세요? 무, 물러나세요!"

무기력한 그녀의 발길은 이내 문에 막혀 이어지지 못했다.

"다가오지 말아요! 더 이상 가까이 오면… 손을……!"

"기 소저—!"

왕족발은 그대로 기선진을 덮쳤다. 그녀의 협박대로 손을 썼는지 어쨌는지는 기억나지 않았다. 최음제를 너무 많이 먹은 탓에 이성은 이미 어디론가 달아나 버렸다. 기선진도 그처럼 본능에 몸부림쳤는지, 아니면 그의 무력에 굴복했는지 기억나지 않았다. 오직 암컷을 향한 본능만이 지배한 그에게 기억은 아무 의미가 없었다.

그렇게 밤은 깊었고…….

드디어 왕족발은 긴 본능에서 깨어났다.

따가운 햇살이 얼굴에 드리워 졸음을 쫓아주었다. 꿈인지 생시인지 모를 기분 좋은 광경들이 뇌리를 스쳐 가며 나른함을 안겨줬다. 몸을 뒤척이던 그는 부드러운 감촉과 함께 하얀 살결을 볼 수 있었다.

베개를 덮은 삼단 같은 머리칼 아래 드리운 긴 목과 한 뼘밖에 되지 않는 가냘픈 어깨, 눈부신 등 가운데 패여 있는 골짜기조차 아름답게 느껴졌다. 그 아래로 내려가니…….

이불에 가려 보이지 않았다.

'내가 성공한 거야! 성공한 거라구!'

왕족발은 밀려드는 희열을 주체할 수 없었다. 드디어 그는 기선진을 얻은 것이다! 왕족발은 침대에서 내려와 한바탕 고함이라도 지르며 기쁨을 만끽하고 싶었다. 하지만 그녀의 잠을 깨울까 봐 차마 그렇게 하지 못하고 그저 사랑스러운 뒷모습만을 볼 뿐이었다.

그렇게 한참 동안 눈길로 기선진을 더듬던 왕족발은 손을 움직였다. 기억을 할 수는 없었지만 분명 구석구석을 더듬고 다른 짓(?)도 했을 것이 분명한데, 지금은 만지는 것만으로도 조심스러웠다.

그는 천천히 기선진의 어깨에 손을 얹었다. 차가움과 따뜻함이 동시에 느껴졌다.

'혹시 깨어나서 화를 내지 않을까? 강제로 자신을 범했다고 사람들을 끌고 오면 어떡하지?'

이런 걱정 속에서도 그의 물건(?)은 용감하게 고개를 쳐들었다. 역시 육체와 정신이 언제나 같이 움직이는 것은 아닌 모양이다. 왕족발의 손길 때문인지 그녀가 움찔 몸을 떨었다.

"으음—!"

왕족발은 신음 같은 소리를 내는 기선진이 잠에서 깼다는 것을 느낄 수 있었다. 하지만 선뜻 몸을 돌리거나 말을 뱉진 못했다. 하긴 부끄러울 것이다. 어쩌면 화가 났는지도 모르고. 왕족발은 그녀의 목덜미에 입을 가져다 대고 자신이 낼 수 있는 가장 부드러운 목소리로 말했다.

"미안하오."

사실 그에게 미안한 감정이 있을 리 없었다. 갑자기 기선진의 어깨가 잘게 떨리더니 억누른 울음소리가 들렸다.

"흐흑—!"

그녀의 이런 반응은 많은 예상 중의 하나였다. 그만큼 왕족발은 충분한 준비와 생각을 한 것이다. 그는 기선진의 어깨를 부드럽게 어루만졌다.

"울지 마시오. 당신이 절대 후회하지 않도록 내 최선을 다하리다."

그의 위로에도 기선진은 울음을 그치지 않았다. 왕족발은 더욱 진심에서 우러난 말을 뱉어냈다.

"기 소저, 내 평생 당신 하나만을 바라보며, 당신만 사랑하고, 당신의 말이라면 뭐든지 복종하며 살겠소."

코를 훌쩍거리던 기선진은 그제야 입을 열었다.

"그 말 진심인가요?"

그녀의 목소리에서 분노라는 감정은 찾아볼 수 없었다.

"물론이오! 내가 만약 이 맹세를 어기면 개가 내 아버지요!"

왕족발은 그녀의 어깨에 얹어진 손을 안쪽으로 끌어당겼다. 정신이 멀쩡한 상태에서 그녀를 안고 싶었다. 처음엔 약간 거부를 하더니 그녀는 이내 순순히 그의 손길을 따랐다. 차차 그녀의 앞모습이 드러났다.

"꿀꺽!"

불룩 솟은 그녀의 젖가슴이 그의 욕망을 더욱 부채질했다. 그는 한쪽 다리를 그녀의 다리에 포개고 몸을 움직였다.

'아무리 급해도 입맞춤부터…….'

그는 책에서 읽은 대로 그녀의 얼굴에 자신의 얼굴을 가까이 가져갔다. 어떻게 일을 치렀는지 기억도 나지 않는 어젯밤을 보상받기 위해서라도 지금은 정석대로 진행시켜야 했다. 이 순간의 기쁨을 만끽하며…….

　그런데 기선진이 고개를 돌린 그 동작 하나에 왕족발의 움직임이 모두 멎었다. 아니, 모두는 아니었다. 그토록 힘차게 고개를 들고 있던 그의 물건(?)이 빠르게 사그러들더니 거의 살 속에 파묻혀 버렸다.

　한동안 그 자세로 경직되어 있던 왕족발이 힘겹게 입을 열었다.

　"당신은 누구요?"

　이제껏 기선진이라고 생각했던 여인이 말했다.

　"자신의 부인도 못 알아본단 말이에요?"

　"하지만 난… 난……."

　왕족발은 무언가 깨닫고 손바닥으로 그녀의 눈 아래쪽을 가렸다.

　"맙소사!"

　아래쪽이 가려지자 영롱한 눈과 번듯한 이마의 기선진이 나타났다. 하지만 손을 치우면…….

　왕족발은 눈을 감았다. 더 이상 보고 싶지 않았다. 하지만 눈을 감아도 기선진의 눈 아래쪽 모습은 너무도 선명하게 나타났다.

　비가 오면 방수가 되지 않을 정도로 치솟은 들창코. 팔뚝 두께만큼이나 툭 까진 입술 사이로 삐져 나온 두 개의 앞니는 그녀의 선조가 토끼가 아닌지 의심스러울 정도였다. 거기에 평소 쓰고 있던 면사와 거의 같은 면적을 차지하고 있는 사각의 턱이라니…….

　'그래, 내 이성은 외모를 못 알아봤어도 육감은 이 여자의 본질을 꿰뚫어 본 거야. 그렇지 않고서야 어찌 그토록 말이 술술 잘 나왔겠어? 이를 어찌해야 한단 말인가?'

　그는 암담함을 느끼며 올렸던 다리를 슬그머니 뺐다. 우선 이 자리는 피하고 봐야 했다. 하지만 그것조차 마음대로 되지 않았다. 기선진이 왕족발의 다리를 단단히 붙잡은 것이다.

"왕 가가, 어젯밤은 너무 정신이 없었죠? 맑은 정신으로 우리의 사랑을 불태워 봐요."

'으으… 왕 가가? 사랑을 불태워? 차라리 날 불구덩이에 던져라!'

온몸의 잔털이 곤두서며 이가 갈렸다.

"지금은 날이 훤히 밝았으니……."

기선진의 눈가가 위로 치켜 올라갔다.

"그래서 싫다는 말씀인가요?"

"아, 아니, 싫다기보다는……."

왕족발은 안절부절못하며 어쩔 줄을 몰랐다. 기선진의 비위를 잘못 건드렸다가는 큰일이 발생할 수도 있었다. 여기서 소란이라도 피운다면 다리뿐 아니라 어쩌면 목까지 부러질 것이다. 일단 이 위기를 넘기는 것이 급선무였다. 지금으로써는 기선진의 요구를 들어주고 시간을 버는 방법밖에는 없었다.

"처음 본 순간부터 왕 가가가 마음에 들었어요."

'너한테 그런 소리 듣고 싶지 않아!'

왕족발은 소리치고 싶은 것을 간신히 참고 의무를 다하기 위해 기선진을 보듬었다. 그러나 그 일(?)이라는 것이 마음만 먹는다고 되는 일인가? 그녀의 얼굴을 보니 도저히 몸이 따라주지 않았다. 물건이 서야(?) 일을 해도 할 것 아닌가?

한참을 끙끙거리던 왕족발이 기선진에게 속삭였다.

"저… 면사 어디 있소?"

*          *          *

콰앙!

소소자는 탁자를 힘껏 내려쳤다.

"절대 안 되오! 주적자가 오기 전에는 황금도로 출발할 수 없소이다!"

그의 외침에도 불구하고 왕청일은 눈 하나 깜빡하지 않았다.

"우리 정무문이 아직 그런 결정을 내린 것은 아니네. 다만 정천맹에서 그런 제의가 들어왔다는 것뿐."

"이런 젠장할! 정천맹이고 천자맹이고 주적자가 오기 전에는 절대 떠날 수 없소!"

왕청일이 난감한 표정을 지었다.

"주 보표는 이 중요한 때에 대체 어딜 간 것인가?"

그 물음에는 사도철광이 답했다.

"사람을 구하러 갔소이다."

"누굴 말이오?"

사도철광은 잠시 망설이다 왕족발이 여신우의 모습으로 찾아와 벌어졌던 얘기를 자세히 해줬다. 언젠가 시간을 내서 할 얘기였는데 마침 기회가 생긴 것이다. 근 이각 동안 사도철광의 얘기를 경청하던 왕청일의 얼굴은 분노에서 차츰 미심쩍은 표정으로 변했다.

"지금 한 말이 사실이오?"

"문주 아들녀석한테 물어보시오. 내가 그 멍청한 녀석 목까지 치료해 줬으니."

왕청일은 그래도 여전히 의심이 풀리지 않는 모양이다.

"만약 실패로 돌아가면 여신우가 받을 타격이 만만치 않을 텐데 그런 짓을 한다는 건…….”

“아니, 그럼 왕 문주는 우리가 거짓말을 하고 있다는 것이오?”

소소자의 말에 왕청일은 눈썹을 찌푸렸다. 정무문 문주로서 언제 이런 무례한 자를 앞에 둬봤겠는가? 갑자기 가라앉은 분위기 속으로 사도철광의 목소리가 파고들었다.

“여신우는 성공할 자신이 있었겠죠. 주적자가 자신을 얼마나 증오하는지 알고 있으니까. 그리고 설혹 실패한다 하더라도 타격이 있을 리 없죠. 증거도 없는 상태에서 여신우와 우리 말 중 누구 말을 믿겠소?”

잠시 생각을 하던 왕청일이 입을 열었다.

“그대들 말이 사실이라면 그 술법사도 여신우와 한통속이겠구려.”

“그렇다고 봐야죠.”

왕청일은 자리에서 일어나 접객실 한쪽에 놓인 장식장으로 갔다. 서랍을 열어 종이 한 장을 꺼낸 왕청일은 그것을 탁자 위에 놓았다.

“내가 여러분들을 보자고 한 것은 사실 이것 때문이오.”

소소자는 종이를 집어 들고 말했다.

“부적이군요. 그런데 이게 무슨 부적이오?”

“이것을 가져온 기 군사의 말에 의하면 승룡부라고 하더군. 요괴가 근접하지 못하게 하는 효능이 있다는데 내가 알 수 없어서…….”

소소자에게서 부적을 넘겨받은 사도철광이 말했다.

“나 소저를 불러 물어보는 것이 좋겠군.”

시비를 나인현에게 보낸 왕청일은 걱정스런 얼굴로 입을 열었다.

“여신우가 그런 짓을 꾸며 주 보표를 이곳에서 떠나보낸 후 황금도행을 서두른다는 것은 결국 주 보표를 황금도에 보내고 싶지 않다는 뜻이 되겠군요.”

"그렇다고 봐야죠. 주적자의 존재가 그들에게 부담이 되는 것은 사실일 테니까."

소소자가 사도철광의 말을 받았다.

"관 노사 조손이 있는 풍곡에 함정을 만들어놓아 주적자를 죽이겠다는 계산도 포함되어 있겠죠."

얘기를 하는 사이 나인현이 접객실로 왔다. 그녀가 앉기를 기다려 사도철광이 물었다.

"이것이 무슨 부적인지 알 수 있겠나?"

나인현은 한참 동안 부적을 보더니 말했다.

"요괴를 쫓는 축괴부(蹴怪符) 같네요. 가만……."

그녀는 다시 부적을 살피기 시작했다. 근 일각 동안 부적을 살피던 나인현은 고개를 저었다.

"축괴부는 분명한데 뭔가 다른 것이 섞여 있어요."

"뭐가 말인가?"

나인현은 고개를 저었다.

"모르겠어요. 조금 더 연구를 해봐야겠어요."

"그러게."

사도철광은 왕청일을 보았다.

"왕 문주, 거듭 말씀드리지만 주적자가 오기 전에는 절대 황금도로 떠나서는 안 됩니다."

"정천맹과 상의해 보겠소."

"상의는 무슨 상의! 절대 안 되오! 그 여우 꼬랑지의 음모에 빠져 모두 죽고 싶지 않다면 주적자가 올 때까지 기다려요!"

사도철광은 광분하는 소소자를 끌고 나갔다.

탁!

접객실의 문이 닫히자 왕청일은 씨익 웃음을 지었다.

"여신우와 흡혈야황이 한통속이 되어 황금도로 사람들을 끌어들인 다는 말이지? 잘됐군, 잘됐어."

왕청일의 중얼거림에는 숨길 수 없는 기쁨이 묻어 나왔다. 소소자 일행의 말이 사실이라면 그에게는 오히려 좋은 일이었다. 그 안에서 자기들끼리 물고 물리느라 정무문에 신경 쓸 틈이 없을 테니 말이다.

"송 단주."

그의 부름에 '예' 하는 대답과 함께 문이 열리며 송마강이 들어왔다. 왕청일은 허리를 숙이는 송마강을 향해 말했다.

"준비는 잘되고 있겠지?"

"사 일 안에 완벽한 준비가 끝날 것입니다."

왕청일은 만족한 얼굴로 고개를 끄덕였다.

"좋아. 정천맹에 가서 전해라. 그쪽만 준비되면 우린 언제든지 떠날 수 있다고."

\*　　　　\*　　　　\*

"뭐야? 다시 한 번 말해 봐!"

왕족발은 소소자의 갑작스런 발작에 퉁명스럽게 말했다.

"황금도로 출발하는 날짜는 열흘 후로 정해졌다고 했소."

커다랗고 동그란 눈은 어이없는 빛을 품고 사도철광에게 향했다.

"결국 그 빌어먹지도 못할 여우 꼬랑지 뜻대로 되는 모양이군요."

사도철광이 왕족발에게 물었다.

"그 얘기는 누구에게 들었느냐?"

"아버님에게서 직접 들은 것이오."

왕족발은 일부러 툭툭 던지듯 말했다. 주적자도 그랬지만 이 패거리도 왠지 마음에 들지 않았다. 그도 그럴 것이, 다섯 명이나 우우 몰려다니는데 그보다 약한 사람은 지팡이를 들고 있는 여자 딱 한 사람뿐인 것 같았기 때문이다. 활을 무릎 위에 놓고 앉아 있는 나인현도 어쩐지 그보다는 강하게 느껴졌다.

'세상에 웬 고수가 이렇게 많은 거야? 무림에 나가면 단번에 이름을 날릴 줄 알았더니……'

그는 생각 끝으로 휴 하고 한숨을 내쉬었다. 역시 강호에는 기인이사들이 모래알처럼 많은 모양이다.

"무슨 대책을 강구해야 하겠소이다. 주적자가 돌아오기 전에 황금도로 가면 큰일 아니오?"

소소자의 물음은 사도철광에게 갔는데 대답은 왕족발에게서 나왔다.

"뭐가 큰일이란 말이오? 위험한 곳에 가지 않고 좋지."

"고추에 털도 안 꼬부라진 꼬마는 빠져!"

소소자는 아예 손을 휘휘 저었다.

"넌 그냥 나가 있어."

"여긴 우리 집인데 왜……?"

"나가라고 했잖아!"

소소자가 소리를 빽 지르자 왕족발은 투덜거리며 몸을 돌렸다.

"주객이 전도돼도 유분수지, 날 쫓아내다니."

왕족발이 막 문을 나서려 할 때 소소자가 물었다.

"야, 네 아버지 어디 있냐? 당장 찾아가서 어떻게 된 일인지 자세히 들어야겠다."

"아버님은 안 계시는데……."

소소자의 인상이 단숨에 우그러졌다.

"이 중요한 시기에 어딜 갔는데?"

"어디 가신다는 말씀은 안 하시고 황금도에 갈 날짜에 맞춰 돌아오시겠다고만 하셨는데요."

"젠장! 그 왕 영감이 우릴 피하려고 작정한 모양인데."

'왕 영감? 저 반토막이!'

그가 따지기도 전에 소소자가 먼저 윽박질렀다.

"넌 아직 안 가고 뭐 해?"

"자기가 불러놓고서는……."

왕족발은 구시렁거리고 문을 닫았다. 안에서 무슨 얘기가 들렸지만 신경 쓰고 싶지 않았다. 사내대장부가 남의 말을 엿들어서도 안 되고, 지금은 그런 사소한 것에 한눈팔 때도 아니었다. 기선진의 문제를 어떻게든 해결해야 했다.

그녀를 생각하자 또 머리가 아파왔다. 아무리 생각해도 기선진의 마수(?)에서 벗어날 방법이 없었다. 막무가내로 그런 적이 없다고 시치미를 떼고 싶었지만 '당신의 사타구니 점이 참 매력적이던데요?'라고 말한 후 지은 기선진의 음흉한 웃음이 무엇을 뜻하겠는가? 자신의 거기에 있는 점까지 모두 알고 있는데 그런 적이 없다고 발뺌을 할 수도 없었다. 그렇다고 증거 인멸을 위해 물건을 자를 수도 없는 노릇이었다.

"어떡한다?"

고민이 생기자 자연스럽게 왕족쌍의 얼굴이 생각났다. 아주 나쁜 버릇이 생겨 버렸지만 버릇이란 것이 으레 그렇듯 고치기가 힘든 법이었다. 그의 걸음은 터벅터벅 왕족쌍의 거처로 향했다.

"웬일이야?"

왕족쌍은 읽고 있던 책을 덮고 우거지상의 왕족발을 보았다. 왕족발은 잠시 우물쭈물하다 입을 열었다.

"나, 드디어… 기선진과… 성공했다."

왕족쌍은 놀란 얼굴로 물었다.

"진짜?"

왕족발은 한숨과 함께 고개를 끄덕였다.

"와우! 방법을 알려주기는 했지만 성공하리라고는 생각지도 못했는데… 왕족발, 보기보다 추진력이 있는데."

그녀의 얼굴에 의아함이 스쳤다.

"그런데 왜 얼굴이 그 모양이냐?"

왕족발은 우물쭈물하다가 기선진의 외모에 대해서 이야기했다. 창피하기는 했지만 왕족쌍에게 묘안을 짜내려면 어쩔 수 없었다. 왕족발의 처절한 얘기를 들은 왕족쌍의 얼굴은 묘하게 변했다.

그것은 웃음을 참기 위해 애쓰는 얼굴이 분명했다.

"고생하지 말고 그냥 웃어라."

그의 말이 떨어지자마자 왕족쌍의 입에서 웃음이 터져 나왔다.

"호호호호……! 정말 황당하다. 기선진이… 그 이쁜 척하고 똑똑한 척하는 기선진이… 호호호호……!"

"계집애가 웃으라고 했다고 금방 그렇게 자지러지냐?"

왕족발은 심각한 표정으로 물었다.

"좋은 방법이 없겠냐?"

"호호호호……!"

"좋은 방법이 있으면 좀 알려다오."

"호호호호……!"

"요즘 이 일 때문에 잠도 제대로 안 온다."

"호호호호……!"

"이 계집애야! 그만 웃고 방법이나 알려줘!"

그가 소리를 빽 지르자 왕족쌍의 웃음이 옅어졌다. 그녀는 웃음을 삼키느라 한참 동안 심호흡을 한 후 입을 열었다.

"그냥 데리고 살지 그러냐? 아버지도 그만한 며느리면 좋아하실 거고, 똑똑한 마누라니 너한테도 좋고. 다른 예쁜 마누라 또 얻으면 되잖아."

왕족발은 깊은 한숨을 쉬었다.

"다른 여자한테 눈길이라도 돌리면 응분의 대가를 치르게 될 거라고 협박까지 하더라. 그리고 난 날마다 그 얼굴 보고 못산다. 매일 악몽을 꾼다고 생각해 봐라. 얼마나 괴롭겠냐?"

"그 정도야?"

그는 대답 대신 고개만 저었다. 왕족쌍은 한참을 곰곰이 생각하더니 입을 열었다.

"뭐, 걱정할 필요 없겠네."

왕족발의 얼굴에 희색이 돌았다.

"뭐 좋은 방법이라도 있냐?"

"시간이 해결해 줄 거야."

"그게 무슨 소리야?"

왕족쌍은 한심하다는 얼굴로 왕족발을 보았다.

"생각해 봐라. 넌 혹도 최고 문파인 정무문의 소문주고, 상대는 정파의 중심인 정천맹의 군사에 아미파 속가제자인데 둘이 맺어질 수 있겠냐?"

"지금 돌아가는 상황이 그게 아니야. 이번 황금도의 일을 끝내고 나면 정무문과 정천맹이 본격적으로 무림 평화를 얘기할 분위기란 말이야. 그런 시기에 정무문 소문주와 정천맹 군사의 결합은 그야말로 환상적인 궁합 아니겠냐?"

왕족쌍은 혀를 차며 고개를 저었다.

"넌 그래서 안 돼."

"뭐가?"

"넌 아직도 아버지란 사람의 됨됨이를 모르냐?"

"무, 무슨 소리야?"

"아버지가 무림의 반쪽에 만족하실 분이냐? 자세히는 모르지만 이번 황금도의 일에 관련해서 모종의 계획을 세우고 계시는 것 같더라."

"무슨 계획인데?"

왕족쌍은 관심없다는 표정으로 책을 보았다.

"나도 자세히는 몰라."

"그러지 말고 얘기 좀 해주라."

사정을 하자 왕족쌍이 다시 왕족발에게 시선을 돌렸다.

"너도 무형당은 알고 있지?"

"응. 아버님의 명령을 받아 정무문의 비밀스러운 일을 행하는 공작조잖아. 그런데 무형당은 왜?"

"요즘 무형당 당주 송마강이 아버지를 자주 만나더라구. 평소에는 없는 것처럼 어디 있는지도 모르는 송마강이 말이야. 거기다 어제는 정체를 알 수 없는 사람들까지 데려왔더라구. 그게 뭘 의미하겠냐?"

왕족발은 고개를 갸웃했다.

"그럼 네 예상은 아버님이 무슨 일을 꾸미고 계시다는 말이냐?"

"바로 그렇지. 내 예상에는 십중팔구 황금도에 관계된 일이야. 틀림없어."

왕족발이 의심스러운 표정으로 물었다.

"넌 어떻게 그렇게 확신을 하냐?"

"쯧쯧… 생각을 해봐라. 아버지가 이런 호기를 그냥 넘기실 분이냐? 방법은 모르겠지만 이번 황금도에 가는 정파 인물 모두를 없애 버릴 계획을 세웠을 거야. 그곳에 가는 정파인들이 보통 사람들이냐? 현 정파의 거의 삼 할에 가까운 세력이니, 그들만 없앨 수 있다면 아버지가 무림을 독식하는 것은 시간문제지."

그는 뭔가에 둔기를 얻어맞은 듯한 기분을 느꼈다. 아버지 왕청일의 성격으로 보아 충분히 가능성이 있는 추론이었다.

"멍청하게… 내가 왜 그 생각을 못했을까?"

"너무 자학하지 마. 나도 송마강과 정체 모를 사람들이 오지 않았다면 예상조차 못했을 테니까. 똑똑한 척하는 정파의 멍청이들은 지금도 모를 거고."

왕족발은 확인하듯 물었다.

"정말, 정말 아버님이 그런 계획을 세우셨단 말이지?"

왕족쌍이 짜증난다는 표정으로 말했다.

"추측이 그렇다는 거지. 어쨌든 너와 기선진은 맺어질 일이 없으니까 사람 귀찮게 하지 말고 빨리 나가. 읽던 책 마저 읽어야 하니까."

흥미진진하게 말할 때는 언제고 이제 와서 짜증을 부리는 왕족쌍이 었다.

"하여간 변덕은……."

왕족발은 투덜거리며 발길을 돌렸다.

'정말 아버님께서 정파 인물들을 몰살시킬 계획을 세우셨을까?'

*　　　*　　　*

해가 지기 시작하는 동정호는 아름다웠다. 언제나 파랗던 수면이 빨갛게 물들며 타 들어가는 것 같았다. 하지만 소소자나 사도철광 모두 그런 풍경을 감상할 여유가 없었다.

"어서 움직여!"

"거기 방향타가 부러졌잖아! 시간이 없으니 빨리 고쳐!"

"젠장! 이 배도 물이 새는데! 어이, 거기! 어서 판자 가지고 와!"

언덕 아래의 부두에서는 춘래풍 때문에 파손된 배를 고치는 데 여념이 없었다. 돌보는 이 없는 무덤에 등을 기대고 앉아 있던 소소자가 깊은 한숨을 쉬었다.

"이제 삼 일 후면 떠날 텐데, 정말 막을 방법이 없을까요?"

사도철광도 어쩔 수 없다는 듯 고개를 저었다.

"지금으로써는 뾰족한 방법이 떠오르지 않는군. 황금도가 흡혈야황과 여신우의 음모라고 그토록 강변을 했건만 정천맹에서는 신경조차 쓰지 않으니… 거기에 왕 문주는 어디론가 사라져 버렸고… 춘래풍 같은 비바람이 다시 오는 것 외에는 저들을 막을 방법이 없는 것 같군."

그는 말끝으로 쓴웃음을 지었다.

"제기랄! 꽉 막힌 정파 놈들 같으니라구! 전부 잘난 체만 했지 머리에는 똥만 든 바보들이라니까!"

"정천맹이 우리 얘기를 믿지 않는다고 탓할 일이 아니지. 나나 주적자 모두 여신우와 해묵은 원한이 있으니 모함이라고 생각하는 것은 어쩌면 당연한 일이야."

소소자는 사도철광을 힐끔 쳐다봤다.

"차암! 마음씨도 좋으슈."

"군자 소리를 듣는 데는 다 이유가 있다니까."

"내가 날이면 날마다 군자라고 불러드릴 테니 제발 그 멍청이들의 황금도행을 막을 방법 좀 강구해 봐요."

"난 군자지 책사가 아니네."

"쳇! 어련하시겠소."

배 위에서 개미 떼처럼 이리저리 움직이는 사람들을 보던 소소자가 불쑥 말했다.

"저 배들을 모두 태워 버리면 어떻겠소?"

"나도 그 생각을 해봤지만 힘들어."

"안 될 건 또 뭐 있소?"

"정천맹과 정무문에서 사들인 배가 삼백 척이 넘네. 그 많은 배들을 몽땅 태우려면 우리 인원 가지고는 턱없이 부족하지. 당장 삼 일 후에 떠날 텐데."

"하룻밤에 백 척 태우는 게 뭐가 어렵겠소?"

사도철광은 한심하다는 눈으로 소소자를 보았다.

"첫날 백 척을 태웠다고 가정해 보세. 그러면 그 다음날 당장 경비가 강화될 것이고, 용의자는 당연히 우리가 될 텐데, 저들의 감시 하에 다음날도 똑같이 백 척을 태울 수 있다고 생각하나?"

소소자는 불만 어린 표정으로 시선을 돌렸다.

"해보지도 않고 어떻게 알아?"

말은 그렇게 하지만 소소자도 불가능하다고 생각하는 모양이다. 한참 동안 잔물결에 흔들리는 배를 보던 소소자가 말했다.

"여신우와 그 술법사를 어떻게 죽인다 해도 저들은 황금도행을 포기하지 않겠지요?"

"하루나 이틀 정도 늦출 수 있을지는 모르지만 결국 가게 되겠지."

퍽!

소소자는 주먹으로 새싹이 움트는 땅을 후려쳤다.

"젠장할! 천하제일 명의이고 천하제일 살수인 이 소소자가 이런 일조차 해결하지 못하다니!"

"포기할 때는 아니지, 아직 삼 일이나 남았으니."

사도철광은 물속에 반쯤 잠긴 해를 보며 말했다.

"지금쯤 주 아우가 풍곡에 도착했을지 모르겠군."

*         *         *

휘이이잉—

희미한 달빛 아래의 풍곡은 그때와 변함없이 날카로운 바람을 말아 올리고 있었다. 계곡의 초입에 선 주적자의 발치로 자잘한 돌멩이들이 뒹굴었다. 그는 한동안 계곡을 응시하다 이내 걸음을 옮겼다.

계곡에 들어서자마자 따가운 모래들이 얼굴을 할퀴었다. 주적자는 손을 들어 모래를 막으며 혹시 있을 기습을 대비해 검자루를 잡았다.

하지만 계곡을 다 지날 동안 별다른 일은 벌어지지 않았다.

주적자는 지나온 길을 힐끔 쳐다보았다. 뇌리에 스치는 마풍단과의 일전이 그의 입술에 가는 선을 만들어놓았다. 그때에 비하면 지금의 그는 놀랄 만큼 강해졌지만, 그만큼 큰 짐을 어깨에 지고 있는 셈이었다.

주적자는 공지 너머로 보이는 관 노사의 장원을 보며 심호흡을 했다. 하루 세 시진 이상 쉬지 않고 보름 동안 달렸는데도 그다지 큰 피로는 느껴지지 않았다. 그는 터벅터벅 장원으로 걸어갔다. 깊숙한 곳까지 어둠을 간직한 장원은 고요하기 그지없었다.

'관 노사 조손의 일은 날 황금도에 가지 못하게 하기 위해 여신우가 거짓으로 꾸민 얘기가 아닐까?

여기까지 오며 내내 가진 의문이었지만 확인하기 전까지는 알 수 없는 일이었다. 문을 두드리려던 주적자는 생각을 바꿔 담을 넘었다. 만약 적이 기다리고 있다면 일부러 모습을 드러낼 필요는 없었다.

낮은 담을 뛰어넘은 주적자는 몸을 낮춰 주위를 둘러보았다. 담을 빙 둘러 형성된 대나무 숲은 마치 수묵화(水墨畵)처럼 움직임이 없었다. 주적자는 일 장 넓이의 대나무 숲을 조심스럽게 빠져나갔다. 봄의 깊숙한 곳까지 들어왔는데도 어깨에 스치는 대나무에서는 냉기가 스며들었다.

숲을 빠져나오자 장원의 큰 건물까지 이어진 하얀 돌이 보였다. 그의 발 밑에는 이제 자라나기 시작한 황금빛 잔디가 놓여 있었다. 그는 검 손잡이를 잡고 허리를 숙여 건물 쪽으로 빠른 걸음을 옮겼다. 노란 달빛이 모든 소리를 삼켜 버린 듯 주위는 고요하기 그지없었다.

건물에 등을 기댄 주적자는 기척이 없음을 확인하고 다시 움직였다.

벽을 따라 삼 장쯤 움직이자 건물 안으로 들어가는 대청이 나왔다. 섬돌에는 신발 두 개가 나란히 놓여 있었다. 관 노사와 관혜진의 것처럼 보였다.

지금까지의 정황으로 보아 둘에게 무슨 일이 생긴 것 같지는 않았다. 그는 신발을 벗지 않고 대청 위로 올라갔다. 양쪽으로 두 개의 방이 있는데 모두 접객실로 쓰고 있는 곳이었다.

주적자는 대청을 지나쳐 안으로 깊숙이 들어갔다. 다시 양쪽으로 칠 장 정도 되는 회랑이 나왔다. 주적자는 왼쪽으로 방향을 잡았다. 관혜진의 방이 있는 곳이었다. 첫 번째 방문을 지나고 두 번째에서 주적자의 걸음이 멈췄다.

사선이 교차된 살에 창호지를 댄 문은 먹물을 뿌려놓은 듯 어둠에 물들어 있었다. 주적자는 문고리를 잡고 천천히 옆으로 밀었다. 미약한 소리와 함께 문이 열리며 밖보다 어두운 안이 어둠을 토해냈다. 그는 겨우 몸이 통과할 정도로만 문을 연 후 방으로 들어갔다.

정면에 원형의 탁자가 있었고, 그 너머로 책이 가득 꽂힌 책장이 보였다. 우측에 있는 장식장 위에는 갖가지 모양의 도자기들이 어둠 속에서도 자태를 뽐냈다. 벽의 그림들까지 찬찬히 살핀 주적자는 좌측으로 발길을 돌렸다.

정면 벽에 맞대진 침대가 보였다. 청색의 옅은 휘장을 드리운 침대 안에 희미한 그림자가 누워 있었다. 정상이라면 저 안에 누워 있는 사람은 관혜진일 것이다. 그는 고양이처럼 가볍게 침상으로 향했다. 그의 눈이 아무리 밝다고는 하지만 이 밤에 휘장 안의 사람까지 확인할 수는 없었다.

주적자는 휘장으로 손을 가져갔다. 부드러운 감촉은 마치 비단을 만지는 것 같았다. 소리없는 심호흡을 한 주적자는 천천히 휘장을 젖혔다. 검은 언제든지 뺄 수 있게 손잡이를 잡고 있는 상태였다. 휘장은 중앙에서 양쪽으로 분리되어 있었기 때문에 가장 먼저 눈에 띈 것은 사람의 배였다.

고개를 안으로 넣어볼 수도 있었지만 그건 상당히 위험한 행동이었다. 주적자는 우측으로 반 발자국을 옮기며 침대 위의 사람 얼굴을 볼 수 있게 휘장을 완전히 젖혔다.

쌔액— 쌔액—

옅고 고른 숨을 내쉬는 사람은 분명 관혜진이었다. 목까지 덮은 이불 위에 양손을 가지런히 올린 그녀는 깊은 잠에 빠져 있었다. 그 나이의 소녀들이 모두 그렇듯 빠른 성장 탓에 조금은 낯설게 느껴졌다.

주적자는 물끄러미 관혜진을 보다가 휘장을 놓고 뒷걸음질을 쳤다. 그녀에게 아무 일이 없다는 것은 결국 여신우의 마수보다 그가 빨랐거나 그런 일이 아예 없었거나 둘 중 하나라는 것이다. 문 앞에서 잠시 망설이던 주적자는 밖으로 나가 관 노사의 거처로 향했다. 어쨌든 둘 모두 확인은 해야 했다.

우측으로 방향을 잡은 주적자의 걸음은 관혜진의 방문과 똑같은 모양의 문 앞에서 멈춰졌다. 문을 열자 드르륵 하며 약간 큰 소리가 울렸다. 멈칫 움츠린 주적자는 자신을 타일렀다.

'확실해질 때까지 방심하면 안 된다.'

주적자는 방 안으로 몸을 집어넣은 후 빠르게 주변을 살폈다. 벽에 그림이 열두 점 걸려 있는 것을 빼고는 관혜진의 방과 별 차이가 없었다.

그는 침대로 느리게 다가갔다. 관 노사의 코 고는 소리만이 그의 이

목에 걸리는 전부였다. 침대 두 자 앞에서 걸음을 멈춘 주적자는 자고 있는 관 노사를 살폈다. 여전히 흰 수염에 흰머리는 세월이 비켜간 것처럼 보였다. 안도의 한숨을 쉬고 돌아서는 그의 눈에 거문고가 걸렸다. 벽에 기대진 거문고는 오랫동안 손길이 닿지 않은 듯 두 가닥 거미줄까지 쳐져 있었다.

주적자는 다시 몸을 돌려 관 노사에게 다가갔다. 그가 관 노사의 가슴에 손을 얹고 흔들려 할 때였다.

쉬익―

이불 속에 있던 관 노사의 양손이 동시에 움직였다. 오른손은 주적자의 팔목을 단단히 움켜잡았고, 비수가 들린 왼손이 배를 찔러왔다. 한 자도 되지 않는 거리에서의 기습은 성공할 수 있는 모든 요건을 갖추고 있었다. 하지만 상대가 나빴다.

거문고를 보고 이미 뭔가 이상하다는 것을 눈치 챈 주적자는 잡힌 팔을 들어 올리며 몸을 반 바퀴 돌렸다. 비수가 배 근처 옷자락을 훑고 지나갔다. 주적자는 잡힌 팔을 아래로 끌어내려 비수가 들린 팔을 누른 후 주먹으로 관 노사의 가슴을 내려쳤다.

"우욱!"

관 노사의 입에서 답답한 신음이 터져 나왔다. 주적자는 팔을 비틀어 비수를 빼앗은 후, 관 노사를 뒤집어 양쪽 팔을 등 뒤로 단단히 옭아맸다.

"넌 누구냐? 관 노사가 아니……?"

그의 물음이 끝나기도 전에 소리없는 예기가 뒤통수를 파고들었다. 주적자는 몸을 앞으로 숙임과 동시에 오른 다리를 뒤로 쭉 뻗어 후룡퇴를 시전했다. 날카로운 바람이 뒤통수를 스친 후 물컹한 충격이 발

바닥에 전해졌다.

"아악!"

뾰족한 음성은 분명 관혜진의 것이었다. 주적자는 관 노사의 양팔을 놓지 않고 뒤로 시선을 돌렸다. 탁자 다리를 붙잡고 힘겹게 일어서는 관혜진이 보였다. 주적자는 잠시 머리가 혼란스러워짐을 느꼈다. 역용을 한다고 해도 그의 눈을 속일 정도로 완벽할 수는 없었다.

일단 둘을 제압하는 것이 급선무였다. 주적자는 어깨 부근에 있는 관 노사의 견료혈(肩髎穴)로 손을 가져갔다. 하지만 관 노사의 힘은 그의 예상보다 훨씬 대단했고, 관혜진 또한 그리 충격을 받지 않은 모양이다.

관 노사가 몸을 비틀어 그의 손길을 피함과 동시에 관혜진이 덮쳤다. 종이처럼 얇은 도가 그의 허리를 쓸어왔다. 두 손 모두를 관 노사에게 할애하고 있는 상태에서 물리칠 수 있는 공격이 아니었다.

펄쩍 뛰어 도를 발 아래로 흘린 주적자는 검을 빼 들었다. 그는 저들 둘을 관 노사 조손이 아니라고 판단했다. 외형은 속일 수 있을지 몰라도 무공만은 그렇지 못하기 때문이다. 주적자는 허공에서 아래로 내려오며 관 노사의 정수리를 향해 검을 내리그었다.

"허억!"

놀란 음성을 터뜨리며 비수로 검을 막았지만, 그의 힘을 이기기에는 터무니없이 약했다.

짜캉!

비수가 두 동강이 나며 주적자의 검은 그대로 관 노사의 정수리를 갈랐다. 하얀 뇌수와 함께 자욱한 피 무리가 사방으로 퍼져 나갔다. 주적자는 관 노사의 주검을 확인하지도 않고 관혜진을 향해 몸을 날렸다.

하얗게 질린 얼굴로 도망치려는 관혜진의 다리에 주적자의 발이 파고 들었다.

퍽!

정강이를 채인 그녀는 꼴사납게 앞으로 나뒹굴었다. 그런 그녀의 등에 주적자의 발이 얹어졌다.

"넌 누구냐?"

"주, 주 가가, 저예요. 혜진이라구요."

그녀의 애원하는 목소리는 주적자의 코웃음에 묻혀 버렸다. 이어서……

푹!

"으아악!"

그녀의 손등에 꽂힌 주적자의 검은 긴 비명을 불러왔다.

"넌 누구냐?"

"으으윽—! 손… 손……"

주적자는 꽂힌 검을 그대로 옆으로 그었다. 그녀의 손이 반쯤 잘려지며 피가 뭉클뭉클 흘러나왔다. 고통에 찬 울부짖음 속에서 다시 주적자의 검이 움직였다. 이번에는 다른 쪽 손등이었다. 처음보다 더 커다란 비명 속으로 나직한 주적자의 물음이 떨어졌다.

"넌 누구냐?"

"으으으… 관 노인 조손을 살리고 싶으면… 날 놔줘."

주적자는 다시 손을 자른 후, 그녀의 목으로 검을 가져갔다.

"널 죽이면 누가 나와도 나오겠지."

"안 돼!"

그녀의 외침은 치솟는 핏줄기로 끝을 맺었다. 목을 베고 돌아서려던 주적자는 다시 그녀를 보았다. 아니, 시체가 되어버린 '그녀'는 어느새 '그'로 변해 있었다. 그리고 이마에 붙어 있는 부적 한 장.

왕족발의 이마에서 떨어졌던 부적과 같은 그림이 그려져 있었다. 주적자는 침대 위에서 죽은 관 노사에게로 시선을 돌렸다. 반으로 갈라진 얼굴도 삼십 대 중반의 낯선 사내로 변해 있었다.

한바탕 피의 회오리가 지나간 방 안을 갑작스런 고요가 내리눌렀다. 주적자는 주위를 한차례 둘러본 후 밖으로 나갔다. 대청을 나와 마당에 내려설 동안 아무도 그의 앞을 막지 않았다.

'이것으로 끝나지는 않을 텐데'라는 생각 속으로 목소리 하나가 파고들었다.

"역시… 이 정도로 죽일 수는 없을 거라 생각했지."

주적자는 목소리가 들린 뒤쪽을 향해 돌아섰다. 휘영청 뜬 달을 몸의 일부처럼 지고 있는 사내는 이미 안면이 있었다.

# 죽어도 삶은 계속된다

## 제40장 죽어도 삶은 계속된다

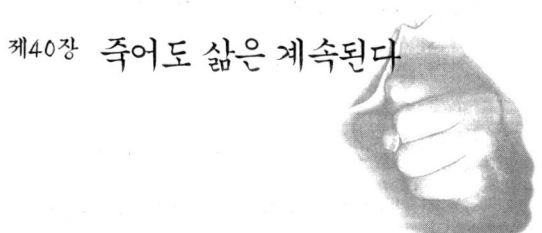

"단우경."

곤륜사수 중 셋째 백영수 단우경이었다.

"총기가 좋군. 오래전 한 번 들은 이름을 단번에 기억해 내다니."

주적자는 지붕 위로 몸을 날렸다. 그가 일 장 가까이에 내려섰는데도 단우경은 움직일 생각을 하지 않았다.

"관 노사와 관혜진을 어떻게 했나?"

"걱정 말아라. 살아 있으니."

단우경은 검게 보이는 산을 보며 중얼거렸다.

"아직은……."

주적자도 같은 곳으로 시선을 보내며 물었다.

"어디 있지?"

단우경은 비릿한 웃음을 지었다.

"그들을 위해 죽을 각오가 되어 있나?"

"쓸데없는 말을 하는군."

"그렇군. 그래."

주적자는 고개를 끄덕이는 단우경이 많이 달라진 것을 느꼈다. 불과 칠 개월 만에 단우경은 부쩍 커버린 것 같았다. 풍기는 기도로 알 수 있었다.

"따라와."

단우경은 말을 하고 몸을 날렸다. 저들이 무슨 일을 꾸미는지 일단 부딪치고 볼 일이었다. 그렇지 않고서는 현재 가장 중요한 관 노사 조손의 생사를 알 수 없기 때문이다.

단우경을 따라가며 주적자는 놀라움을 감출 수 없었다. 장원을 나와 가파른 산길을 올라가는 단우경의 몸놀림은 그가 육 할의 힘을 내야 따라갈 수 있을 정도로 빨랐다. 단시간 내에 이처럼 강해질 수 있다는 것은 상당한 기연을 얻었다고밖에 볼 수 없었다.

'그 술법사에게서 얻은 것일까?'

그럴 수도 있었다. 소소자와 사도철광도 천의지에서 수련을 쌓은 후 몰라보게 강해졌으니. 하지만 단우경은 소소자와 사도철광에 비해 그 차이가 비교할 수 없을 정도로 컸다. 그렇다고 단우경의 강함에 대해 걱정이 되지는 않았다. 누군가를 두려워하기에는 그가 너무 강했기 때문에.

나무가 빽빽하게 들어찬 숲을 빠져나오자 바위로 뒤덮인 언덕이 그들을 맞았다. 단우경은 가장 높은 곳에 있는 평평한 바위 위에서 걸음을 멈췄다.

"역시 이곳에서 가장 잘 보이는군."

단우경은 언덕 아래쪽을 손가락으로 가리켰다.

"잘 봐라."

주적자는 단우경이 가리킨 곳으로 시선을 옮겼다. 가장 먼저 보이는 것은 계곡이었다. 높이가 오십 장이 넘는 계곡의 폭은 이 장이 채 되지 않았고, 계곡의 위쪽 산에는 나무가 듬성듬성 자라 있었다. 그리고 계곡의 가장 먼 쪽 나무 위, 그곳에 관 노사와 관혜진이 있었다.

그들은 각각 양쪽 절벽 위의 나무에 따로 매달려 있었는데, 발 아래는 계곡을 빠져나가면 닿는 바닥이었다. 까마득히 높은 곳에 매달린 그들의 두려움이 고스란히 전해졌다. 단우경에게 무언가 말을 하려던 주적자는 다시 관혜진을 보았다. 정확히 말하면 그녀가 묶여 있는 나무였다.

그곳의 나뭇가지에는 이상한 장치들이 붙어 있었다. 모래주머니와 도였다. 관혜진을 묶고 있는 줄은 수평으로 자란 나뭇가지를 가로질러 놓여 있었는데, 도가 그 가로지른 줄의 두 자 위에 놓여 있었다. 그리고 모래주머니는 도의 손잡이에 매달린 상태였다. 관 노사가 묶인 나무에도 같은 형태의 장치가 되어 있었다.

"이곳에서 보이진 않지만 저 모래주머니에는 작은 구멍이 뚫려 있다."

"아니, 보이는군."

단우경의 말대로 가는 모래가 점점 주머니를 빠져나가고 있었다.

"오호! 시력이 꽤 좋군. 어쨌든 저 주머니에서 모래가 다 빠져나가면 어떻게 되는지는 설명하지 않아도 알겠지?"

단우경은 왼쪽 손바닥 위에 오른손으로 수도(手刀)를 만들어 내려쳤다.

"도가 저 줄을 끊는 거야. 너라면 그 안에 둘 중 하나는 구할 수 있을지도 모르지."

주적자는 웃음을 흘리는 단우경을 보았다.

"설마 둘이 같이 떨어지도록 해놓은 것은 아니겠지?"

"왜 아니겠냐? 정확히 동시에 떨어질 거야. 관 노사를 구하든 관혜진을 구하든 그건 네 마음이지. 어쩌면 둘 다 바닥에 떨어져 피떡이 될 수도 있고 말이야."

단우경은 계곡을 가리켰다.

"시간이 별로 없어. 이각 안에 저 도가 줄을 끊을 테니까 서두르는 것이 좋을 거야."

주적자는 먼저 단우경의 목을 따고 싶었다. 그의 마음을 읽었는지 단우경이 뒤로 훌쩍 몸을 날렸다.

"나와 싸울 시간이 없을 텐데."

그는 잠시 단우경을 보다가 아래로 몸을 날렸다. 뒤쪽에서 단우경의 외침이 들렸다.

"반드시 계곡으로 가야 해! 그것이 이 놀이의 규칙이니까 말이야!"

저들의 뜻대로 움직이는 것이 마음에 안 들었지만 지금으로써는 선택의 여지가 없었다. 일단 관혜진을 구하는 것이 급선무였다. 이미 선택이란 말이 나왔을 때부터 그의 초점은 관혜진에게 맞춰졌다. 관혜진이 그의 여자라서가 아니었다. 사실 한 번도 관혜진이 그의 부인이 될 것이라는 생각은 안 해봤다. 시간이 지나면 관혜진은 그저 잊혀질 존재고, 그 또한 관혜진에게 잊혀질 것이다.

그가 관혜진을 선택한 이유는, 그녀가 살아난다면 관 노사의 죽음을 삼킬 수 있겠지만 관혜진이 죽으면 관 노사의 삶이 다시 죽음으로 변할 것이기 때문이다. 혹시 둘이 떨어지는 속도가 조금이라도 다르다면 둘 모두 구할 수 있을지도 모른다. 그것이 최상의 결과였다. 이 일을 꾸민 자들의 응징은 다음에 생각해도 늦지 않았다.

주적자는 한 번에 십여 장씩을 건너뛰며 언덕을 내려갔다. 바위와 숲의 경계에 이른 주적자는 나무 위로 훌쩍 뛰어올랐다. 나무 사이를 빠져나가는 것보다 그 위를 달리는 것이 빨랐고, 혹시 있을지 모를 암습에도 조금은 자유로웠다.

그는 나무 꼭대기를 밟으며 질풍처럼 나아갔다. 귓가를 스치는 바람이 마치 폭풍우 몰아치는 소리처럼 들렸다. 머리 위로 떨어지는 달빛과 빛이 미치지 않는 어두운 숲의 경계를 주적자는 단숨에 뛰어넘었다.

가파르게 자리한 숲을 내려오자 계곡은 불과 십 장 앞에 놓여 있었다. 회색을 띤 바위 계곡은 그 빛깔만큼의 차가움을 풍겨냈다. 주적자는 지나온 숲을 힐끔 돌아봤다. 그의 몸이 잰 시간은 아직 반 각이 채 되지 않았다. 산등성이에서 본 계곡의 길이는 대략 백여 장. 그냥 간다면 충분히 도달할 수 있는 거리였다.

하지만 저들이 순순히 보내줄 리 없었다. 분명 무언가가 앞을 막을 것이고, 그 예상은 빗나가지 않았다.

쿵! 쿵! 쿵!

요란한 발자국 소리를 내며 다가오는 것은 분명 강시였다. 네 구의 강시는 양팔을 앞으로 쭉 뻗고 두 다리로 통통 뛰며 계곡 안쪽에서 모습을 드러냈다. 얘기로만 듣던 모습과 한 치도 틀리지 않았다.

주적자는 검을 빼 들었다. 저들이 전설처럼 전해 내려오는 강시 그대로라면 돌파하기는 그리 어렵지 않았다. 관절을 굽힐 수 없어 사다리조차 못 올라가는 녀석들이니까. 주적자는 계곡을 향해 몸을 날렸다. 강시들은 한껏 입을 벌려 뾰족한 이빨을 드러내며 갸르릉거리는 소리를 뱉어냈다.

주적자는 그들의 일 장 앞에서 훌쩍 몸을 날려 나란히 선 강시들의 머리를 뛰어넘었다. 뒤를 힐끔 돌아본 주적자는 계곡을 질풍처럼 내달렸다. 바닥이 울퉁불퉁한 석회암이었기 때문에 달리기에 더욱 좋았다. 그가 계곡 입구에서 삼십 장 정도 통과했을 때 다시 강시 네 구가 앞을 가로막았다.

그는 이번에도 몸을 날려 녀석들의 머리를 뛰어넘으려 했다. 그런데 갑자기 강시들의 몸이 위로 솟구쳤다. 사다리조차 오르지 못하는 녀석들이 삼 장 이상 떠오른 주적자를 허공에서 가로막은 것이다. 더욱 놀라운 것은 이미 떨어질 시간이 지났음에도 녀석들은 허공에 둥둥 떠 있었다. 비로소 주적자는 녀석들이 어떤 강시인지 알 수 있었다.

비강(飛僵)!

죽은 시체가 천 년이 지나도록 썩지 않고 대지의 정기를 받아들이면 비로소 움직일 수 있는 유시(遊尸)가 되는데, 이 유시가 바로 강시다. 그 강시가 다시 천 년 이상이 지나면 하늘을 날 수 있는 강시인 비강이 되는 것이다.

주적자는 천추근을 사용해 빠르게 떨어진 후 앞으로 내달렸다. 강시들의 발 밑을 지나는 그의 앞으로 네 구의 강시가 떨어졌다. 처음 그의 앞을 막은 녀석들이었다. 주적자는 맨 왼쪽 강시의 목을 비스듬히 베었다.

카앙!

날카로운 쇳소리와 함께 검이 퉁겨 나오며 강시가 쿵쿵거리며 우측으로 비켜났다. 주적자는 절벽과 강시 사이를 쏜살같이 빠져나가며 관혜진을 보았다. 아직 주먹보다도 작게 보였지만 두려움에 젖은 얼굴까지 알아볼 수 있었다. 그녀의 생명줄을 쥐고 있는 도는 아까보다 반 넘게 줄 가까이 다가와 있었다. 모래주머니의 부피도 그만큼 홀쭉한 상태였다.

'일각.'

주적자는 대략의 시간을 재며 몸을 날렸다. 하지만 그가 채 십 장도 가기 전에 다시 네 구의 강시가 앞을 막았다. 그들은 아까와 같은 실수를 되풀이하지 않으려는 듯 앞뒤로 각각 두 구씩 서 있었다.

카르릉!

야수의 그것 같은 울부짖음과 함께 뒤쪽에서 네 구의 강시가 덮쳐왔다. 주적자는 후방의 공격에 신경 쓰지 않고 앞으로 내달렸다. 검을 두려워하지 않는 앞쪽의 강시 두 구가 그를 덮쳤다.

주적자는 검을 집어넣고 펄쩍 뛴 두 강시 사이로 파고들었다. 쭉 뻗은 팔이 양쪽에서 얼굴을 향해 날아왔다. 주적자는 땅을 보는 자세로 공격을 피한 후 양쪽 강시의 다리를 잡아서 감아 올렸다. 중심을 잃은 강시들이 쏟아져 오는 힘에 못 이겨 앞쪽으로 넘어가며 쫓아오는 강시와 충돌했다.

까아앙!

마치 거대한 바위가 부딪치는 소리를 내며 여섯 구의 강시가 뒤엉켜 땅 위에 널브러졌다. 주적자는 물구나무를 서듯 양손으로 땅을 짚고 퉁겨 올라가 길을 막고 선 두 강시의 얼굴에 연환퇴를 먹였다. 쇠기둥을 차는 것 같은 느낌이 전해졌지만 타격이 있었는지 녀석들이 쿵쿵거리며 물러서다 뒤로 넘어졌다.

주적자는 내쳐 넘어진 강시들을 밟고 몸을 날렸다. 땅에 쓰러져서 허위허위 움직이던 강시들이 공중으로 붕 떠올라 그를 쫓기 시작했다. 주적자는 다시 관혜진을 보았다. 빠르게 거리가 좁혀지며 그녀의 모습이 크게 보이는 만큼 도 또한 밧줄과 한 치도 남아 있지 않았다.

그가 사력을 다해 달렸지만 날아다니는 강시보다 빠를 수는 없었다. 앞쪽에 네 구가 내려서는 순간 뒤쪽에서 땅과 수평을 이루고 날아온 강시가 팔을 쭉 뻗은 채 덮쳐 왔다.

탓!

땅을 박찬 주적자는 뒤로 회전한 후 덮쳐 온 한 강시의 등에 내려섰다. 강시가 주춤 몸을 가라앉히기는 했지만 속도는 줄지 않았다. 주적자는 강시의 등 위에서 몸을 띄우며 검을 빼 들었다.

쉬이이익—!

달빛을 머금어 황금빛을 토하는 검은 정면 강시의 정수리로 떨어졌다.

쩌겅!

정으로 바위를 치는 듯한 소리가 울리며 무명검은 강시의 머리를 가르고 코 어름까지 파고들었다. 반으로 갈라진 머리로 주적자의 발이 틀어박혔다.

퍼억!

강시의 머리는 마치 잘 익은 수박이 쪼개지듯 반으로 부서졌다. 당연히 있어야 할 피는 뿌려지지 않았다. 잘려진 단면은 본래의 살과 하얗고 투명에 가까운 알 수 없는 물질로 이루어져 있었다. 그 모양을 힐끔 본 주적자는 다시 내달렸다. 죽이기 위해 싸우는 것보다 시간에 쫓겨 돌파하는 것이 훨씬 힘겹게 느껴졌다.

관혜진의 발 밑과 삼십여 장쯤 남았을 때 도가 드디어 줄에 닿았다.

주적자의 초인적인 시야에 밧줄의 오라기 하나하나가 끊어지는 것이 똑똑히 보였다. 도에 완전히 잘리기도 전에 관혜진의 몸무게에 못 이겨 밧줄은 끊어질 것이다.

주적자는 앞쪽으로 떨어지는 강시를 보며 벽을 박찼다. 그의 몸이 빠르게 반대쪽 벽으로 날아가자 강시들이 쿵쿵거리며 이동했다. 하지만 공중을 날면 모를까 지상에서 주적자의 속도를 따를 수는 없었다. 반대쪽 벽을 박찬 그는 강시의 머리 위를 뛰어넘었다.

휘익—

두 구의 강시가 팔을 휘둘렀지만 그의 옷자락만 스쳤을 뿐이다. 주적자는 땅을 박차며 관혜진을 보았다. 도는 이미 반 넘게 밧줄을 자른 상태였다. 그리고…….

툭!

밧줄이 끊어졌다.

"아악……!"

파랗게 질려 떨고만 있던 관혜진의 입에서 비명이 터져 나왔다. 그와 동시에 관 노사의 몸도 추락을 시작했다. 관혜진을 구하리라 마음을 먹었지만 관 노사에게 다가오는 죽음이 그를 망설이게 했다.

"혜진이를!"

관 노사는 죽음을 온몸에 둘러쓰고도 그녀의 이름을 소리쳤다. 주적자는 이를 악물고 왼쪽으로 방향을 잡았다. 관혜진과의 거리는 약 이십여 장이 남았고, 그녀와 지면의 거리는… 눈으로 잴 수가 없었다.

머리 속에서 웅웅거리는 소리가 울렸다. 구하지 못할지도 모른다는 생각이 들자 심장의 박동이 거칠어졌다. 산산이 부서지는 관혜진의 모습은 생각만으로도 끔찍했다. 그가 그녀를 사랑해서가 아니었다. 단한 번도 관혜진을 여자라고 생각해 본 적이 없었다.

그런데 왜 이렇게 절박한 것일까?

관혜진을 꼭 구해야 한다는 생각이 굳어졌기 때문이리라. 이유야 어쨌든 좋았다. 아무렇게나 던져진 돌멩이처럼 추락하고 있는 관혜진을 어떻게든 받아내야 했다. 밑에서 기다려 받으면 쉽겠지만 그녀가 지면과 충돌하는 시간에 맞춰 도달할 수 있을지도 의심스러웠다.

주적자의 시야에는 오직 관혜진만이 걸려 있었다. 양쪽에 스치는 절벽도, 차가운 화강암도, 그녀의 배경이 되고 있는 검은 숲도 그의 공간이 아니었다. 세상에는 오직 그와 관혜진만이 있을 뿐이었다. 귓가를 스치는 거친 바람조차 침묵으로 변해 그를 감쌌다.

관혜진은 떨어지고 그는 달리고 있기 때문일까? 둘 사이는 급속도로 가까워졌다. 지금이라도 손을 뻗으면 닿을 것 같았다. 주적자는 몸을 솟구치고 싶은 것을 억눌렀다.

'조금만 더! 조금만 더!'

주적자는 자신에게 최면 걸듯 생각하며 질풍처럼 내달렸다.

카아우웅!

뒤쪽에서 강시의 울부짖음이 환청처럼 들려왔다. 그것이 그를 공격하기 위함이라는 것을 모르지 않았지만 잠시라도 멈출 수 없었다. 그의 온 정신은 오직 관혜진에게 향해 있었다.

퍼억!

등이 파열하는 것 같은 고통이 전해졌다. 중심을 잃은 주적자는 앞으로 튕겨지며 땅을 데굴데굴 굴렀다. 빙글빙글 돌아가는 세상 속에서 추락하는 관혜진이 나타났다 사라지기를 반복했다.

주적자는 구르는 탄력을 이용해 일어서며 관혜진 쪽으로 몸을 날렸다. 그녀와 바닥과의 거리는 불과 오 장!

그는 땅을 박차고 치솟았다. 땅에 발을 딛고 받는다면 그 충격이 고스란히 그녀의 몸에 전달될 것이다. 어떻게든 공중에서 충격을 완화시켜야 했다. 떨어지는 그녀가 눈에 크게 확대되어 왔다. 주적자는 양손을 뻗었다. 왼손에 그녀의 다리가 걸리는가 싶더니 손가락 사이로 흘러 나가는 모래처럼 빠져 버렸다.

마치 예상이라도 했다는 듯 주적자는 오른손을 내밀어 그녀의 팔을 잡았다.

우둑!

주적자가 잡아챈 충격 때문에 그녀의 어깨가 탈골되었다. 관혜진이 추락하는 힘 때문에 주적자도 아래로 딸려 내려갔다. 그는 바로 곁에 있는 절벽을 힘껏 박찼다. 떨어지던 둘의 몸이 옆으로 밀려나며 곡선을 이뤘다. 미약하나마 추락하는 속도를 늦춘 것이다.

울퉁불퉁한 회색의 지면은 빠르게 눈앞으로 다가왔다. 주적자는 관혜진의 겨드랑이에 손을 넣고 공중에서 회전을 했다. 그리고 왼쪽 발로 오른쪽 발등을 차며 몸을 위로 끄집어 올렸다. 육감으로 느낄 수 있을 정도로 추락하는 속도가 늦춰졌다. 그리고…….

척!

주적자는 관혜진을 안고 땅에 내려섰다. 떨어지는 충격이 다리를 저리게 했지만 부상을 입을 정도는 아니었다.

퍼억!

귓불을 찢을 것처럼 불어오던 바람 소리가 사라짐과 동시에 둔탁음이 들려왔다. 주적자는 소리가 난 쪽으로 고개를 돌렸다.

그곳, 단단한 회색의 화강암에 널려진 피와 살, 내장과 뼈. 그것은 해체되어진 고깃덩이였다. 관 노사라 불리던 고깃덩이.

"할아버지!"

뒤늦게 그것을 발견한 관혜진은 주적자의 품에서 빠져나갔다. 왼쪽 어깨가 덜렁거렸지만 할아버지를 잃은 슬픔이 고통조차 잊게 만든 모양이다. 사방으로 퍼진 핏물과 시체의 잔해 앞에서 관혜진은 어쩔 줄을 몰랐다. 자갈처럼 부서져 버린 시체의 잔해를 모두 찾는다는 것조차 불가능해 보였다.

주적자는 멍한 시선으로 서 있는 관혜진에게 다가갔다. 그를 쫓아오던 강시들은 관 노사의 죽음과 함께 움직이지 않았다.

"혜진아."

주적자는 관혜진을 돌려 세웠다. 물기가 가득한 그녀의 얼굴은 달빛을 받아 금색으로 물들어 있었다.

"할아버지가… 할아버지가……."

그는 같은 말만 중얼거리는 관혜진을 살며시 안았다. 그의 가슴패기가 금세 축축하게 변했다.

"일단 이곳을 빠져나가자."

"하지만… 할아버지의 시신은… 거둬야 하잖아요."

"일단 네가 사는 것이 중요하다. 할아버지의 죽음을 헛되게 하지 말아라."

주적자는 이런 상황에서 할 수 있는 가장 흔한 말로 관혜진의 마음을 어루만졌다. 그녀는 주적자의 가슴에 얼굴을 묻고 고개를 끄덕였다.

"먼저 치료부터 하자."

주적자는 관혜진의 어깨를 잡았다.

"아플 거다."

그녀는 이빨을 지그시 깨물었다. 지금 상태만으로도 충분히 고통스러울 텐데 그런 내색조차 하지 않았다. 보기보다 강단이 있는 아이였다. 주적자는 관혜진의 팔을 잡고 가볍게 흔들어 어긋난 자리를 찾았다. 그리고 한순간 힘을 줘서 당겼다가 놓았다.

"우읍!"

그녀는 비명을 지르지 않았다. 그저 억누른 신음과 찡그린 인상으로 고통을 참아냈다. 주적자는 허리띠를 풀어 몸통과 어깨를 고정시킨 후 그녀를 등 뒤에 세웠다. 강시들과 일전을 벌여야 할 시간이었다.

나란히 선 일곱 구의 강시는 그가 덤비기를 기다리는 것 같았다. 주위를 둘러보던 주적자의 눈길이 절벽 위에서 멈췄다. 단우경과 곤륜사수 중 첫째인 도룡검 장현승은 고개를 한껏 쳐들어야 볼 수 있을 정도의 위쪽에서 그를 내려다보고 있었다. 저들은 싸움에 낄 생각이 없는 것 같았고, 나머지 둘은 보이지 않았다.

'저 강시들이 나를 죽일 수 있다고 믿는 것일까?'

비강이라면 충분히 자신할 수 있겠지만, 다른 무언가가 더 있을 것이다.

'하나씩 뚫다 보면 뭐가 나와도 나오겠지.'

마음을 정한 주적자는 검을 빼서 아래로 늘어뜨렸다. 관혜진을 구했으니 이곳에서의 일을 빨리 마무리 짓고 동정호로 가야 했다. 행여 그가 가기도 전에 사람들이 황금도로 간다면 큰 낭패였다. 흡혈야황이 무슨 일을 꾸미고 있는지 모르지만 뜻을 이룬다면 황금도를 떠날 것이기 때문이다. 또 흡혈야황과의 숨바꼭질을 할 수는 없었다.

관혜진이 그의 등에 살며시 손을 얹었다.

"조심하세요."

주적자는 짧게 고개를 끄덕인 후 강시들을 향해 몸을 날렸다. 그가 움직이자 강시들도 쿵쿵거리며 다가왔다. 주적자의 검이 허공을 금빛으로 수놓았다.


카앙!

주적자의 검과 강시가 부딪친 소리는 절벽을 뛰쳐나와 그들의 귀까지 멍멍하게 만들 정도로 컸다.

"주적자의 무공은 정말 대단하군요. 벌써 세 구의 비강을 없애다니."

단우경의 감탄 섞인 말에 장현승이 코웃음을 쳤다.

"흥! 그래 봤자 곧 죽을 녀석인데."

장현승은 들고 있던 묵적을 불었다.

삐이익—

단순하게 느껴지는 피리 소리가 울리는 순간, 강시의 움직임이 달라졌다. 주적자를 포위해 공격하던 세 구의 강시 중 두 구가 관혜진을 향해 쿵쿵 뛰어갔다. 그것을 발견한 주적자가 소리치며 몸을 날렸다.

"멈춰!"

외침의 여운이 끝나기도 전에 주적자는 관혜진을 향해 가는 강시의 등을 향해 검을 휘둘렀다.

까강!

거의 동시에 일검씩을 맞은 강시가 비틀거리는 사이 주적자는 관혜진을 품에 안았다. 그런 주적자를 향해 다섯 구의 강시가 동시에 덮쳤다.

"이제 끝내볼까?"

웃음을 머금은 단우경이 피리를 불었다.

삐익—

처음 들린 피리 소리와 별반 다르지 않았다. 주적자는 소리에 신경 쓰지 않고 검을 곧추세웠다. 그런데 갑자기 옆구리에 시큰한 아픔이 전해졌다. 오랫동안 느껴보지 못했지만 평생 한 번이라도 경험해 보면 절대 잊을 수 없는 감촉.

그것은 쇠붙이가 몸속을 파고드는 바로 그 느낌이었다. 주적자는 놀란 시선을 아래로 내려뜨렸다. 가장 먼저 보인 것은 늑골 바로 아래를 파고든 단검이었다. 그리고 종류를 알 수 없는 웃음을 떠올리고 있는 관혜진.

"넌… 혜진이가 아니군."

"너무 늦게 알았군요."

주적자는 황급히 그녀를 떨치려 했다. 하지만 빠져나가도 시원치 않을 그녀가 그의 팔을 잡고 매달렸다. 그런 그녀의 피부색이 점점 붉게 물들며 전신이 부풀어 올랐다. 좋지 않은 낌새를 느끼고 팔을 떨칠 때……

콰앙!

그녀의 몸이 산산조각으로 터지며 화끈한 기운이 전신을 뒤덮었다.

"우욱!"

낮은 신음을 뱉는 주적자는 거센 바람 속의 가랑잎처럼 뒤로 퉁겨졌다. 생전 처음 느껴보는 종류의 고통 속에서 무언가 그의 몸을 두들겼다. 주적자는 날아가던 방향이 틀어지는 것을 느꼈지만 어떻게 해볼

도리가 없었다. 오직 고통과 혼란만이 지배하는 몸으로 무엇을 할 수 있겠는가?

허공에서 억지로 눈을 떴지만 감고 있는 것과 별 차이가 없었다. 등에 둔탁한 충격이 전해진 것으로 벽에 부딪쳤다는 것을 알 수 있었다. 그런데 그 사이로 날카로운 고통이 파고들었다.

푸욱!

흐릿한 의식 사이로 그 소리는 너무도 뚜렷하게 들렸다. 가슴의 정중앙을 가르는 찌릿한 고통! 주적자는 고개를 떨궜다. 침침하던 시야가 갑자기 밝아지며 익숙한 물건이 눈에 들어왔다. 자신의 가슴을 뚫고 나온 것이 분명한 검날이었다.

퍼석!

바로 옆의 벽이 허물어지며 사람이 나왔다. 곤륜사수의 막내 섬전각 호재명이었다.

"후후후… 열 냥 벌었군."

호재명의 말이 끝남과 동시에 맞은편 벽 속에서 운룡권 범산호가 모습을 드러냈다.

"젠장! 하필이면 막내 있는 곳으로 가다니!"

투덜거리는 범산호의 손에도 장검이 들려 있었다. 주적자는 기력을 모아 검에서 빠져나오려고 했다. 하지만 열 냥의 내기에서 진 범산호가 화풀이라도 하듯 그의 얼굴을 가격했다. 순간적으로 눈앞이 캄캄해졌다.

"끔찍하군."

애써 눈의 초점을 모으자 자신의 주먹을 보는 범산호가 시야에 들어왔다. 그의 주먹은 검고 붉은 핏덩이가 뭉쳐 있었다. 분명 그의 얼굴에서 묻어난 것이리라. 면경을 보지 않아도 자신의 모습이 어떤지 짐작할 수 있었다.

주적자는 다시 움직여 보려 했지만 기력이 모이지 않았다. 단순히 늑골과 가슴이 뚫린 때문이 아니었다. 관혜진으로 변장한 자가 터지며 준 타격이 치명적이었다. 폭약을 몸 안에 넣고 터뜨린 것이 분명했다.

'시간을 좀 더 끌 수 있다면…….'

주적자는 저들이 좀 더 자신을 데리고 놀아주기를 바랐다. 상상을 초월하는 그의 회복 속도로 보아 이각, 아니, 일각 정도면 어느 정도 힘을 모을 수 있었다.

그의 시야에 절벽 위에서 떨어져 내리는 장현승과 단우경이 걸렸다. 그들은 오십 장 높이에서 너무도 쉽게 뛰어내렸다.

"천하의 주적자 몰골이 말이 아니군."

장현승을 말을 하고 손으로 코를 막았다.

"휴— 탄 냄새가 지독하군. 자네는 자신의 살 타는 냄새가 괜찮은가 보지?"

주적자는 애써 웃음을 지었다. 하지만 그것이 웃음으로 비춰질지는 알 수 없었다.

"오리 굽는 냄새보다 고소하군."

사실 후각조차 마비되어 아무 냄새도 맡을 수 없었다.

"그럼 한 점 먹어볼 텐가?"

장현승이 놀리듯 말했다. 주적자는 '그것도 좋겠지' 하며 손가락을 움직였다. 새삼스런 고통과 함께 움직임이 느껴졌다. 몸이 회복을 하고 있다는 증거였다.

장현승은 고개를 끄덕이다가 다시 양쪽으로 저었다.

"불행히도 자네와 놀아줄 수가 없군. 우린 자네에 대해 너무 많이 알고 있거든."

말끝으로 짓는 장현승의 웃음에서 주적자는 절망을 느꼈다. 그에게 가장 절실한 것을 저들은 이미 꿰뚫고 있었다. 장현승은 허리에 찬 검을 뽑아 들었다.

"사부님께서 말씀하시더군. 네 녀석의 육신을 산산조각 내놓으라고. 그래서 난 지금부터 사부님의 명령에 따를 생각이다."

장현승은 말을 하며 검을 주적자의 왼쪽 가슴에 갖다 댔다.

"날 죽이면 후회하게 될 거다. 나와 너희들 모두에게 더없는 불행이 되겠지."

"물론 네게는 가장 큰 불행이겠지만 우리가 무슨 상관인가?"

주적자는 마음이 급해졌다. 여기서 죽는다면 그는 흡혈귀가 될 것이 분명했다. 영겁의 세월을 흡혈귀로 살아간다는 것은 상상만으로도 끔찍했다.

"이봐, 날 죽이려면 깨끗하게 목을 쳐라. 그리고 쉬지 말고 전신을 난도질해."

주적자는 차라리 그렇게 되기를 바랐다. 흡혈귀가 되어 복수를 하는 것보다는 그런 죽음을 맞이하고 싶었다. 세상이 흡혈야황이나 여신우에게 들어가는 것보다 끔찍한 일은 자신이 흡혈귀로 변한다는 사실이었다. 어떻게라도 그것만은 막고 싶었다.

하지만 장현승은 고개를 저었다.

"네가 무슨 이유로 그런 죽음을 원하는지 모르지만 네 죽음의 형태는 내가 정한다."

"멍청한 놈, 내가 딴생각을 가지고 있다고 생각하지 말고 내가 시키는 대로 해. 일검에 목을 치란 말이야!"

그러나 주적자의 바램은 의심이 뼛속까지 파고든 장현승의 마음을 돌리지 못했다.

"네놈을 어떻게 죽이든 내 맘이야."

가슴에 얹어진 검끝이 점점 살 속을 파고들었다.

"당장 멈춰! 멈추고 목을 치란 말이야!"

그의 외침은 너무도 무기력했다. 살을 지난 검은 뼈를 갉으며 점점 안으로 밀려왔다.

"검을 빼! 어서 빼!"

피를 토하는 듯 소리를 지르던 주적자는 전신을 경직시켰다. 그 차가운 쇠붙이의 감각이 심장에 느껴졌다. 격렬하게 뛰는 심장에 다다른 쇠붙이는 잠시 정지하더니 그대로 안으로 파고들었다.

푸욱!

자욱한 피 무리가 검날 옆으로 퍼져 나왔다. 주적자는 자신의 심장에서 터져 나오는 피를 똑똑히 볼 수 있었다. 이상하게 고통은 느껴지지 않았다. 대신 점점 몸에서 힘이 빠져나가며 정신이 희미해졌다.

'제발… 제발… 내 직감이 틀리기를… 흡혈귀만은… 흡혈귀만은…….'

주적자의 강렬한 바램은 소용돌이치는 어둠 속으로 파묻혀 버렸다.


주적자의 턱이 가슴에 닿은 후에도 장현승은 한참 동안 검을 빼지 않았다. 주적자가 마지막에 한 말이 자꾸 뇌리에 맴돌아 불안을 안겨 줬다.

"대사형, 빨리 끝내고 떠나죠."

단우경도 뭔가 불길한 느낌을 받은 듯 그를 재촉했다. 장현승은 고개를 끄덕이고 검을 빼 높이 쳐들었다.

쉬이익―

검은 살갗을 뚫을 듯 우둘투둘 올라온 목뼈를 향해 떨어졌다. 그런데…….

턱!

무언가 그의 검을 막았다. 장현승은 눈을 부릅뜨고 자신의 검을 막은 물체를 보았다.

손!

그것은 분명 주적자의 손이었다. 누군가 그것을 들어 막은 것이 아닌 죽은 주적자가 스스로 움직인 것이다. 검을 막은 주적자의 손에는 붉은 선 하나 그어지지 않았다.

"뭐… 뭐야?"

그뿐 아니라 세 명의 사제도 놀란 듯 뒤로 주춤 물러섰다.

스윽―

천천히 고개를 든 주적자의 눈은 달빛을 밀어낼 정도로 강한 녹색을 뿜어냈다.

크르릉―

사람의 소리라고는 믿어지지 않는 괴음을 뱉은 주적자는 긴 송곳니 네 개를 입술 밖으로 내밀었다. 장현승은 황급히 검을 빼려 했지만, 주적자의 손아귀와 붙어버린 듯 빠져나오지가 않았다.

"공격해! 빨리 공격해!"

장현승의 외침에 퍼뜩 정신을 차린 사제들이 일제히 주적자를 공격했다. 범산호는 주적자의 목을 향해 검을 휘둘렀고, 단우경과 호재명은 가슴에 팔과 다리를 내질렀다.

까앙! 퍼벅! 픽!

그들 셋의 공격은 모두 명중했지만 주적자를 움찔거리게조차 하지 못했다.

꽈지직!

주적자의 손 안에 잡힌 검이 힘없이 부서지자 장현승은 비로소 뒤로 물러설 수 있었다.

"사형……."

범산호가 어떻게 하느냐는 물음을 호칭으로 대신했다. 장현승은 황급히 주머니에서 묵적을 꺼냈다. 괴물의 상대로는 역시 괴물이 최고였다. 하지만 묵적이 그의 입술에 닿기도 전에 주적자가 움직였다. 괴물로 변하기 전의 주적자도 무서웠지만 지금은 그때의 주적자와 비교할 수 없을 정도로 빨랐다.

움직였다고 느낀 순간 주적자의 손은 이미 가장 가까운 범산호의 목을 잡고 있었다.

"커억!"

범산호는 답답한 신음을 터뜨리며 검을 휘둘렀지만 주적자에게 어떤 타격도 입히지 못했다.

우두둑!

어떻게 할 사이도 없이 범산호의 목이 힘없이 꺾였다. 주적자는 생기가 없어진 범산호를 단우경에게 휘둘렀다.

"피해!"

장현승의 외침은 단우경의 비명 속에서 허무하게 흩어졌다.

"으악!"

범산호의 엉덩이에 걸린 단우경의 목은 천으로 만든 인형의 그것처럼 힘없이 떨어져 나갔다. 솟구치는 피를 뒤집어쓴 몸뚱이가 서너 발자국 걸어가더니 앞으로 나뒹굴었다. 얼굴에 튄 피를 쓸어 내리는 장현승의 눈에 허공을 격하는 범산호의 시체가 보였다.

호재명의 가장 큰 불행은 그 시체가 날아가는 중간에 서 있었던 것이다. 평소라면 어찌어찌 피할 수 있었을지도 모른다. 하지만 이미 반쯤 넋이 나간 호재명이 할 수 있는 일은 고통과 공포에 합당한 비명을 지르는 것뿐이었다.

"으아아악—"

호재명은 범산호의 시체를 가슴에 안고 뒤로 퉁겨져 나갔다.

퍼억!

절벽에 부딪친 둘의 시체는 그야말로 핏덩이가 되었다. 둘의 뼈와 살이 한데 뒤엉켜 어느 살점이 범산호 것이고 어느 뼈다귀가 호재명 것인지 구분할 수 없었다.

장현승은 사제들의 주검을 멍한 눈으로 보았다. 묵룡의 도움으로 전보다 세 배는 강해진 사제들이 힘 한 번 써보지 못한 채 허무하게 죽어 버렸다.

"어떻게… 어떻게 이런 일이……."

불신 가득한 중얼거림 사이로 주적자의 낮은 으르렁거림이 들렸다. 장현승은 화들짝 놀라며 묵적을 입에 대고 힘껏 불었다.

삐이이이익—

"헉! 헉!"

장현승은 가파른 산길을 정신없이 달렸다. 강시들이 주적자를 이길 수는 없었다. 그들이 막아주는 사이 조금이라도 멀리 달아나야 했다. 장현승은 주적자가 쫓아오기라도 하는 것처럼 연신 뒤를 돌아보았다. 검은색으로 물든 바위와 나무들이 주적자의 환영으로 변해 그의 뒤통수를 잡아당겼다.

"빨리 사부님께 가야 해. 빨리……!"

장현승은 중얼거리며 허위허위 산을 올라갔다. 다리가 후들거려 경공조차 제대로 펼칠 수 없었다. 달빛 한 점 스며들지 않는 우거진 숲은 그의 두려움을 더욱 부채질했다. 나뭇가지나 가시에 상처가 날 때마다 그것이 주적자의 손길인 것처럼 느껴져 심장이 철렁 내려앉았다.

공포에 숨이 막혀 죽지 않은 것만으로도 스스로 대견스러운 장현승이었다. 그렇게 반 시진을 달린 후에야 장현승은 걸음을 멈췄다. 비교적 띄엄띄엄 나무가 자라 있어서 달빛이 머리 위로 쏟아지는 산 정상이었다.

그는 거친 숨을 몰아쉬고 자신이 온 길을 돌아봤다. 주적자가 쫓아오는 기미는 보이지 않았다.

"휴우―!"

그제야 안도의 한숨을 내쉰 장현승은 동정호가 있는 방향을 가늠하기 위해 하늘을 보았다. 유난히 가까운 곳에서 반짝이는 별들이 금방이라도 쏟아질 것 같았다. 북두칠성(北斗七星)의 위치를 확인한 장현승은 방향을 잡고 몸을 돌렸다.

크르릉―!

낮은 소리는 그의 코앞에서 울렸다. 주적자는 녹색의 안광을 빛내며 네 개의 긴 이빨을 내보이고 있었다. 주적자가 내뿜는 뜨겁고 거친 숨결이 입술에 느껴졌다.

"으으……."

장현승은 감당할 수 없는 두려움에 차라리 눈을 감아버렸다. 주적자의 차가운 이빨이 목에 닿아도 장현승은 미동조차 하지 않았다. 아니, 할 수 없었다. 공포는 빠져나갈 수 없는 그물이 되어 그의 전신을 옥죄었다.

푸욱!

날카로운 통증이 목에 느껴졌다. 죽음이라는 단어가 떠오르기도 전에 서서히 의식이 빠져나갔다.


\*　　　　\*　　　　\*


"글쎄, 나 혼자 갈 테니 자네는 그냥 여기에 있으라니까."

사도철광은 출입문이 보이는 정원에서 소소자를 달랬다.

"같이 간다니까 왜 나만 놔두고 가려고 그러쇼? 내가 가서 그 여우 꼬랑지 가면을 홀라당 벗겨내야겠소."

"자네가 가면 될 일도 안 돼."

소소자의 얼굴이 벌겋게 달아올랐다.

"뭐가 안 된다는 것이오?"

그럴 수록 사도철광은 침착한 목소리로 말했다.

"저번에도 자네가 욕설을 뱉는 바람에 분위기만 험악해졌잖아. 황금도는 여신우가 꾸민 함정이라고 의심하게 만들기 위해서는 조목조목 설명을 잘해야 해. 무조건 언성만 높인다고 능사가 아니라는 말일세."

그때 어디선가 휘파람 소리가 들려왔다. 고개를 돌리자 주머니에 손을 넣고 휘적휘적 걸어오는 왕족발이 보였다. 왕족발은 그들을 본 체만 체 지나갔다.

"왕 소문주, 무슨 좋은 일이 있나?"

사도철광의 물음에 왕족발은 걸음을 멈추고 씨익 웃음을 지었다.

"걱정거리가 단숨에 쑤욱 내려갔소이다."

"걱정거리라니?"

"뭐 그런 것이 있소이다."

소소자가 그 사이로 끼어들었다.

"영감! 지금 족발이 잡고 한담할 때요? 어쨌든 난 갈 테니 알아서 하시오!"

막무가내로 가려는 소소자를 사도철광이 잡았다.

"허어, 사람 참. 글쎄, 나 혼자 간다니까."

"이거 놔요!"

소소자는 사도철광의 손을 휙 뿌리쳤다.

"그 미련한 정천맹 놈들한테 얌전한 말이 통할 것 같소?"

"지금 감정만 내세울 땐가? 이럴 때일수록 차근차근 납득을 시켜야지."

"차근차근은 무슨 차근차근! 말을 안 들으면 정천맹 놈들 골통을 부숴서라도 못 가게 만들어야지!"

듣고 있던 왕족발이 중얼거렸다.

"가만 놔둬도 죽을 녀석들을 뭐 하러 힘들게 죽이나 그래."

사도철광이 어리둥절한 얼굴로 물었다.

"무슨 소리냐?"

"우리 아버님이 어떤 분인데 이런 호기를……."

왕족발은 아차 하는 표정으로 입을 다물었다.

"호기라니?"

"아… 아무것도 아니오."

손을 휘휘 저은 왕족발은 서둘러 밖으로 나갔다. 왕족발의 뒷모습을 보던 소소자가 말했다.

"어쨌든 난 가겠소. 주적자가 오기 전에 사람들이 황금도로 가는 것을 어떻게든 막아야 하니까. 만약 그렇지 못하면 흡혈야황을 잡는 일은 물론 차후에 무슨 일이 생길지 알 수 없으니 말이오."

몸을 돌리는 소소자를 사도철광이 황급히 잡았다.

"잠깐!"

소소자가 짜증스런 표정을 지었다.

"자꾸 막을 거요? 이러면 사도 영감과……."

"가만 좀 있어보게!"

사도철광은 소리를 지르고 생각에 잠겼다. 아까 왕족발이 했던 말이 계속 머리 속을 맴돌며 생각 한쪽을 건드렸다.

"사도 영감."

"……."

"사도 영감."

"그래! 바로 그거야!"

사도철광은 손가락을 퉁기며 소소자를 향해 함박웃음을 지었다.

"황금도행을 늦출 좋은 방법이 있네."

"무슨 방법 말이오?"

"만약 왕청일이 황금도에서 정파인들을 몰살시킬 계획을 세우고 있다면 어떡하겠나?"

소소자의 얼굴이 경악으로 물들었다.

"네? 그… 그게 정말이오?"

사도철광은 여전히 웃음을 머금고 말했다.

"그게 사실이든 아니든 무슨 상관이야. 어떻게든 정천맹이 그 사실을 의심하게만 만들면 되지. 안 그런가?"

*       *       *

주적자는 멍한 눈으로 자신이 만든 두 개의 무덤을 보았다. 관혜진과 관 노사의 것이었다. 그들 조손의 시체는 지하 창고에 아무렇게나 내팽개쳐져 있었다. 주적자는 한참 동안 무덤을 보다가 고개를 들었다.

날카로운 햇살이 눈을 파고들었다. 아침 햇살이 닿을 때 가려움을 느꼈던 것은 단순한 기분 탓이었다. 그는 햇빛 아래서 보통 사람과 다름없이 활동할 수 있었다. 하지만 그것이 평범한 사람과 같다는 것을 뜻하지는 않았다.

그는 이제 흡혈귀가 된 것이다. 장현승의 피를 빨았기 때문만은 아니었다. 주적자는 어제의 죽음으로 비로소 완전한 흡혈귀가 된 것이다. 돼지고기나 밥, 밀가루, 채소 같은 음식이 아닌 피로 생명을 연장해야 하는 흡혈귀!

주적자는 자신의 손을 보았다. 아직 씻지 않아 갈색으로 말라붙은 피가 덕지덕지 묻어 있었다.

"결국 이렇게 돼버리고 말았군."

어쩐지 흡혈귀로 변하는 것이 태어나기 전부터 정해진 운명처럼 느껴졌다.

"계속 살아가야 하는 걸까?"

자신을 향한 그 물음에는 아직 답을 내릴 때가 아니었다. 죽는 방법도 난감할 뿐더러 일단 흡혈야황부터 만나봐야 했다. 흡혈야황을 만나 인간으로서의 회귀가 가능한지부터 알아보는 것이 순서였다.

불가능하다면…….

죽음은 그때 가서 생각해도 늦지 않았다. 그동안에는 고두룡처럼 동물의 피로 연명하는 수밖에 없었다. 주적자는 계곡에서 가지고 온 비강의 시체를 모두 집 안으로 넣었다. 장원 곳곳에 마른 나무를 쌓아놓은 주적자는 대청에 불을 붙였다. 이미 등잔 기름을 뿌려놓았기 때문에 불은 순식간에 타올랐다.

화르륵거리며 타오르는 불길이 그에게 유혹의 손길을 보냈다.

'저 속으로 들어가면 죽을 수 있을까?'

주적자는 스치는 생각을 떨치고 돌아섰다. 동정호로 떠날 시간이었다.

*　　　　*　　　　*

기선진의 말은 장내를 순식간에 침묵으로 몰아넣었다. 무당 장문인 도현 진인, 화산 장문인 혁련제, 개방 방주 상통걸, 아미 장문인 현현 신니, 소림의 무각 대사, 화산삼검, 검권이선 모두 놀란 얼굴로 기선진을 볼 뿐이었다.

무척 길게 느껴지는 침묵을 깬 사람은 상통걸이었다.

"기 군사, 그건 자네의 의심인가, 아니면 어디서 들어온 제보인가?"

기선진은 앞에 놓인 찻잔을 만지작거리며 대답했다.

"반 시진 전에 사지마군이 와서 이 의문을 제기했습니다. 물론 그의 의도는 명백합니다. 우리가 황금도로 떠나는 시간을 조금이라도 늦춰 보자는 것이겠지요. 하지만 그의 의도를 안다고 해도 이 사안을 무시할 수는 없습니다."

상통걸은 고개를 끄덕였다.

"그렇지. 왕청일 그 인간은 충분히 그런 일을 꾸미고도 남을 테니까."

그는 자신의 머리를 쥐어박았다.

"어휴─! 늙으니 머리가 둔해지는 건지… 왕청일이 그런 음모를 꾸밀 것이란 생각을 왜 진작 못했을까?"

혁련제가 말했다.

"증거가 없기는 하지만 출발 시각을 늦추고 조사를 해보는 것이 좋겠군."

"제 생각도 그렇습니다. 황금도의 일이 급하다고는 하지만 정파의 사활이 걸린 일을 함부로 결정할 수는 없죠."

그녀는 상통걸을 보았다.

"방주님께서 정무문의 최근 움직임을 조사해 주셨으면 합니다."

"그러지. 이 늙은이가 냄새 하나는 기막히게 잘 맡거든."

기선진은 결정을 내리듯 말했다.

"그럼 출발 시각을 십 일 정도 연기하는 것으로 하죠."

그녀의 말에 누구도 이견을 달지 않았다.


쾅!

여신우의 주먹질에 탁자가 부르르 떨렸다.

"그 녀석들이 기어코!"

늙은이의 얼굴을 한 묵룡도 무거운 음성을 뱉어냈다.

"생각지도 않은 변수가 생겼군요. 주적자가 오기 전에 떠나야 할 텐데……."

묵룡은 가슴까지 드리운 수염을 쓰다듬으며 말했다.

"그런데 왕청일이 정말 정파인들을 몰살시킬 계획을 세웠을까요?"

여신우는 단호하게 고개를 저었다.

"아니오! 이건 사지마군과 소소자가 만들어낸 헛소문이 분명하오이다!"

흥분한 탓에 무조건 부정을 했지만 잠시 생각을 해보자 그럴 수도 있겠다는 생각이 들었다. 왕청일이라면 충분히 그러고도 남을 위인이었다. 여신우는 머리끝까지 치솟은 화를 가라앉히고 차분히 마음을 가다듬었다.

"사실 전혀 가능성이 없는 얘기는 아니군요."

"으음… 이 일이 우리의 계획에도 어떤 변수가 될지 모르니 신중을 기하는 것이 좋겠군요."

"물론 신중한 것도 좋지만 지금 가장 급한 것은 사람들을 이끌고 하루빨리 황금도로 가야 한다는 것이오."

"물론 그렇지요. 하지만 지금은 우리가 끼어들 자리가 없습니다."

묵룡의 말이 맞았다. 빨리 떠나자고 재촉하기에는 걸린 사안이 너무 컸다.

"사지마군과 소소자를 진작 없앴어야 하는 건데."

여신우는 후회 섞인 말을 내뱉었다.

"지금이라도 그렇게 하는 것이 좋을 듯싶습니다."

말을 한 묵룡은 탁자 밑에 달린 서랍에서 조그마한 화살을 꺼냈다. 여신우가 탈명침을 죽이려 할 때 날아와 방해한 화살이었다.

"저번에도 말씀드렸지만 이건 분명 주적자 일행 중 나인현이란 여인이 쏜 화살입니다. 결국 탈명침과 그들이 한편이란 얘기지요. 사사건건 우리의 일을 방해한다는 것은 앞으로도 방해자가 될 가능성이 충분하다는 겁니다."

여신우는 고개를 끄덕였다.

"좋소이다. 삼 일 안으로 내가 직접 녀석들을 없애겠소."

"다른 것은 모르지만 이 화살만은 조심하십시오. 술법이 걸려 있으니 맞는다면 아무리 당신이라도 보통 사람과 같은 타격을 받게 됩니다."

묵룡은 잠시의 사이를 두고 말을 이었다.

"도와드리고 싶지만 전 내일 황금도로 떠날까 합니다."

"왜요? 황금도에 아직 준비되지 않은 것이 있습니까?"

묵룡은 고개를 저었다.

"모든 준비는 완벽합니다. 다만 제가 떠나는 것이 자연스럽기 때문입니다. 기한이 늦춰졌다고 기다린다면 저번에 혼자 떠나겠다고 했던 상황과 말이 맞지 않으니까요."

묵룡의 말에도 일리가 있었다. 흠집 남길 말이나 행동은 철저히 피하는 게 좋았다.

"걱정 마시오. 나 혼자 처리할 수 있으니."

"조금이라도 의심을 사지 않기 위해서는 그들이 스스로 사라진 것처럼 보이게 해야 합니다. 이번 일도 있으니 어렵지 않겠지요. 내 생각에는 그들이 거처를 옮길 겁니다. 그런데……."

묵룡은 걱정스러운 음성으로 물음을 던졌다.

"한꺼번에 상대하기는 너무 벅차지 않겠습니까?"

여신우의 입가에 가는 웃음이 걸렸다.

"하나씩 없애야지요. 하나씩……."

제41장
흐르는 시간처럼…

제41장 흐르는 시간처럼···

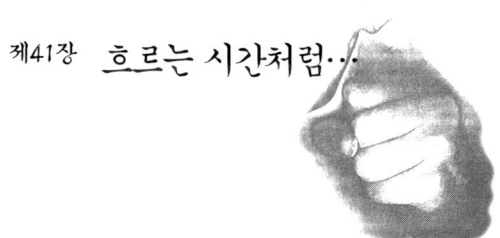

　소소자와 사도철광이 새로 찾아낸 거처는 산 중턱의 버려진 장원이었다. 악양성 내에 거처를 구하면 편하겠지만 황금도로 떠날 때까지 사람들의 눈에 띄지 않는 것이 좋았다.

　산기슭을 깎아 만든 장원은 상당히 넓을 뿐더러 이층으로 되어 있었다. 지금은 여기저기 허물어지고 지붕에 구멍도 뚫렸지만 공들여 지은 것만은 분명했다.

　"왜 이런 곳이 버려져 있을까요?"

　한쪽이 떨어져 나간 대문 앞에서 호미령이 물었다.

　"사십 년 전에 홍대붕(洪岱朋)이란 사람이 이 장원을 지었는데 귀신이 출몰하는 바람에 살지 못하고 버렸다 하더군요. 그 후 몇 사람이 살려고 해봤지만 결국 귀신에게 쫓겨났답니다. 결국 이렇게 폐가가 되어버렸죠."

소소자는 음식점 주인에게 들었던 얘기를 해주고 장원 안으로 들어 갔다. 백여 평에 이르는 마당에는 잡초가 무릎까지 자라 있었고, 간간 이 허물어진 벽을 따라 열 그루 정도의 나무가 띄엄띄엄 심어져 있었 다. 원래는 유실수였던 모양인데 이미 말라죽은 모습이었다.

소소자는 잡초를 헤치고 가다가 나무 바로 곁에 있는 우물로 걸음을 옮겼다. 돌을 허리 높이까지 쌓아 만든 우물 안에는 먼지 섞인 나뭇잎 만 수북히 쌓여 있었다.

"근처에 샘물이 있나 찾아봐야겠군."

소소자는 말을 하고 건물 안으로 들어가는 사도철광의 뒤를 따랐다. 대문을 정면으로 보고 있는 건물은 대략 팔십 평 정도 되어 보였다. 중 앙에 대청이 있었고, 양쪽에 밖으로 나 있는 복도가 건물을 휘감은 형 태였다.

복도와 마당이 만나는 곳에는 원래 난간이 있었는데 대부분 떨어져 나가고 앙상한 기둥만 남아 있었다. 그들은 대청을 지나 안쪽으로 들 어갔다. 대청 정면에는 양쪽 문이 모두 떨어져 나간 넓은 방이 있었고, 그 방에서 다시 양쪽 방으로 들어갈 수 있는 구조였다. 특이하게 벽에 맞닿은 네 개의 기둥 외에 중간중간 기둥들이 서 있었다.

"지붕 무너질까 봐 어지간히 걱정이 됐던 모양이군."

소소자는 먼지가 묻은 기둥을 어루만지고 대청에 면한 방에서 나와 건물 안의 회랑을 돌아갔다. 그곳에 이층으로 올라가는 계단이 있었 다. 밟을 때마다 삐거덕거리는 것이 금방이라도 무너질 것 같았다.

이층의 구조는 정말 단순했다. 계단 끝에 양쪽으로 복도가 나 있고, 정면에 열여섯 개의 문이 있었다. 중앙의 세 자 정도 되는 벽을 중심으 로 양쪽에 각각 여덟 개씩이 하나의 출입구였다. 이미 많은 수의 문짝이 떨어져 나간 상태라 굳이 문을 열 필요도 없었다.

안으로 들어가자 기둥 열두 개만이 서 있는 넓은 방이 나왔다. 연회장 같은 목적으로 쓰기 위해 만든 것 같았다. 벽에 난 창문들도 웬만한 집의 방문만큼이나 큼직큼직했다. 옆으로 열게 되어 있는 창문 중 삼분의 일은 보이지 않았다.

창문으로 장원 뒤쪽의 별채가 내려다보였다. 이 건물의 반 정도 크기의 별채 또한 금방이라도 무너질 것처럼 낡아 있었다. 돌아서 내려가려던 소소자는 다시 별채를 보았다. 정확히 별채 뒤쪽의 버드나무였다. 나무는 엄청나게 커서 높이가 거의 이십 장에 달하고 이파리 하나 없는 가지는 사방 십 장을 덮고 있었다.

"그 위에서 뭐 하나? 빨리 내려오게!"

사도철광의 목소리는 창문 바로 밑에서 들렸다. 소소자는 고개를 길게 빼서 아래를 보았다. 손에 도끼를 든 사도철광이 말했다.

"이 집을 흉가로 만든 귀신을 쫓아내러 가는데 거기 있을 텐가?"

"그 좋은 구경거리를 놓칠 순 없죠."

소소자는 창문을 통해 사도철광 옆으로 뛰어내렸다.

"그 귀신이 어디 있소?"

활에 이미 화살을 먹여놓은 나인현이 별채 뒤의 거대한 나무를 턱으로 가리키며 말했다.

"저 나무예요."

"저게 귀신이란 말이오?"

"정확히 말하면 나무의 정이죠. 일단 가죠."

그녀는 앞장서서 걸음을 옮겼다. 별채를 돌아가자 뒷마당 중앙에 자리한 나무가 나왔다. 나무의 밑동은 마치 거북의 등껍질처럼 갈라져 있었는데 장정 열은 붙어야 두를 수 있을 정도로 거대했다.

"그러니까 이 나무에 정괴가 살고 있단 말이오?"

"네. 나무의 종류에 따라 부르는 이름이 다른데 보통 팽후(彭候)라는 이름으로 통하죠."

"어떻게 생겼나 궁금하군."

"잠시 후면 보게 될 거예요."

그녀는 시위를 약간 당겨 쏠 준비를 하고 나무를 향해 소리쳤다.

"류(柳) 장군! 나 법사가 만나러 왔다!"

나인현의 외침이 끝나자 갑자기 나무 전체가 부르르 떨렸다. 지진이 일어난 것처럼 땅이 울리며 나무에서 시커먼 무언가가 스윽 모습을 드러냈다. 그것은 나무의 크기만큼이나 거대했는데 형체는 나무의 모습과 흡사했고, 마치 그림자와도 같았다.

─누가 감히 내 집에 와서 날 청하느냐?

팽후의 목소리는 웅웅거려서 알아듣기가 힘들었다. 종잇장처럼 너울거리는 모습이 온몸으로 말을 토하는 것 같았다.

"괴물이군."

소소지는 호미령을 등 뒤에 돌리고 급히 대침을 꺼내 들었다. 사도철광도 양손을 가슴에 모아 싸울 준비를 했다. 긴장하지 않은 사람은 오직 나인현뿐이었다.

"천봉천봉 래호오신, 오령신부구아 생남불역……."

나인현은 주문을 외운 후 팽후를 향해 활을 쐈다. 대기를 반으로 쪼개며 날아간 화살은 팽후의 중간쯤에 정확히 틀어박혔다.

"우아아악—!"

그 작은 화살에 거대한 팽후는 호들갑스러운 비명을 내뱉으며 검은 그림자를 이리저리 뒤틀었다. 그러기를 잠시, 그림자는 나왔을 때보다 빠르게 나무 안으로 사라져 버렸다. 생긴 것과는 다르게 너무도 싱거운 싸움이었다. 나인현은 활을 어깨에 메며 사도철광에게 말했다.

"이제 나무를 베면 돼요."

"이렇게 간단히 끝난 거요?"

소소자의 물음에 나인현이 고개를 끄덕였다.

"보통 사람에게는 팽후가 두려운 존재지만 알고 보면 약하기 그지없는 정괴지요."

"쩝! 그래도 너무 싱겁군."

뭔가 아쉬워하는 소소자에게 사도철광이 도끼를 내밀었다.

"이 나이에 내가 할 수는 없는 거고."

소소자는 '나이가 무슨 벼슬인가?' 하고 투덜거리며 도끼를 받아 들었다. 그사이 나인현이 나무를 한 바퀴 빙 돌더니 그녀의 몸만큼이나 큰 옹이가 박힌 곳 앞에 멈춰 섰다.

"사도 선배께서는 이곳을 지키고 계세요."

"왜?"

"나무를 베면 이곳으로 팽후가 튀어나올 거예요. 그걸 잡으세요."

사도철광은 팔을 걷어부치고 구멍이 돼버린 옹이 앞에 섰다. 소소자는 손바닥에 침을 뱉고 도끼를 단단히 움켜쥐었다.

퍽!

힘껏 휘두른 도끼는 나무의 껍질을 뚫고 깊숙이 파고들었다. 녹슨 도끼였지만 내공을 운용하였기 때문에 나무는 금세 깊은 속살을 드러냈다. 한 자쯤 파 들어갔을까? 갑자기 도끼에서 붉은색의 액체가 묻어 나왔다. 나무를 찍고 있지 않다면 피라고 해도 좋을 그런 것이었다.

소소자가 어리둥절한 얼굴로 도끼질을 멈추자 나인현이 말했다.

"괜찮아요. 그냥 계속하세요."

소소자는 도끼질을 계속했다. 나무를 한 바퀴 빙 둘러 도끼를 휘두른 지 이각쯤 지나자 땅은 흥건한 붉은 물로 뒤덮였다. 깊이도 여섯 자 이상 패여서 밀면 넘어갈 것 같았다.

"이 짓도 쉽지 않군."

주적자가 중얼거리며 도끼질의 속도에 박차를 가할 때였다.

커엉!

갑자기 개 짖는 것 같은 소리가 들리며 사도철광이 지키고 있던 옹이에서 시커먼 무언가가 튀어나왔다. 기다리고 있던 사도철광은 단숨에 튀어나온 '그것'의 목덜미를 움켜쥐었다.

"깨갱!"

'그것'은 소리나 모습 모두 영락없는 개였다. 다만 크기가 여섯 자에 이를 정도로 크고 꼬리가 없다는 것이 다를 뿐이었다.

"이게 바로 팽후예요."

나인현은 사도철광의 손아귀에서 바둥거리는 팽후에게 다가가 이마에 부적 한 장을 붙이고 소소자에게 말했다.

"빨리 나무를 쓰러뜨리세요."

소소자는 도끼를 놓고 양손을 나무에 댔다. 사도철광도 한 손으로 소소자를 거들었다.

"끄응!"

소소자가 힘을 쓰자 작게 들썩이던 나무는 이내 우지직 소리를 내며 천천히 넘어갔다. 나무가 넘어지며 뒤쪽 담이 모래로 만든 것처럼 힘없이 무너졌다. 주변에 있던 작은 나무들도 허리가 부러지는 것을 면할 수 없었다. 자욱한 먼지가 가라앉을 때쯤 나인현이 사도철광에게 말했다.

"팽후를 땅에 내려놓으세요."

팽후는 어느새 죽은 듯 축 늘어져 있었다. 나인현은 팽후의 이마에 있는 부적을 떼고 다른 부적을 그 자리에 붙인 후 주문을 외웠다.

"천정지정(天精地精) 일월지정(日月之精), 일월합기명(日月合其明) 신귀합기형(神鬼合其形)……."

그녀가 주문을 외움에 따라 팽후의 모습이 조금씩 달라졌다. 없던 꼬리가 생겨나고 칙칙하던 털이 기름을 바른 듯 검은 윤기를 띠었다.

"…속도단전래칙령(速到壇前來勅令) 청향영청도단전(清香迎請到壇前)."

주문을 모두 외운 나인현이 팽후의 이마에 붙어 있던 부적을 떼어냈다. 그러자 죽은 듯 누워 있던 팽후가 눈을 뜨더니 벌떡 일어섰다. 주위를 둘러보던 팽후는 엉덩이를 땅에 깔고 앉으며 꼬리를 살랑살랑 흔들어댔다. 주인을 보고 재롱을 떠는 개의 모습과 똑같았다.

"이거 완전히 개새끼네."

소소자의 말에 나인현이 웃음을 지었다.

"비슷해요. 수괴는 모두 세상에 있는 동물의 변형이라고 할 수 있죠. 팽후 역시 마찬가지예요. 제가 주문을 걸어 개의 성질을 그대로 띠게 된 거예요. 이제 이 녀석은 깨어나자마자 본 우리 넷만을 주인으로 섬길 거예요. 물론 보통 개는 아니죠. 대호조차 한입에 물어 죽일 수 있을 정도로 강한 개예요. 무림의 일류고수와 싸워도 밀리지 않을 걸요."

그녀의 말에 세 사람은 '오호!' 하는 얼굴로 고개를 끄덕였다.

"믿음직한 호위군."

소소자가 머리를 쓰다듬자 팽후는 끄응 소리를 내며 그의 손을 핥았다. 그 모습을 보고 있던 사도철광이 몸을 돌리며 말했다.

"흉가를 만든 원인도 제거했으니 슬슬 집을 치워보자구."

              *              *              *

묵룡이 탄 배는 여신우의 시야에서 점점 사라져 갔다.

"저렇게 혼자 떠나시다니… 제발 아무 일 없어야 할 텐데."

곁에 선 기선진이 걱정스럽게 말했다. 묵룡이 사양함에도 기어코 따라나선 혁련제가 기선진의 말을 받았다.

"뛰어난 술법을 지니고 계시니 괜찮겠지요."

그들은 배가 완전히 시야에서 사라질 때까지 부두에 서 있다가 돌아섰다. 여신우는 잠시 들를 곳이 있다는 말로 그들을 먼저 보냈다. 잠시 후, 뒤쪽 산을 넘어 조병천이 뛰어왔다. 그가 멈춰 서기도 전에 여신우가 서둘러 물었다.

"찾았느냐?"

"네. 여기서 서쪽으로 이십 리 정도 떨어진 괄창산(括彰山)의 중턱에 폐장원이 있는데 그곳에 자리를 잡았습니다."

"폐장원?"

의아해하던 여신우는 수긍이 간다는 듯 고개를 끄덕였다.

'역시 사람들 눈에 띄지 않는 것이 좋다고 판단한 모양이군.'

그는 생각 끝으로 씨익 웃음을 지었다. 그런 한적한 곳으로 옮긴 것이 여신우로서는 잘된 일이었다. 사도철광 일행이 무덤 자리 하나는 제대로 고른 셈이었다.

여신우는 묵룡이 사라진 곳을 응시하며 중얼거렸다.

"언제 녀석들의 목을 따줄까?"

                    *          *          *

"둘 다 싱글벙글이군. 성내에서 실컷 놀다 사러 간 식량하고 냄비 같은 것을 사는 건 잊어버리는 거 아닌지나 몰라."

호미령은 들려오는 소소자의 목소리에 빗자루질을 멈추고 허리를 폈다.

"보기 좋잖아요."

"보기 좋긴. 딱 할아버지와 손녀로밖에 더 보이겠소?"

"질투하시는 거예요?"

"질투는 무슨… 내가 뭐 도와줄 것 없소?"

호미령은 주위를 둘러보다 말했다.

"물이 필요한데요, 별채 창고에 보면 지게하고 항아리가 있을 거예요."

물이라는 말에 소소자의 주머니 속에 있던 화백이 고개를 내밀었다. 이제는 화백도 소소자와 웬만큼 친해져서 주머니에 들어가는 것을 꺼리지 않았다.

"에구, 산꼭대기까지 올라가야겠군."

어제 오후 내 산을 쏘다닌 끝에 발견한 연못은 산정 가까운 곳에 자리해 있었다.

"엄살 부리지 말고 빨리 다녀오세요."

소소자는 '그럼 다녀오겠소' 라는 말을 남기고 밖으로 나갔다. 그녀는 대충 하나의 방을 치워놓고 다음 방으로 향했다. 오래 묵을 곳도 아니니 방 두 개 이상 치울 필요는 없었다. 그녀가 움직이자 방구석에서 엎드려 있던 팽후가 벌떡 일어서 졸졸 따라왔다.

"거기 있어."

그녀의 말을 알아듣는 듯 팽후는 슬그머니 뒷걸음치더니 원래 있던 자리로 돌아가 다시 엎드렸다. 그녀가 비질에 열중하고 있을 때 갑자기 컹컹 하고 팽후의 짖는 소리가 들렸다. 그들 일행에게 짖을 리는 없으니 낯선 사람이나 동물이 나타난 것이 틀림없었다.

나인현은 빗자루를 든 채 밖으로 나갔다. 막 대청에 들어설 때 마당을 가로질러 오는 사람이 보였다. 육십 대 초반으로 보이는 인상 좋은 노인이었다.

크르르—

팽후는 노인을 향해 몸을 낮게 숙이고 위협적인 목소리를 냈다.

"가만있어."

그녀는 팽후에게 말을 하고 노인을 보았다.

"어떻게 오셨습니까?"

노인은 주위를 한 바퀴 둘러보더니 물었다.

"혼자 계신 모양이구려."

'네' 라고 대답하기에는 뭔가 불안했다. 그녀가 가만있는 사이 노인은 대청 가까이 다가왔다. 무례하다 싶을 정도로 거침없는 발걸음이었다.

"누굴 찾아오셨는지요?"

"꼭 누굴 찾아왔다기보다는 그냥 이 장원에 있는 사람들에게 볼일이 있어서 말이오."

노인은 말끝으로 의미 모를 웃음을 지어 보였다.

"실례지만 성함이……."

그녀는 뇌리에 떠오른 이름이 나오지 않기를 바라며 물었다. 하지만 나쁜 예감은 언제나 틀리는 법이 없다는 것을 증명하듯 듣고 싶지 않았던 이름이 노인의 입에서 나왔다.

"여신우라고 하오이다. 들어는 봤겠지요?"

호미령은 심장 한쪽이 기울어지는 것 같은 느낌을 받았다. 어찌 그 이름을 모르겠는가? 소소자가 틈만 나면 천하의 나쁜 놈이라고 욕을 해대고, 또 그만큼 악독하다는 것도 알고 있었다.

"꽤 놀란 모양이구려, 호 소저."

여신우가 마지막에 뱉은 호칭은 그녀의 솜털을 곤두서게 만들었다. 호미령은 애써 표정을 수습하고 물었다.

"그런데 이곳엔 무슨 일로 오셨는지요?"

여신우는 그녀의 질문에 물음으로 답했다.

"손님이 왔는데 차 한잔 대접하지 않을 생각이십니까?"

호미령은 잠시 생각하다 입을 열었다.

"지금은 물이 없고 금방 소 의원께서 물을 가지고 오실 겁니다. 일단 안으로 들어오시지요."

그녀는 침착하기 위해 많은 노력을 기울여야 했다. 여신우가 무슨 마음을 먹고 이곳까지 왔는지는 모르지만 결코 좋은 뜻은 아닐 것이다. 어쩌면 그들을 해치기 위해 온 것인지도 모른다. 그런 생각이 들자 마음이 급해졌다.

소소자가 돌아오려면 반 시진은 있어야 하는데, 만약 여신우가 자신을 죽이려 한다면 그 시간을 버틸 거라 자신할 수 없었다. 물론 그녀에게도 전혀 방법이 없는 것은 아니었다. 천의지에서 허송세월을 보낸 것은 아니니.

팽후는 계속 여신우에게 경계음을 보내며 그녀를 따랐다. 그나마 팽후가 있어 조금이라도 안심이 되었다. 여신우는 그런 팽후를 힐끔 보더니 말했다.

"보통 개가 아닌 모양이구려. 날 두려워하지 않는 것을 보면."

"천하에 협명이 쟁쟁한 여 대협을 왜 두려워하겠어요?"

그녀는 태연하게 말하고 탁자로 여신우를 안내했다.

"여기서 잠깐 기다리세요."

돌아서는 그녀에게 여신우가 말했다.

"행여 손님을 혼자 두고 어딜 가시는 것은 아니겠지요?"

"제가 왜 그러겠어요?"

그녀는 여유로워 보이는 웃음을 지었다. 하지만 정말 그렇게 보일지는 알 수 없었다.

'어떻게든 소 의원님이 오실 때까지 시간을 끌어야 하는데.'

호미령은 방을 나가서 빠르게 자신의 행낭이 있는 곳으로 걸음을 옮겼다. 치우다 만 방 구석에 있었는데 방문 한쪽이 닫혀 있어 다행히 여신우의 눈에는 보이지 않을 터였다. 뒤를 힐끔 돌아본 그녀는 여신우가 쫓아오지 않는 것을 확인하고 황급히 행낭을 뒤졌다. 이 행낭에 술법에 필요한 부적들이 들어 있었다.

그냥 달려서 도망친다면 장원도 빠져나가기 전에 잡힐 것이다. 행낭의 끈은 매듭이 너무 꽉 매어져서 좀처럼 풀리지 않았다. 손톱이 하얗게 되도록 끈을 푸는 그녀에게 팽후의 낮은 으르렁거림이 들렸다.

호미령은 천천히 고개를 돌렸다. 그녀의 바로 세 자 뒤에 여신우가 뒷짐을 진 채 서 있었다.

"무얼 그리 급히 찾으시오?"

여신우의 입가에는 여전히 사람 좋아 보이는 웃음이 걸려 있었다. 하지만 호미령은 그 웃음을 믿지 않았고, 여신우도 기대하지 않을 것이다.

"호, 혹시 대접할 것이 있지 않을까 하고요. 자리에 가서 기다리시지요."

침착하려 했지만 목소리가 떨리는 것만은 어쩔 수 없었다. 잔잔한 웃음을 짓고 있던 여신우의 얼굴이 갑자기 굳어졌다.

"장난은 그만 하기로 하지."

"무, 무슨……?"

"널 어떻게 죽이면 소소자가 가장 분노할까?"

수염을 쓰다듬으며 잠시 생각을 하던 여신우가 씨익 웃음을 지었다.

"그래, 간살(姦殺)이 좋겠군."

말을 한 여신우는 호미령에게 다가왔다. 서두르지 않는 걸음이 그녀를 더욱 불안하게 만들었다. 그녀는 재빨리 행낭을 집으며 소리쳤다.

"팽후! 물어!"

순간, 잔뜩 움츠리고 있던 팽후가 허공을 날았다. 그녀는 뒤도 돌아보지 않고 방을 뛰쳐나갔다.

"감히 미물 따위가!"

여신우의 호통과 함께 깽 하는 팽후의 비명이 들렸다. 그녀는 대청으로 난 회랑을 달리며 매듭을 풀었다. 가까스로 행낭을 연 호미령은 그 안에서 열 장 남짓한 부적 더미를 꺼냈다. 행낭을 던지고 부적을 고르던 그녀는 그중 한 장을 오른손에 집었다. 자신의 형체를 눈에 띄지 않게 하는 장신술(藏身術)을 펼칠 때 쓰는 부적이었다.

그녀가 막 가슴으로 부적을 가져갈 때 갑자기 콰앙 소리와 함께 앞쪽 문이 산산조각으로 부서졌다.

"악!"

그녀는 황급히 멈추고 날아오는 파편을 막으려 팔로 얼굴을 가렸다.

"내 손에서 도망칠 수 있을 것 같나?"

여신우는 옷에 묻은 먼지를 툭툭 털며 다가왔다. 생각보다 팽후가 오래 견디지 못했다. 그녀는 주춤주춤 물러서다 오른쪽 방문을 열지도 않고 그대로 뛰어들었다.

우지직!

약한 살과 창호지로 되어 있다지만 시큰한 아픔이 전해졌다. 그녀는 재빨리 일어나 방 중간쯤에 있는 기둥 뒤로 돌아가 몸을 숨겼다. 장신술을 펼치기 위해서는 상대방의 눈이 미치지 않는 곳이어야 했다. 가슴에 장신부(藏身符)를 붙인 호미령은 입을 다물고 혀만 굴려 주문을 외웠다.

'구천도왕군(九天都王君) 칙오방은신(勅五方隱身), 청오지법령(聽吾之法令) 수혼지난행(遂昏之難行), 일체원밀의(一切遠密意) 물정찰복순(勿停利服巡)……'

"소소자가 올 때까지 버틸 생각인가? 흥! 녀석이 와도 널 구해주지는 못해."

여신우의 발자국 소리가 가까워졌다. 그녀는 필사적으로 주문을 외웠다. 주문이 중간에 틀리거나 빠지면 장신술이 완벽하게 펼쳐지지 않기에 온 신경을 주문에 집중했다.

'위오법령자(違吾法令者) 봉참이신형(奉斬爾身形)…….'

여신우의 발자국 소리가 바로 곁에 다가온 것처럼 크게 들렸다.

'급급여구천황인(急急如九天皇人) 제군율령칙섭(帝君律令勅攝)!'

주문이 끝남과 동시에 여신우가 기둥을 돌아왔다. 그의 시선은 똑바로 그녀를 쳐다보았다.

'틀린 건가?'

하지만 이내 여신우는 어리둥절한 얼굴로 여기저기를 둘러보았다.

"어떻게 된 거지?"

여신우는 계속 제자리에서 맴돌며 호미령을 찾았다. 그녀는 굵은 침과 함께 긴장을 삼켰다. 그녀의 신체에서 발생하는 모든 소리는 차단되기 때문에 움직이지 않는 한 들킬 염려는 없었다. 여신우는 다음 기둥의 뒤쪽을 확인하더니 보이지 않는 그녀를 향해 말했다.

"오호! 보이지 않게 하는 술법을 익힌 모양이군. 묵룡에게서 그런 술법이 있다고 들은 적이 있지. 하지만 그것만으로 내 손을 빠져나가지는 못해."

여신우는 그녀가 있는 기둥으로 똑바로 걸어오며 말을 이었다.

"있을 곳은 뻔하거든. 움직였으면 기척이 들렸을 텐데 그렇지 않은 이상 처음 사라진 그 자리에 있겠지."

여신우는 압박을 하듯 천천히 다가왔다. 좁혀지는 그와의 간격은 물리적인 힘이 된 듯 호미령의 심장을 짓눌렀다.

삐그덕삐그덕!

소리와 함께 여신우의 무게가 고스란히 몸으로 느껴졌다.

'도망쳐야 할까?'

그녀는 결정을 내리지 못했다. 움직이는 기척이 들리면 단숨에 잡혀 버릴 것이다. 그렇다고 네 자 가까이 다가온 여신우의 손길을 기다릴 수도 없었다.

"자, 그만 모습을 드러내지. 옷 벗길 때 불편하니 말이야."

세 자 가까이 다가온 여신우의 목소리를 듣는 것만으로도 심장이 멈출 것 같았다. 그녀는 주먹을 꼭 쥐고 혀를 이 사이에 넣었다. 스스로 죽는 것이 간살을 당하는 것보다 훨씬 나은 선택이 되리라.

그녀에게서 불과 두 자 가까이에서 멈춘 여신우는 천천히 손을 들었다.

"예쁜 얼굴을 보이게나."

여신우의 손끝이 점점 크게 확대되었다. 간질간질한 느낌이 코끝에 전해졌다. 호미령은 질끈 눈을 감았다. 까만 어둠 너머로 소소자의 얼굴이 아련하게 떠올랐다. 생의 마지막에 떠올릴 수 있는 얼굴이 있다는 것만으로도 작은 위안이 되었다. 턱에 차츰 힘이 들어가며 종류를 알 수 없는 고통이 전해졌다.

우직!

무언가 부서지는 소리는 갑자기 들렸다. 밖에서 울린 소리에 호미령은 턱에서 힘을 빼고 눈을 떴다. 그녀의 속눈썹에 닿을 듯 말 듯 자리한 여신우의 손가락이 시야의 전부를 차지하고 있었다. 그녀는 눈도 깜빡이지 않고 검은색에 가깝게 변해 버린 손가락을 보았다.

갑자기 시야가 밝아졌다. 소리를 쫓아 여신우가 방을 뛰쳐나간 것이다. 그녀는 몇 차례 심호흡을 하고 여신우가 나간 방문을 보았다. 완전히 사라졌다고 판단한 그녀는 최대한 소리를 죽여 걸음을 옮겼다. 서두르다가 기척이라도 내면 당장 잡힐 수도 있었다.

그녀가 있는 방에서는 밖으로 직접 통하는 문이 있었다. 일단 밖으로만 나가면 충분히 도망칠 수 있을 것이다. 그녀의 걸음이 문과 불과 다섯 자를 남겨두었을 때 여신우의 고함이 들려왔다.

"이놈의 개새끼가!"

퍽 하는 둔탁음만 있을 뿐 팽후의 비명은 들리지 않았다. 그녀가 막 문고리를 잡으려 할 때 여신우가 방 안으로 뛰어들었다. 그녀는 손을 올린 자세로 굳은 듯 멈췄다. 여신우는 그녀가 있던 기둥으로 다가가 손을 휙 저었다. 허공을 두어 차례 휘저은 여신우는 욕설을 뱉어냈다.

"빌어먹을!"

그는 거친 몸짓으로 방 안을 둘러보며 소리쳤다.

"어서 나와라! 넌 절대 도망칠 수 없어!"

여신우는 허리에서 검을 빼 들고 들어왔던 문에 면한 방구석으로 성큼성큼 다가갔다.

"단검에 죽고 싶은 모양이지?"

여신우는 벽에 등을 기대고 검을 휘두르며 옆으로 이동했다. 방 끝까지 다다른 여신우는 검이 닿았던 위치만큼 앞으로 와서 다시 같은 행동을 반복했다. 검을 휘저으며 방 안 전체를 돌아다닐 작정이었다.

서걱!

낮은 마찰음과 함께 여신우의 검이 기둥을 자르고 지나갔다. 우지직 소리와 함께 비스듬하게 벤 기둥이 약간 내려앉았다. 하지만 아직은 무너질 것 같지 않았다. 아직은……

호미령은 초조하게 여신우와 문을 번갈아 보았다. 지금이야 여신우의 거리가 이 장 이상 떨어져 있지만, 그 간격은 반 각도 지나지 않아 없어질 것이다. 도망을 치려면 조금이라도 거리가 있을 때 시도하는 것이 나았다.

잠깐의 망설임 끝에 그녀는 아랫입술을 깨물었다. 우두커니 서서 저 검이 오기를 기다릴 수는 없었다. 방 안보다는 밖이 도망칠 기회가 많을 것이다.

　결정을 내린 그녀는 힘껏 문을 열었다. 차가운 바람이 단숨에 그녀를 휘감았다. 막 밖으로 몸을 던지려던 호미령은 주춤 멈췄다. 무릎까지 자란 잡초 때문이었다. 저곳에 발을 들여놓게 되면 잡초가 눌려서 그녀가 있는 곳이 발각될 것은 자명한 일이었다.

　"도망치지 못한다!"

　문이 열리는 것을 본 여신우가 고함을 지르며 득달같이 몸을 날렸다. 빠르게 다가오는 여신우를 보며 호미령은 어떻게 해야 할지 갈피를 잡을 수 없었다.

　'침착하게! 침착하게!'

　화르르르—

　여신우의 옷깃 펄럭이는 소리가 그녀를 감싸듯 가까워졌다. 문을 향해 똑바로 날아오고 있었기 때문에 그 자리에 있다가는 부딪히는 것을 피할 수 없었다. 호미령은 나가는 것을 포기하고 허리를 뒤로 힘껏 젖혔다. 온몸의 피가 모두 머리로 쏠리는 것처럼 어지러웠다.

　금방이라도 넘어질 것 같은 그녀의 가슴 위를 아슬아슬하게 스쳐 지난 여신우는 닫혀 있던 한쪽 문까지 부수며 밖으로 뛰쳐나갔다.

　호미령은 쓰러지려는 몸을 가까스로 세우고 여신우를 보았다. 뜰에 내려선 여신우는 날카로운 시선으로 사위를 둘러보았다. 하지만 그녀의 흔적이 거기에 있을 리가 없었다.

　"도망치는 재주가 좋군."

　여신우는 뜰 어디엔가 그녀가 있다는 것을 확신하는 듯 말을 하고 걸음을 옮겼다. 여신우도 그녀가 했던 생각과 비슷한 예상을 하는지 시선을 땅에 두고 뜰을 살폈다. 그녀는 멀어지는 여신우를 보며 안도의 한숨을 내쉬었다.

여신우는 담에 면한 뜰을 살피다 정문이 있는 마당 쪽으로 걸음을 옮겼다. 그의 모습은 이내 벽에 가려 보이지 않았다. 호미령은 목을 길게 빼서 여신우가 완전히 마당으로 갔다는 것을 확인하고 조심스런 걸음을 내디뎠다. 그녀의 흔적을 발견하지 못하면 틀림없이 돌아올 테니 그 자리에 있는 것은 자살 행위였다.

그녀가 방에서 빠져나갈 때까지 여신우는 돌아오지 않았다. 호미령은 회랑을 빙 돌아 별채 쪽으로 난 문을 향했다. 정문 쪽은 여신우가 지키고 있으니 밖으로 나가려면 뒤쪽을 이용하는 수밖에 없었다. 어떻게든 장원을 나가서 소소자에게 여신우의 출현을 알려야 했다.

여신우가 비단 자신만을 죽이러 온 것이 아니라면 소소자 또한 위험하기 때문이다. 뒤뜰로 나가는 문은 열려 있었다. 그곳으로 들어온 햇살 속에서 자잘한 먼지들이 부딪히며 가라앉고 떠오르기를 반복했다. 그녀는 빠르게 햇살 안으로 들어섰다. 문 쪽으로 몸을 돌리던 호미령은 굳은 듯 멈췄다.

바로 일 장 앞에 여신우가 사신처럼 버티고 서 있었다. 그의 시선이 아래로 내려오더니 그녀의 발치에서 멈췄다.

씨익―

여신우의 입가가 양쪽으로 벌어졌다.

"그곳에 있군."

호미령은 자신의 발을 보았다. 먼지가 쌓였던 그곳이 어떻게 변했으리라는 것은 보지 않아도 짐작할 수 있었다. 관자놀이와 심장이 동시에 쿵쿵거렸다. 그녀는 더 이상 망설이지 않고 몸을 돌려 회랑을 뛰어 갔다.

"넌 독 안에 든 쥐야!"

여신우가 소리를 지르며 쫓아왔다. 아무리 모습이 보이지 않는다고 하지만 무림의 초일류고수에게 기척을 들킨 이상 도망치기는 거의 불가능했다. 그녀가 채 열 발자국도 떼기 전에 여신우는 콧김이 닿을 정도로 가까이 다가와 있었다. 호미령은 무섭게 돌진해 오는 여신우를 힐끔 보고 몸을 납작 엎드리며 미끄러졌다.

그녀의 위로 여신우가 빠르게 스쳐 갔다. 호미령은 황급히 일어나 지나온 길을 다시 내달렸다.

"꽤 애를 먹이는군."

여신우는 중얼거리듯 말하고 호미령을 다시 쫓았다. 말과는 다르게 그리 서두르는 것 같지도 않았다. 하긴 이미 종적을 발견했으니 잡는 것은 어렵지 않다고 생각할 것이다. 호미령은 거의 곤두박질치다시피 뒤뜰로 몸을 날렸다. 어깨부터 떨어진 탓에 시큰한 아픔이 느껴졌지만 고통을 삭일 시간조차 없었다.

사사사삭─

발길에 채인 잡초가 비명을 질러댔다. 그것은 여신우의 이정표나 다름없었다. 그녀는 자신의 주검을 확인하는 심정으로 뒤를 돌아보았다. 그런데 당연히 쫓아오고 있어야 할 여신우가 보이지 않았다.

'어디로……?'

시선을 정면으로 돌리자 바로 앞에 여신우가 보였다. 그녀는 황급히 멈춰 서서 충돌하는 것을 가까스로 피했다. 하지만 둘의 거리는 채 한 자도 되지 않았다. 여신우는 그녀의 발치를 힐끔 보고 비릿한 웃음을 머금었다.

"이제 술래잡기는 그만 하지."

그녀가 한 발 뒤로 물러서자 여신우도 그만큼 다가왔다. 정신이 아득해질 정도로 깊은 절망을 느꼈다. 빠져나갈 길은 모두 막힌 것 같았다. 하지만 서둘러 포기할 필요는 없었다. 체념이란 마지막 눈을 감는 순간에 해도 늦지 않았다.

호미령은 입 안의 살점을 이빨 사이에 넣고 힘껏 깨물었다. 아릿한 통증과 함께 쏟아져 나온 피는 침과 섞여 금세 입 안 가득 고였다. 그녀가 몸을 비틀자마자 여신우가 손을 뻗어 잡으려 했다. 빈 공간만을 움켜쥔 그의 손이 움직이기 전에 호미령은 피를 여신우의 얼굴에 힘껏 뿜었다.

불과 한 자도 되지 않는 거리에서 뿜어진 피는 여신우의 얼굴뿐 아니라 눈까지 붉게 물들였다.

"이 계집애가!"

여신우는 한 손으로 얼굴에 묻은 피를 닦으며 나머지 손을 휘둘렀다. 이미 예상하고 있었기 때문에 먼저 몸을 날린 호미령은 여신우의 공격을 피할 수 있었다. 바닥을 뒹군 그녀는 별채를 향해 힘껏 달렸다.

"거기 서!"

아직 눈 속의 피를 닦아내지 못한 여신우는 눈을 감은 채 그녀의 기척을 쫓아왔다. 바닥에 주저앉아 여신우를 머리 위로 흘린 호미령은 돌멩이를 주워 뒤쪽을 향해 힘껏 던졌다. 돌멩이는 풀잎 스치는 소리를 내며 저만큼 날아갔다.

바닥에 내려선 여신우는 퉁기듯 돌멩이가 날아간 쪽으로 몸을 날렸다. 여신우가 내려서는 것을 확인한 호미령은 다시 돌멩이를 던짐과 동시에 자신도 별채를 향해 뛰기 시작했다. 둘 중 어떤 것을 쫓아올지는 여신우의 선택에 맡길 수밖에 없었다.

여신우는 눈을 감은 채 귀를 쫑긋 세우더니 그녀에게로 방향을 잡았다. 하긴 무림의 고수가 동시에 들리는 돌멩이 소리와 발자국 소리를 구분하지 못할 리 없었다. 하지만 약간의 시간을 번 덕분에 그녀는 별채 안으로 들어올 수 있었다.

갑자기 사라진 햇빛이 유난히 짙게 느껴지는 어둠을 끌고 왔다. 그녀는 바닥에 깨진 그릇을 들고 왼쪽 복도를 달렸다. 다리에 힘을 힘껏 주고 있었기 때문에 유난히 큰 소리가 울렸다. 고개를 돌리자 여신우가 별채로 막 들어서는 것이 보였다.

그녀는 그릇을 복도에 대고 앞쪽으로 힘껏 밀었다. 그리고 자신은 오른쪽 문을 통해 별채 뒤쪽으로 방향을 잡았다. 여전히 그녀의 발자국 소리는 보통 사람조차 십 장 밖에서 들을 수 있을 정도로 컸다. 당연히 망설임없이 호미령을 쫓아야 할 여신우는 그녀가 그릇을 민 자리에 멈춰 서서 망설였다. 의심이 넘치는 자들은 언제나 확실한 것조차 믿지 않는 법이었다.

호미령이 방을 빠져나와 뒷문을 통과할 때쯤 여신우가 다시 움직였다. 그녀를 향해서였다. 호미령은 뒤뜰에 내려선 후 망설이지 않고 쓰러진 나무를 향해 달렸다. 팽후가 나왔던 구멍이 삼 장 저쪽에 있었다. 이제 숨을 장소는 저곳밖에 없었다.

"당장 죽여 버리겠다!"

소리를 지르며 그녀를 향해 오는 여신우의 손에는 검이 들려 있었다. 호미령은 사력을 다해 구멍으로 뛰었다. 하지만 그녀와 구멍 사이보다 여신우와 그녀의 거리가 다섯 배는 더 빨리 좁혀졌다.

일 장!

그녀가 구멍과의 거리를 잴 때 옷 펄럭이는 소리가 뒤통수를 덮쳤다. 호미령은 땅을 힘껏 박차 구멍 안으로 몸을 날렸다. 등으로 여신우가 스쳐 가는 것이 느껴졌다.

쿠웅!

구멍 안으로 빨려 들어간 호미령은 나무에 거칠게 부딪쳤다. 눈앞이 캄캄해진 것이 단지 갑작스럽게 찾아온 어둠 때문만은 아니었다. 그녀는 애써 신음을 삼키고 부러진 곳이 없나 여기저기를 움직여 보았다. 어깨와 등이 뻐근하기는 했지만 다행히 큰 이상은 없는 것 같았다.

자신의 몸을 살핀 호미령을 밖으로 귀를 기울였다.

"젠장! 호미령! 내 손에서 벗어날 수 있을 것 같으냐? 이 빌어먹을 계집애!"

쿠웅!

나무 위에서 발을 굴렀는지 진동이 온몸으로 느껴졌다. 호미령은 숨을 죽인 채 미동도 하지 않았다. 아마 잠시 후면 눈의 핏물이 모두 닦일 것이다. 그러면 이 구멍도 발견하게 되리라.

한참 동안 혼자 욕설을 뱉던 여신우가 잠잠해졌다. 아무리 귀를 기울여도 조그만 기척조차 느껴지지 않았다.

'찾는 것을 포기하고 돌아간 것일까?

그녀는 발 밑으로 들어오는 햇살을 보며 생각했다. 당장 고개를 내밀어 확인하고 싶었지만 '조금만… 조금만…' 하면서 나가고 싶은 마음을 억눌렀다. 불안한 고요가 이어졌다. 햇살 아래 너울너울 춤추는 먼지들의 부딪침이 들릴 정도였다.

나무 속의 탁한 공기와 감당하기 어려운 긴장감이 숨을 막히게 했다. 그녀는 가슴을 누르며 큰 숨을 들이쉬었다. 두어 번 숨을 들이키던 호미령은 뭔가 허전함을 느꼈다. '왜?' 라는 물음이 던져지자마자 이유를 알 수 있었다.

당연히 가슴에 붙어 있어야 할 장신부가 보이지 않았다. 그녀는 황급히 주위를 살피다 발치에 떨어진 부적을 발견했다. 나무 안으로 들어오며 떨어진 모양이다. 호미령은 잠시 바깥의 동정을 살핀 후 조심스럽게 발을 움직였다. 나무 안의 공간은 몸을 돌리기에는 너무 좁았기 때문에 발을 사용할 수밖에 없었다.

발끝에 걸린 장신부가 끄덕끄덕 움직였다. 발가락에 힘을 줘서 끄집어 당기려 애썼지만 잘 되지 않았다. 몇 번 움직이는 사이 부적이 드디어 발바닥에 완전히 밟혔다. 그녀는 찢어지지 않게 조심조심 발을 움직였다. 허리를 숙이면 손이 닿을 정도까지 부적을 옮긴 호미령을 발을 뗐다.

그녀가 어깨를 늘어뜨려 부적을 집으려 할 때 갑자기 어둠이 짙어졌다. 원래 그리 밝지 않았던 공간이 순식간에 까만 어둠으로 뒤덮였다. 호미령은 화들짝 놀라며 나무의 구멍을 보았다.

그곳!

여신우의 머리가 구멍 안으로 들어와 있었다.

"여기 숨어 있었군."

호미령은 짧은 비명을 지르며 황급히 구멍 깊숙한 곳을 향해 기어갔다.

턱!

여신우의 손이 그녀의 발을 움켜쥐었다. 호랑이를 잡는 덫처럼 강한 힘이었지만 그녀는 신발을 내어줌으로써 당장의 위기를 넘길 수 있었다. 팔꿈치와 무릎이 부서지는 것 같은 아픔을 느낄 정도로 그녀는 맹렬히 구멍 안을 기었다. 마지막이 어떻게 될지 알 수 없지만 지금으로써는 사력을 다해 움직이는 것만이 유일한 방법이었다.

콰앙!

귀를 멍멍하게 만드는 소리와 함께 날카로운 파편이 그녀를 덮쳤다.

"아악!"

그녀는 비명을 지르며 잔뜩 움츠렸다. 어떻게 된 건지 자각할 사이도 없이 그녀는 앞으로 쭈욱 딸려 나갔다. 숨이 턱 막히며 발 밑이 허전해졌다.

"이제야 잡았군."

호미령은 바로 코앞에서 들린 여신우의 목소리에 눈을 떴다. 자신의 멱살을 잡은 채 득의의 웃음을 흘리는 여신우를 보며 그녀는 빠져나올 수 없는 절망을 느꼈다. 아직 마르지 않은 그녀의 피가 여신우의 입술을 타고 흘러내렸다. 그는 혀를 내밀어 그 피를 핥은 후 웃음을 지었다.

"노루의 피와 맛이 다를 바 없군."

호미령은 전신에 있는 용기를 모두 짜내 소리쳤다.

"빨리 죽여라!"

"너와 내 뜻이 이처럼 일치하니 좋군."

여신우의 검날이 목젖에 닿았다. 섬뜩한 쇠붙이의 느낌은 얼음보다 차가웠다. 마치 발가벗고 눈보라 속에 서 있는 것 같았다.

"시간이 별로 없는 것이 아쉽군."

차가운 검의 느낌은 차츰 날카롭게 변해갔다. 그녀는 눈을 부릅뜨고 여신우를 쏘아보았다. 될 수 있다면 뇌리에 저 모습을 각인시켜 원귀가 되어 복수하고 싶었다. 그녀의 목에 닿은 검이 움직였다.

아주 빠르게!

그런데 방향은 그녀의 목을 향한 것이 아니었다.

까강!

날카로운 소리와 함께 햇살이 여러 갈래로 부서졌다.

"누구냐!"

여신우의 외침이 끝남과 동시에 별채의 지붕 위에서 누군가 뛰어내렸다. 그 모습을 확인한 호미령이 소리쳤다.

"소 의원님!"

아직 입 안에 남은 피가 그녀의 가슴 자락을 적셨다. 소소자가 걱정스럽게 물었다.

"괜찮소?"

그녀는 애써 웃음을 지었다.

"전 괜찮아요."

검을 든 흉적에게 멱살을 잡힌 상황이 괜찮을 리 없다는 것을 알지만 소소자는 그저 고개만 끄덕였다.

"걱정하지 마시오, 내가 구해줄 테니."

그의 말에는 기필코 그렇게 하겠다는 확신이 있었다. 호미령은 이상할 정도로 마음이 놓였다.

"후후후… 경극의 한 장면을 보는 것 같군."

여신우는 조소를 흘리며 흩어진 세 개의 침을 보았다.

"역시 네가 탈명침이었어. 체형이 달라서 확신하지 못했는데."

"네가 사내대장부라면 아녀자는 놔두고 나와 정정당당하게 겨루자!"

"살수의 입에서 정정당당이란 말이 나오다니 우습군."

여신우는 갑자기 검을 들더니 호미령의 가슴을 찔렀다.

"안 돼!"

소소자의 외침이 끝나기도 전에 가슴에 따끔한 통증이 느껴지더니 순식간에 몸이 굳어버렸다. 피가 뿜어지고 살이 갈라지는 상상을 했었는데 그냥 그것으로 끝이었다. 호미령은 그제야 말로만 듣던 혈도가 찍혔다는 것을 알았다.

"일단 소소자 먼저 없애고 넌 그 다음이다."

여신우는 소중한 것을 내려놓듯 호미령을 나무에 기대고 소소자를 향해 돌아섰다.

"이번에는 확실히 죽여주마."

호미령은 조마조마한 심정으로 소소자와 여신우를 보았다.

'소 의원님은 이길 수 있을 거야. 강한 분이니까.'

그녀의 확신과는 다르게 소소자의 얼굴은 잔뜩 굳어 있었다. 침을 빼고 한쪽 발을 앞으로 내미는 자세 또한 신중하기 그지없었다.

"저번처럼 도망치지 않는 것을 보면 이 여인이 네게 무척이나 소중한가 보군."

여신우는 말을 하며 천천히 소소자를 향해 다가갔다. 검에 풀잎이 스치며 사그락거림을 만들어냈다. 둘의 사이가 사 장 가까이 될 때 소소자가 먼저 움직였다.

탓!

힘차게 공중으로 뛰어오른 소소자는 양손을 교차해서 뿌렸다. 느긋하게 움직이던 여신우의 몸이 미끄러지듯 앞으로 나아갔다. 잡초만을 산산조각으로 만들어놓은 침을 뒤로하고 여신우는 소소자를 향해 몸을 솟구쳤다.

"헙!"

떨어져 내리던 소소자는 다급한 헛바람과 함께 허공에서 몸을 곤두세웠다.

카앙!

여신우의 검과 어느새 꺼내 든 소소자의 장침이 부딪히며 강렬한 소리를 만들어냈다.

"우욱!"

신음을 뱉으며 공중을 훨훨 날아가는 사람은 소소자였다. 호미령은 소소자를 부르고 싶은 것을 억지로 참았다. 그녀 때문에 집중력이 흐트러지는 것을 원치 않았다.

'제발… 제발……'

그녀의 기원 덕분인지 소소자는 땅 위에 가까스로 내려서 중심을 잡았다. 여신우는 쉴 틈을 주지 않았다. 그는 공중에서 회오리처럼 돌며 소소자에게 무서운 속도로 떨어졌다.

파라라라—

거친 옷자락 소리 뒤로 콰앙 하는 격돌음이 들렸다. 호미령은 눈을 부릅뜨고 싸움터를 보았다. 뽑히고 잘려진 잡초가 허공을 가득 메워 그녀의 시야로는 싸움이 어떻게 되는지 볼 수가 없었다.

"크윽!"

가슴을 답답하게 하는 소소자의 신음이 들렸다.

"소 의원님!"

그녀의 외침은 다시 들린 날카로운 쇳소리에 묻혀 버렸다. 침과 검이 부딪치는 소리만 들릴 뿐 여전히 시야가 가려져 답답하기 그지없었다. 제발 저 풀잎들이 모두 가라앉고, 우뚝 서서 쓰러진 여신우의 모습을 보고 있는 소소자가 나타나기만을 바랐다.

하지만 그녀의 기대는 여지없이 무너져 버렸다.

카앙!

유난히 큰 소리가 울린 후 자욱한 풀잎들 밖으로 소소자가 튕겨져 나왔다. 땅에 거칠게 부딪히는 그의 머리는 마구 헝클어져 있었고 옷에도 붉은 색깔이 선연했다.

"소 의원님……."

호미령은 소리조차 지르지 못했다. 달려가 그의 생사를 확인해 보고 싶었지만 손가락 하나 까딱할 수 없었다.

"으음……."

가는 신음 소리와 함께 소소자의 몸이 꿈틀거리더니 이내 큰 움직임으로 이어졌다. 비틀거리며 일어서는 소소자의 몸짓은 너무 불안해 보였다. 세 살 먹은 어린애가 밀어도 그냥 넘어질 것 같았다. 저런 상태로 여신우와 싸운다는 것은 자살 행위였다.

"도망쳐요! 소 의원님! 도망쳐요!"

그녀는 있는 힘껏 소리쳤다. 정말 그녀는 진심을 다해 소소자가 그렇게 해주길 바랐다. 그녀에게 등을 보이고 '꼭 구하러 오겠소!' 라는 한마디 다짐만 해놓고 도망치기를 바랐다. 그녀는 그 말만으로도 기다릴 수 있었고, 설사 죽더라도 소소자를 원망하지 않으리라.

하지만 소소자는 그저 그녀를 향해 씨익 웃을 뿐이었다.

"걱정 마시오."

무얼 걱정하지 말라는 것일까? 그를? 아니면 그녀를? 아니면 둘 다? 그 어떤 것도 지금의 소소자로서는 장담할 수 없었다.

"제발 도망쳐요. 전 내버려두고… 제발 도망쳐요!"

나직하게 시작한 그녀의 목소리는 외침으로 끝났다. 하지만 소소자는 그녀에게서 등을 돌리지 않았다. 다만 입가에 머문 미소만을 지운 채 여신우를 보았다.

"여우 꼬랑지, 그동안 술법사 똥구멍을 핥으며 무공 동냥을 꽤 했나 보지?"

떨어지는 풀잎을 어깨에 얹으며 소소자에게 다가가는 여신우의 얼굴이 딱딱하게 굳었다.

"명을 재촉하는구나."

"개똥보다 못한 네 녀석에게 쉽게 죽을 것 같으냐? 이거나 먹어라!"

침이라도 던지는 줄 알았는데 팔을 쭉 내민 소소자의 검지와 중지 사이에는 엄지가 깊숙이 꽂혀 있었다. 여신우의 얼굴이 분노로 붉게 물들었다.

"이놈!"

소리를 지른 여신우는 곧바로 소소자에게 몸을 날렸다. 풀잎을 밟듯 날아가는 여신우는 너무도 빨라 둘의 거리는 순식간에 좁혀졌다. 소소자가 침을 던졌지만 그것은 너무도 쉽게 퉁겨져 나가 버렸다.

착각이었을까? 소소자가 그녀를 향해 싱긋 웃음을 보였다. 순간 호미령은 불안한 예감이 심장을 관통하는 것을 느꼈다. 저 사람… 소소자는 여신우와 같이 죽으려고 마음먹은 것 같았다. 아니, 틀림없었다.

"안 돼요!"

호미령의 외침은 저들의 싸움에 아무런 영향을 주지 못했다. 그 빠른 여신우의 검이 이상하게 똑똑히 보였다. 일직선으로 뻗어간 검은 너무도 쉽게 소소자의 가슴을 관통해 버렸다.

푸욱—

그녀는 마치 자신의 심장이 뚫리는 것 같은 느낌을 받았다. 소소자와 여신우의 움직임은 한순간에 멎었다.

툭툭!

소소자의 등으로 삐져 나온 검에서 핏물이 떨어져 풀잎을 점점이 물들였다. 그 움직임만 아니라면 저 모습은 그냥 목각 인형 같았다. 호미령은 눈앞의 사실이 그렇게 변질되기를 바랐다.

그러나 사실이 드러나는 데는 오랜 시간이 걸리지 않았다. 여신우가 검을 빼자 소소자의 몸이 휘청 흔들리더니 털썩 무릎을 꿇고 고개를 떨궜다.

"소 의원님······."

호미령은 중얼거리듯 소소자를 불렀다. 더 크게 부르면 소소자가 일어나 언제나처럼 웃으며 다가올까? 그럴 것 같았다. 하지만 그녀는 소소자를 부르지 못했다. 그러면 그녀의 환상이 너무도 빨리 깨질 것이기 때문에······.

그랬다. 그녀는 그것이 환상임을 너무도 잘 알고 있었다. 소소자는 저렇게 죽은 것이다. 그 사실이 머리로는 이해가 되면서도 가슴은 아직 거부하는 모양이다. 그래서 눈물조차 나오지 않았다. 무릎을 꿇고 고개를 떨군 소소자의 모습은 그 모양을 한 바위 같았다.

그녀의 귀로 여신우의 잔인한 목소리가 들렸다.

"오늘로써 세상에서 탈명침과 반선의가 동시에 사라졌군."

비로소 눈물 한 방울이 볼을 타고 흘러내렸다. 그래서 그녀를 향해 돌아서는 여신우를 똑똑히 볼 수 있었다. 한 발을 내딛는 여신우도, 거짓말처럼 움직이는 소소자까지!

푹!

주먹을 쥔 소소자의 손은 여신우의 옆구리에 닿아 있었다. 여신우는 몸을 움찔 떨더니 발뒤꿈치로 소소자의 턱을 걷어찼다. 덜컥 소리와 함께 소소자는 다섯 자쯤 날아가 곤두박질쳤다.

"쿨룩! 쿨룩!"

큰대 자로 누운 채 기침을 터뜨리는 소소자의 가슴은 심하게 일렁이고 있었다. 여신우는 옆구리를 부여잡고 놀란 눈으로 소소자를 보았다.

"정확히 심장을 관통했는데 어떻게⋯⋯?!"

소소자는 힘겹게 몸을 일으키며 말했다.

"불사지체는⋯ 여우 꼬랑지, 너만이⋯ 아니야."

하지만 소소자의 모습을 보면 그가 불사지체라고는 누구도 생각하지 않을 것이다. 아직 죽지 않았을 뿐 시체의 모습과 별반 다를 것이 없었다.

여신우는 옆구리에 박힌 침을 신경질적으로 뽑았다.

"날 죽일 수 없음을 알면서도 이따위 짓을 하다니!"

소소자의 입가가 움찔거렸다. 웃으려 하는 것 같은데 절대 그렇게 보이지 않았다.

"과연 그럴까?"

소소자에게 다가가던 여신우는 흠칫 멈춰 서서 얼굴을 찡그렸다. 고통스러움이 역력히 느껴졌다.

"뭐냐? 왜 상처가⋯⋯."

"후후⋯ 그 침에는 술법문이 새겨져 있거든. 네 강함이 그 술법사 때문이라면 그것을 깨는 것 또한 술법으로 해야 한다는 것을 알았지."

여신우는 옆구리에서 빼낸 침을 보다가 신경질적으로 분질렀다.

"갈기갈기 찢어 죽여 버리겠다!"

소소자에게 성큼성큼 다가가는 여신우를 보며 호미령은 또다시 절망을 느꼈다. 서 있을 힘도 없어 보이는 소소자에 비하면 여신우의 부상은 긁힌 것 정도에 불과했다.

여신우와 소소자의 거리가 여섯 자 정도로 가까워졌을 때였다. 갑자기 여신우에게 시커먼 먹구름이 밀려드는 것 같은 착각이 들었다. 그런데 그것은 착각이 아니었고, 먹구름 또한 아니었다. 여신우가 검을 휘두르고 자욱한 피보라가 뿌려진 후에야 알 수 있었다.

피를 뒤집어쓴 여신우는 땅에 떨어진 두 동강이의 시체를 확인하고 경악했다.

"조병천!"

"역시 네 녀석 부하였군."

사도철광이었다. 여신우의 시선이 별채를 걸어나오고 있는 사도철광에게 향했다.

"어떻게?"

"내 뒤를 밟고 있기에 붙잡아서 족쳐도 대답이 없더군. 이상해서 돌아와 보길 잘했지."

사도철광은 소소자에게 말했다.

"괜찮나?"

"제길! 가슴 뚫리고… 괜찮은 사람 봤어요? 아구구… 주적자한테 뚫렸을 때보다 더 아프네."

소소자는 말을 하고 비칠비칠 호미령에게로 다가왔다.

"빨리 그 여우 꼬랑지나 어떻게 해봐요!"

"흥! 사지마군 따위가 상대를 하겠다고?"

사도철광은 어깨를 으쓱했다.

"물론 나 혼자라면 그런 소리를 들을 만도 하지. 하지만……."

갑자기 여신우가 몸을 젖히며 검을 휘둘렀다. 날카로운 소리와 함께 햇빛을 머금은 화살이 튀어 올랐다. 기다렸다는 듯 사도철광이 여신우에게 달려들었다. 검과 손톱이 부딪치는 소리는 귀를 멍멍하게 할 정도로 컸다. 사도철광이 물러서자 따라가던 여신우는 다시 날아오는 화살을 막아야 했다.

사도철광과 숨어서 화살을 쏘는 나인현의 호흡이 절묘하게 맞아서 여신우가 쉽게 승기를 잡지 못했다. 거기에 소소자가 준 상처가 움직이는 데 상당한 타격을 준 것 같았다.

호미령은 싸우는 사도철광과 여신우에게서 시선을 거두고 소소자를 보았다.

"다친 곳은 없소?"

가슴과 옆구리, 허벅지 할 것 없이 피범벅이 된 소소자가 할 질문은 아니었다.

"전 괜찮아요."

"조금 기다리시오."

말하기도 힘겨워 보이는 소소자는 호미령의 가슴으로 손을 가져갔다.

"혀, 혈도를 풀려는 것이오. 다른 뜻은 없소."

그녀는 얼굴을 붉히며 말했다.

"아, 알아요."

소소자는 호미령의 가슴 사이에 손바닥을 대고 문지르기 시작했다.

가슴으로 전해지는 소소자의 떨림이 어색해서라기보다는 자신의 고통 때문이라는 것을 알 수 있었다.

"먼저 소 의원님 치료부터……."

"금방 끝나오."

사도철광의 다급한 외침이 들린 것은 소소자가 막 손을 뗐을 때였다.

"소 의원! 피해!"

소소자와 호미령의 시선이 동시에 같은 곳으로 향했다. 여신우가 그들을 목표로 빠르게 날아왔다. 나인현이 화살을 쐈지만 여신우의 움직임을 막지는 못했다. 사도철광도 여신우를 막을 수는 없었다.

여신우는 눈 깜빡할 새 소소자의 바로 뒤까지 다다라 날아오는 속도 그대로 검을 휘둘렀다. 검날을 땅으로 향한 것이 일검에 두 사람 모두를 죽이겠다는 뜻이었다. 호미령은 눈앞에 일어나는 일련의 상황을 멍하니 볼 뿐이었다. 그녀가 할 수 있는 일은 아무것도 없었다.

갑자기 몸이 옆으로 휘청 꺾이며 뺨에 피가 튀었다. 호미령은 황급히 피가 난 곳을 보았다. 그녀를 잡고 옆으로 피한 소소자의 어깨에서 피가 뭉클뭉클 솟아나고 있었다.

"소 의원님, 어서 치료를……."

그녀는 오른손을 들어 소소자의 상처를 감싸주려 했다. 그런데 이상하게 팔이 움직이지 않았다. 분명 혈도가 풀리는 것을 느꼈는데 이상했다. 그녀는 자신의 오른팔을 보았다.

"아!"

호미령은 자신도 모르게 탄성을 터뜨렸다. 그곳, 당연히 있어야 할 팔이 어깨부터 깨끗이 잘려 나가 있었다. 피가 한 자 넘게 솟구치는 것을 보고서야 고통이 찾아왔다. 상상할 수 있는 아픔보다 열 배는 더 큰 고통이 전해졌지만 비명조차 나오지 않았다. 순식간에 앞이 캄캄해지며 검은 회오리가 의식을 지배했다. 고통까지 그 속으로 빨려들었다. 다행스럽게도…….

# 호미령이 소소자보다 나은 네 가지 이유

## 제42장 호미령이 소소자보다 나은 네 가지 이유

소소자는 품속에서 허겁지겁 붕대와 침, 금창약을 꺼냈다. 사도철광은 여신우가 완전히 사라졌다는 것을 확인하고 말했다.

"소 의원, 호 소저 치료는 내가 할 테니 일단 자네 몸부터 돌보게."

사도철광의 말리는 손길을 거칠게 뿌리친 소소자는 떨리는 손으로 호미령의 치료를 시작했다.

"괜찮아요. 천하제일 명의가 있으니 걱정 말아요."

호미령은 듣지도 못할 텐데 소소자는 계속 중얼거리며 손을 놀렸다. 혈도를 짚어 지혈을 하고 침을 꽂은 후 금창약을 바르는 손길이 불안할 정도로 덜덜 떨렸다. 그 위에 하얀 가루를 뿌리던 소소자는 기어코 옆으로 쓰러졌다. 곧바로 일어서려 했지만 헛되이 팔만 휘저을 뿐이었다.

사도철광은 그런 소소자를 부축해 땅에 눕히려 했다.

"자네 상처가 더 중해."

"빨리… 날 좀 일으켜 주시오. 어서."

"이보게, 자네가 탈이 나면 누가 호 소저의 치료를 해주겠나?"

그의 설득에도 소소자는 막무가내였다.

"난 괜찮아요. 빌어먹을… 세상이 왜 이렇게 돌아가는 거야? 난… 괜찮으니 빨리 호 소저 앞에… 앞에 날 앉혀줘요."

소소자가 움직일 때마다 상처에서 피가 뭉클뭉클 흘러나왔다. 사도철광은 급한 김에 일단 혈도를 눌러 소소자의 지혈부터 시켰다. 아예 수혈을 짚을까 했지만 소소자를 제대로 치료할 사람이 소소자 자신뿐이니 그럴 수도 없었다.

정신을 잃은 호미령 앞에 앉혀주자 소소자는 뿌리던 가루약을 마저 뿌린 후 침을 하나씩 뽑아냈다. 떨리는 손 하며 가끔 허공을 휘젓는 모습이 더없이 불안했다.

"쿨룩! 쿨룩!"

소소자는 온몸으로 기침을 토하면서도 치료를 멈추지 않았다. 그의 얼굴은 창백하다 못해 푸르게 보일 지경이었다. 걱정스런 표정으로 보고 있던 사도철광은 소소자의 등 뒤에 가부좌를 틀고 손바닥을 등에 붙였다.

진기를 불어넣자 차츰 소소자의 떨림이 줄어들었다. 하지만 소소자의 상태가 호전된 것은 아니었다. 어찌 보면 언 발에 오줌을 누는 것과 비슷한 처방이었다. 당장은 좋아질지 모르지만 사도철광의 진기가 거둬지면 갑자기 악화될 수도 있었다. 그렇더라도 지금은 이렇게 할 수밖에 없었다.

붕대는 다른 사람이 감아도 되련만 소소자는 기어코 자기 손으로 치료를 끝냈다. 작은 목합에서 속명단을 꺼내 호미령의 입 안에 넣어준 소소자는 비로소 긴 한숨을 쉬었다.

"빨리 자네 치료를 시작하게."

사도철광이 등에서 손을 떼지 않고 말했다.

"사도 영감이… 말려도 할 거요. 아참… 그리고 화백은 물항아리 안에 있소. 혹시 그 녀석이 잘못 되면… 주적자가 서운해할 테니… 잘 챙기시오."

소소자의 목소리는 너무 가늘어서 알아듣기조차 힘들었다. 자신의 몸도 제대로 못 가누면서 별걸 다 신경 쓰는 소소자였다. 사도철광은 불안한 손길을 놀려 자신을 치료하는 소소자의 등을 물끄러미 보았다. 이처럼 작은 체구 어디에 이런 강단이 숨어 있는지…….

'제발 아무 일 없어야 할 텐데…….'

＊　　　＊　　　＊

목구멍이 갈라지고 그 사이로 불길이 치솟는 것 같았다. 정녕 참을 수 없는 갈증이었다. 그 고통이 색깔로 나타나는 듯 시야가 온통 붉게 변했다. 그의 인내가 초인적이라고 하지만 이건 참을 수 있는 종류의 고통이 아니었다.

나무가 우거진 숲을 허위허위 헤매는 그의 이성은 점점 육체를 떠나 갔다. 정신을 추스러야 한다고 자신을 다그쳐 보지만 헛된 발악일 뿐이었다. 점점 희미해지던 이성의 끝자락은 기어코 그의 손을 떠나 버렸다.

'사람이 나타나면 안 되는데.'

그가 할 수 있는 가장 큰 바램이었다.


"허어억!"

주적자는 들려오는 소리에 고개를 돌렸다. 토끼 두 마리를 든 사냥꾼 차림의 사내가 놀란 얼굴로 그를 보고 있었다. 그는 '왜?'라는 의문을 느끼다 짙은 피 냄새를 맡았다. 그제야 자신의 바로 입 아래 노루의 시체가 있다는 것을 깨달았다. 어떻게 된 상황인지 대충 짐작이 갔다.

'결국… 그래도 다행이군. 사람이 아니어서.'

쓴웃음을 짓는 그에게 사냥꾼의 비명 같은 목소리가 들렸다.

"으악! 사, 사람 살려! 괴물이다!"

누가 죽이기라도 하는 듯 사냥꾼은 소리를 지르며 숲 속으로 도망쳤다. 주적자는 반사적으로 일어서다 주춤 몸을 떨었다. 사냥꾼이 도망간다고 쫓아갈 이유가 없었다. 그런데도 그는 사냥꾼을 쫓아갈 뻔했다.

도망가는 자에 대한 반사적인 행동이 아니었다. 인정하기 싫지만 그것은 사람의 피에 대한 강렬한 욕구가 만들어낸 움직임이었다. 짐승의 피에서는 채울 수 없는 갈증을 인간이 품고 있는 것이다.

시간이 지나고 지나다 보면… 어쩌면 그는 인간의 피를 취하지 않고는 견딜 수 없는 흡혈귀로 변해 버릴지도 모른다. 사람들이 생각하는 진짜 흡혈귀!

"그래, 그럴지도 모르지."

주적자는 멍한 시선으로 사냥꾼이 있던 자리를 보고 중얼거렸다. 그런 그의 입에서 억누른 웃음이 새어 나왔다.

"크크크……."

낮게 시작한 웃음은 얼마 가지 않아 광소로 바뀌었다.

"크하하하— 하하하하—!"

가슴 가득한 응어리를 토해내는 듯한 그의 웃음은 오랫동안 숲 속을 울렸다.

*             *             *

쾅당!

왕청일이 벌떡 일어서는 바람에 의자가 바닥에 나뒹굴었다.

"정녕 그런 모함을 믿는다는 말씀이오?"

그의 목소리는 접객실 안을 쩌렁하게 울렸다. 장내에 모인 화산, 무당, 아미 장문인 모두 눈살을 가볍게 찌푸렸지만 아무 말도 하지 않았다.

"진정하시고 일단 앉으시지요."

기선진이 차분하게 말했지만 왕청일의 흥분은 가라앉지 않았다.

"이 왕청일이 비록 흑도에 몸담고 있지만 이제껏 남을 기만한 적은 한 번도 없소이다!"

물론 왕청일의 말은 사실일지도 모른다. 지금까지 기만하지 않아도 될 정도의 충분한 힘을 가지고 있었으니까. 기선진은 생각을 애써 숨기며 다시 왕청일을 달랬다.

"그 점에 대해서는 저도 충분히 알고 있습니다. 하지만 워낙 중요한 사안이기 때문에 함부로 결정을 내릴 수가 없군요."

"아무리 사안이 중요하다지만 사도철광과 소소자가 그런 의문을 제기했다는 것만으로 이 왕청일을 남의 뒤통수나 치는 그런 파렴치한으로 몰아넣다니! 이럴 수가 있는 것이오?"

잠자코 있던 혁련제가 입을 열었다.

"역지사지(易地思之)라는 말처럼 왕 문주도 우리 입장에서 생각을 해보시오. 만약 왕 문주가 그런 의문을 느꼈다면 우리처럼 행동하지 않겠소이까?"

"허어! 기가 막히구려. 이젠 날 그런 소인배로 몰려고까지 하다니!"

왕청일의 말은 결국 그런 의심을 한 정천맹 사람들은 모두 소인배라는 뜻과 다름이 없었다.

"왕 문주, 말씀이 지나치시군요."

혁련제의 분노 섞인 말에 왕청일이 버럭 소리를 질렀다.

"이런 마당에 내 입에서 좋은 소리가 나오길 바랬소이까? 역지사지라고요?"

갑자기 왕청일이 자신의 앞섶을 거칠게 벌렸다. 겉옷과 속옷의 옷고름이 모두 끊어지며 구릿빛 앞가슴이 드러났다.

"자! 이건 어떻소? 여기서 당장 내 심장에 검을 박으시오! 그럼 흑도의 가장 큰 문파가 단숨에 힘을 잃게 될 것이오! 눈 딱 감고 한 번만 찌르면 정천맹은 단숨에 백도의 깃발을 천하에 휘날릴 수 있을 것이오! 어서 결단을 내리시오! 혁 장문인, 당신이 하겠소?"

혁련제는 그저 왕청일을 지그시 쏘아볼 뿐이었다.

"도현 진인 당신은 어떻소?"

도현 진인은 허허 하는 웃음만 뱉을 뿐이었다.

"독하기로는 여인이 남자보다 나으니 현현 신니가 하면 되겠구려."

"왕 문주, 그만 의관을 고쳐 입으시지요."

왕청일은 장내에 있는 인물들을 날카롭게 쏘아본 후 말했다.

"정천맹이 갈 뜻이 없다면 나 혼자 가겠소! 어차피 처음부터 흑도와 백도 연합이란 것이 우스운 일이었으니까! 난 내일 떠날 테니 그리 아시오!"

왕청일은 말을 하고 횅하니 접객실을 빠져나갔다. 고함의 여운 때문인지 장내는 잠시의 침묵을 흘려보냈다.

"아무래도 우리가 오해를 했던 모양이오."

도현 진인의 말에 기선진이 고개를 저었다.

"글쎄요. 왕 문주가 너무 흥분을 해서 전 오히려 이상합니다."

"흐음, 이러다가 만약 정무문만 황금도로 떠나 버리면 다른 것은 그렇다고 해도 우리 정천맹은 천하의 웃음거리가 될 것입니다."

혁련제의 말에 모두의 고개가 끄덕여졌다. 강호의 위기를 지켜야 할 정천맹이 그 일을 흑도인 정무문에게 넘겨주는 꼴로 비칠 수밖에 없었다.

"상 방주에게서는 아직 연락이 안 왔느냐?"

현현 신니의 물음에 기선진은 인상을 잔뜩 찌푸렸다.

"네. 시간이 촉박하니 상 방주께서도 힘드실 겁니다."

"허허… 이거 참! 이럴 수도 없고 저럴 수도 없고, 진퇴양난(進退兩難)이군."

혁련제의 말은 접객실에 모인 사람들 모두의 공통된 심정이었다.

"일단 왕 문주를 만나 시간을 벌어보는 수밖에 없습니다. 어떻게든 내일 떠나는 것을 막고 상 방주님의 연락을 기다려야지요. 제가 오늘 저녁이라도 정무문에 찾아가서 왕 문주를 만나겠습니다."

\*　　　　\*　　　　\*

"네? 우리보고 정천맹에 가 있으라구요?"

왕족발은 깜짝 놀라며 왕족쌍을 보았다. 어떤 일에도 놀라지 않을 것 같던 그녀의 눈도 동그랗게 변해 있었다.

"그래. 며칠이면 된다."

왕족쌍이 평소의 얼굴을 회복하고 말했다.

"우린 볼모가 되는 것인가요?"

"볼모라니?"

"우리 정무문은 정천맹에 대한 어떤 흑심도 없다. 그 증거로 내 천금 같은 자식들을 너희들에게 맡기겠다. 만약 내가 허튼짓을 하면 이 녀석들을 죽여도 좋다. 뭐 이런 뜻이 담겨 있을 테니 볼모죠."

"야, 족쌍이 너 아버님께 그렇게 함부로 말을 하면……."

"넌 가만히 있어!"

왕족쌍은 소리를 빽 지르고 왕청일을 똑바로 쳐다보았다.

"제 말이 틀린가요?"

"허허……."

왕청일은 헛웃음을 몇 번 흘리다가 안색을 굳혔다.

"그래. 완곡한 표현을 썼다면 듣기에 더 괜찮았을지 모르지만 어쨌든 바로 그 뜻이다."

"아, 아버님……."

더듬거리는 그의 말을 왕족쌍이 가로챘다.

"이 일은 정천맹에서 요구한 것인가요?"

"아니다. 오늘 정천맹에게 내일 떠나겠다고 호언을 하고 오는 길이다."

"그런데요?"

왕청일은 잠시 사이를 두고 대답했다.

"저쪽에서는 분명 날 찾아와서 그동안의 일은 오해였다고 같이 떠나자고 할 것이다. 그러면서 준비가 덜 됐으니 시간을 달라고 하겠지."

"……."

"그러면 난 못 이기는 척하고 그 요구를 들어줄 생각이다."

왕족쌍이 왕청일의 말을 받았다.

"그리고 확실한 믿음을 주기 위해 우리를 보내는 거군요."

"그래. 믿음이 없는 동맹자는 자칫 적보다 위험할 수 있으니 말이다."

그녀는 왕청일을 지그시 바라보다 물었다.

"제 물음에 솔직히 대답해 주세요. 황금도에서 정천맹에 대한 음모를 꾸미고 계시죠?"

왕청일의 대답은 지체없이 나왔다.

"아니다."

"그게 아니라면 왜 우리들까지 보내서 저들을 방심하게 하려는 거죠?"

왕청일은 왕족쌍의 어깨에 살며시 손을 얹었다.

"족쌍아, 이 아버지는 사십 년 동안 줄곧 싸움을 하며 보내왔다. 그래서 정무문을 이만큼 키워놨지. 남들은 대단하다느니, 철인이라느니, 때로는 인간도 아니라는 말까지 하지만… 난 분명 사람이다. 피와 살로 만들어진 사람."

그는 가는 한숨을 뱉고 말을 이었다.

"이젠 나도 지쳤다. 이 나이 들어서 돌이켜 보니 싸움으로 점철된

내 인생이 후회스럽기도 하고 말이다. 그래서 너희에게까지 싸움을 물려주지 않으려는 것이다. 정천맹과 화평만 맺을 수 있다면 누구라서 우리와 싸움을 하겠느냐? 네가 볼모라고 느낀다면 어쩔 수 없지만 되도록 그 생각을 지웠으면 한다. 네가 평생 꿈꾼 것이 진짜 협객과의 사랑이 아니었느냐? 난 이 기회에 네가 정천맹에 들어가 그런 협객을 만났으면 좋겠다. 그러면 우리 정무문과 정천맹의 관계가 더욱 돈독해지겠지."

여기까지 말한 왕청일의 시선이 왕족발에게 향했다.

"너도 정천맹에 들어가 그곳 친구들과 잘 사귀고, 특히… 기 군사와의 관계를 잘 유지해라."

왕족발은 심장이 덜컹 내려앉는 것 같았다.

"아, 아버님……."

"인석아, 내가 그런 것도 모를 줄 알았느냐? 네가 기 군사와 맺어지면 그야말로 흑도와 백도의 진정한 화합이 아니겠느냐. 하하하!"

왕족발은 아무 말도 못하고 발만 동동 구르다 방바닥이 무너지도록 한숨을 내쉬었다. 이젠 정말 빼도 박도 못하게 되어버렸다. 그는 원망 어린 눈초리를 왕족쌍에게 던졌다.

'뭐라고? 걱정하지 말라고? 어휴— 저 계집애 때문에 내 인생이 꼬인다니까!'

그가 속으로 왕족쌍을 욕하고 있을 때 왕청일이 말했다.

"그만 물러가거라. 먼 길을 갔다 왔더니 피곤해서 이만 쉬어야겠다."

"네."

왕족발은 힘없이 대답하고 왕청일의 방을 나왔다. 회랑을 돌아 나오던 그는 왕청일에게 목소리가 들리지 않을 정도의 거리에서 버럭 소리를 질렀다.

"이 계집애야! 너 때문에 이젠 기선진, 그 여우하고 꼼짝없이 맺어지게 생겼잖아! 걱정하지 말라고 하더니⋯⋯!"

그와는 비교도 되지 않을 정도로 큰 목소리가 왕족쌍의 입에서 터져 나왔다.

"시끄러! 이 바보 멍텅구리야! 아버지가 진짜 정천맹과 동맹을 맺을 거라면 애초에 싸움을 무릅쓰고 황금도로 가려고 했겠냐?"

"하지만 아버님은 분명 방금⋯⋯."

"그러니까 넌 단순한 왕멍청이라는 거야!"

그녀는 충격적인 욕설을 퍼붓고 쿵쿵거리며 회랑 저쪽으로 사라졌다. 멍한 시선으로 왕족쌍을 보던 왕족발은 고개를 갸웃했다.

"정말 아버님이 우리에게 거짓말을 하신 것일까?"

그는 자신의 방으로 돌아올 때까지 어떤 결론도 내리지 못했다. 어찌 보면 왕족쌍의 말이 맞는 것 같지만 그토록 진지한 아버님을 의심하는 것도 왠지 미안하고⋯⋯.

"어휴! 정말 모르겠군! 머리가 어지러울 때는 잠 한숨 푹 자고 생각하는 것이 장땡이지."

왕족발은 침대에 몸을 던졌다. 출렁거리던 그의 몸이 멈출 때쯤 방문이 열렸다.

"누가 감히 기척도 없이⋯⋯!"

호통을 치던 왕족발은 화들짝 놀라 침대에서 내려왔다.

"아버님!"

왕청일은 방문 앞에 놓인 의자에 앉으며 탁자 너머를 가리켰다.

"거기 앉거라."

왕족발은 조심스럽게 의자에 엉덩이를 걸쳤다. 왕청일은 용건도 말하지 않은 채 물끄러미 그를 쳐다보았다. 잠시 그 눈을 보고 있던 왕족발의 시선이 점점 아래로 떨어지더니 종내는 턱이 가슴을 파고들 지경에 이르렀다.

'혹시 기선진에게 최음제를 쓴 것이 들킨 게 아닐까?

만약 그게 사실이라면 그의 두 다리는 이미 남의 것이나 마찬가지였다.

"족발아."

"네?"

그의 재빠른 대답에도 불구하고 왕청일의 입은 한참 후에야 다시 떨어졌다.

"그 소문, 정무문이 황금도에서 정천맹 주요 인물들을 몰살시키는 음모가 있다는 그 소문… 사실이다."

나직한 그 말은 그래서 더 충격적으로 다가왔다. 결국 왕족쌍의 예상이 정확히 맞아떨어진 것이다.

"아… 아버님! 그런데 왜 우리를?"

"적을 안심시키기 위한 더 좋은 방법이 생각나지 않았다."

왕족발은 할 말을 잃었다. 분명 이럴 수가 있냐고, 어찌 자신의 야망을 위해 자식들을 팔 수 있냐고 분노해야 마땅한데 밥풀을 깔고 앉아 옷을 버렸을 때보다 화가 나지 않았다.

왕청일은 그를 향해 허리를 숙이고 나직한 목소리로 말했다.

"하지만 널 절대 죽게도, 손가락 하나 다치게도 하지 않을 것이다. 넌 장차 무림을 지배하게 될 정무문의 후계자니까. 황금도에서 일이 진행되는 동시에 널 구하러 숙부가 갈 것이다. 원래는 주적자도 같이 보내려 했지만 그는 안 될 것 같구나."

왕족발은 현 상황에서 가장 급한 사안을 물었다.

"그럼 기선진과 전 맺어지지 못하는 겁니까?"

왕청일의 안색이 딱딱하게 굳었다.

"여자 때문에 세상을 포기하겠다는 것이냐?"

"아닙니다! 절대 아니죠! 아닙니다!"

그는 같은 말을 세 번 반복해서 자신의 확고한 의지를 전달했다. 혹시라도 왕청일의 입에서 '기선진만은 내가 어떻게 해보마' 라는 말이 나올지도 모르기 때문이다.

왕청일은 비로소 흡족한 웃음을 지었다.

"예쁘고 똑똑한 여자는 세상에 얼마든지 있다."

'그럼요. 설사 예쁘기만 하고 멍청하더라도 상관없습니다. 똑똑하기만 한 추녀보다 백배 천 배 낫죠.'

왕족발은 이렇게 말하고 싶은 것을 억지로 참았다. 그야말로 십 년 동안 계속되던 딸꾹질이 단숨에 멈춘 기분이었다.

'역시 족쌍이의 예상이 맞았어. 녀석, 정말 똑똑하단 말이야.'

그는 더없이 흐뭇한 마음으로 물었다.

"그럼 저와 족쌍이는 숙부님과 함께 탈출을 시도해야 하나요?"

어쩌면 짜릿한 모험이 될 수도 있겠다는 생각이 들었다. 그런데 왕청일의 고개가 좌우로 흔들렸다.

"탈출을 할 경우… 어쩌면 족쌍이는 버려야 할지 모른다."

"네? 그게 무슨 말씀이세요? 족쌍이를 그곳에 그냥 놔둔단 뜻입니까?"

"할 수만 있다면 족쌍이도 구하겠지만 네 안전에 조금이라도 방해가 된다면 어쩔 수 없다. 정무문의 후계자인 네가 무엇보다 중요하니까. 그러므로 이 일은 족쌍이에게 절대 비밀로 해야 한다."

'족쌍이는 벌써 다 알고 있다구요!

왕족발은 이 말을 가까스로 삼켰다.

"그럼 그리 알고 있거라. 무공 수련 게을리 하지 말고."

너무도 흔한 충고를 뒤로하고 왕청일은 가버렸다. 엉거주춤 일어났던 왕족발은 다시 의자에 털썩 주저앉았다.


"족쌍이는 버려야 할지 모른다."


왕청일의 마지막 말이 반복되어 귓가에 울렸다. 왕족발은 그 후로도 한참 동안 의자에서 일어나지 못했다. 머리가 복잡할 때는 잠이 최고지만, 이번 사안은 한 달 동안 안 감은 미친년 머리끄덩이보다 더 심하게 엉켜 있어서 잠도 오지 않았다.

'어떡하지? 족쌍이한테 알려줘야 할까?

그렇게 왕족발의 고민스러운 하루가 깊어갔다.


\*　　　　　\*　　　　　\*


흐릿한 시야가 맑아지기도 전에 목소리가 들려왔다.

"괜찮나?"

몇 번 눈을 깜빡였지만 시야는 여전히 짙은 안개를 뿌려대고 있었다. 하지만 묻는 사람이 누구인지는 목소리로 알 수 있었다.

"호 소저는… 호 소저는 어떻게 되었소?"

목이 갈라져서 말이 잘 나오지 않았다.

"그녀는 괜찮네. 지금 잠들어 있어."

소소자는 사물을 흐릿하게 구분할 수 있게 될 때쯤 몸을 일으켰다.

"호 소저는 어디… 우욱!"

그는 가슴을 잡고 움직이지 못했다. 가슴에서 시작된 통증이 위아래로 퍼지며 온몸을 바늘로 찌르는 듯한 고통을 안겨줬다.

"그녀는 괜찮다니까 그러네. 자네가 더 위험하니 정신이 있을 때 빨리 자네 처방전부터 써주게."

사도철광이 걱정스런 목소리로 말했지만 소소자의 뇌리에는 온통 호미령뿐이었다.

"호 소저 있는 곳으로 날 데려다 주시오. 내가 상처를 봐야겠소. 정신이 없는 상태에서 치료를 해서 제대로 됐는지 모르겠고… 으음!"

그는 움직이다 다시 신음을 토해냈다. 가슴을 앞으로 숙이는 것만으로도 참기 힘든 아픔이 밀려왔다.

"제대로 치료됐으니……."

"빌어먹을! 빨리 데려다 줘요! 아이구, 이런 젠장!"

소소자는 소리를 낮춰 말했다.

"내 몸은 내가 알아요. 그러니… 시답잖게 내 걱정하지 말고 어서 날 호 소저에게……."

소소자는 숨이 차서 말을 잇지 못했다. 심장의 면적이 반으로 줄고 기도가 무언가에 막힌 것처럼 답답했다. 분신술을 펼친 것처럼 세 개로 보이는 사도철광이 긴 한숨을 쉬었다.

"그래, 자네 똥고집을 누가 말리겠나."

사도철광이 부축해 주었지만 아픔이 가시지는 않았다. 한 발 한 발 내딛는 것이 고통의 연속이었다. 하지만 그는 끝내 신음 한마디 뱉지 않고 옆방으로 갔다. 채 스무 걸음도 옮기지 않았는데 소소자의 전신은 땀으로 흠뻑 젖어 있었다.

호미령은 방 중앙의 침낭 안에 누워 있었다. 나인현이 이마의 물수건을 갈아주는 중이었다.

"좀 더 누워 계시죠."

소소자는 나인현의 말에 대꾸도 못하고 호미령의 곁에 앉았다. 목까지 덮인 침낭 때문에 얼굴 아래쪽은 보이지 않았다. 소소자는 창백한 안색의 호미령을 물끄러미 쳐다보았다. 나쁜 꿈을 꾸는지 잔뜩 찡그린 인상이 안쓰러웠다.

소소자는 침낭에 손을 대고 망설였다. 치료를 하기 위해서는 침낭을 걷어야 하지만 그녀의 팔을 보기가 두려웠다. 지금 이대로 보면 그녀는 전혀 이상이 없는 사람이었다. 침낭을 걷지 않고 그가 보지 않으면, 그래서 스스로 일어나면 양팔을 걷어붙이고 아무 일 없었다는 듯 청소를 할 것만 같았다.

"소 의원……."

사도철광의 낮은 부름에 소소자는 퍼뜩 정신을 차렸다. 잠깐 밝아졌던 시야가 이상하게 흐려졌다. 그것이 눈물 때문이라는 것을 뒤늦게 안 소소자는 황급히 얼굴로 손을 가져갔다. 눈물을 훔친 그는 용기를 내서 침낭을 걷었다. 그런데 놀랍게도 그녀의 팔은 멀쩡했다. 어깨부터 잘린 것이 아닌가 하고 침낭을 더 내려봤지만 손톱 하나 상해 있지 않았다. 그런 그에게 사도철광의 목소리가 들렸다.

"소 의원… 그쪽이 아니네."

소소자는 힘이 쑥 빠지는 것을 느끼며 투덜거렸다.

"젠장, 제대로 안내해 줘야 할 것 아니오."

그는 부축하려는 사도철광의 손을 뿌리치고 엉금엉금 기어서 호미령의 오른편으로 갔다. 왼쪽에서 그가 침낭을 내린 탓에 그녀의 오른쪽 침낭도 가슴 아래까지 내려와 있었다.

그곳, 그가 그토록 두려워했던 모습이 고스란히 보였다. 상처를 직접 대하지 않아도, 힘없이 주저앉은 소매만으로 그의 가슴 한쪽을 도려내기에 충분했다. 소소자는 빈 소매를 만지작거리다 그녀의 옷고름으로 손을 가져갔다.

"물을 좀 데워 오지."

사도철광은 말을 하고 밖으로 나갔다. 옷을 젖히자 하얀 젖가리개와 그만큼 창백한 어깨가 드러났다. 유난히 튀어나온 쇄골이 측은하게 보였다.

소소자는 피가 배어난 붕대를 풀었다. 이미 갈색으로 굳은 피가 붕대에 달라붙어 뗄 때마다 호미령의 미간에 주름이 생겼다. 어쩌면 그녀는 이미 깨어났는지도 모른다. 잠시 그녀의 숨결에 신경을 쓰니 그것을 알 수 있었다.

"아프면 아프다고 말하시오."

잠시 후, 호미령의 목소리가 들렸다.

"괜찮아요."

소소자는 조심스럽게 붕대를 풀었다. 그녀의 살에 마지막으로 붙어 있는 붕대를 남겨놓고 소소자는 침통을 꺼냈다. 그는 어깨 부근에 있는 견료혈(肩髎穴)과 견정혈(肩井穴), 견중혈(肩中穴)에 깊숙이 침을 꽂았다. 그리고 결분(缺盆)과 계맥(瘈脈)의 혈도를 짚어 고통을 없앴다.

마지막 남은 붕대를 풀자 속살을 드러낸 팔의 단면이 나타났다. 붉은 살덩이가 전면에 덮여 있고, 그 사이로 하얀 뼈가 살짝 보였다. 때마침 사도철광이 따뜻한 물을 가지고 왔다. 소소자는 물을 적셔 이미 바른 약 찌꺼기를 닦아내고 그 위에 다시 금창약을 뿌렸다.

그는 등을 돌리고 서 있는 사도철광에게 물었다.

"내가 혹시 호 소저의 처방전을 말해 주지 않았소?"

"왜 안 해 줬겠나?"

사도철광은 품에서 손바닥만한 은갑을 꺼내 내밀었다. 은갑을 받은 소소자는 내용물을 확인하고 흡족한 표정을 지었다.

"제법 잘 만들었구려."

소소자는 말랑말랑한 약을 듬뿍 찍어 호미령의 상처에 발랐다. 움찔움찔 떠는 것은 고통 때문이 아니라 낯선 곳에 느껴지는 감촉 때문일 것이다. 치료는 그 후로 반 시진 만에 끝났다. 그는 침을 물에 닦으며 나인현에게 말했다.

"상처에 바람이 통해야 하니 소매를 잘라주십시오."

소소자는 말을 하고 일어섰다. 그의 등을 향해 호미령이 물었다.

"괜찮으세요?"

뭐가 괜찮으냐고 묻는 것일까? 그의 상처가? 아니면 호미령이 팔 잘린 것이? 둘 중 어떤 것이 되었든 소소자는 고개를 끄덕였다. 그러나 그녀 모두 지금은 '괜찮아요' 라는 말밖에 할 수 없었다.

"사도 영감, 나 좀 봅시다."

소소자는 말을 하고 자신이 누워 있던 방으로 돌아갔다. 한 번씩 발을 내딛는 것이 십 리를 단숨에 달리는 것보다 힘들었다. 그는 문으로 들어가 호미령이 보이지 않게 옆으로 이동했다. 벽에 등을 기댄 소소자는 그대로 주저앉았다. 참았던 고통이 한꺼번에 밀려왔지만 소소자는 이를 악물고 신음을 삼켰다.

"소 의원······."

소소자는 팔을 들 힘도 없어서 고개를 저어 사도철광의 말을 막았다.

"사도 영감, 문 닫고 날 이불 위로 옮겨주시오."

그가 시키는 대로 한 사도철광이 곁에 앉았다.

"많이 아픈가 보군."

"지랄같이 아프오."

소소자는 팔을 들려다가 이내 포기하고 말했다.

"내 품에서 침을 꺼내··· 날 치료해 줘야겠소."

"내가 말인가?"

소소자는 자꾸 흐려지려는 의식을 힘겹게 붙잡았다.

"시간이 없소이다. 지금부터 내가 부르는 혈도를 잘 기억하시오. 각손(角孫), 거궐(巨闕), 견중(肩中), 극천(極泉), 기해유(氣海兪), 대거(大巨), 불용(不容), 비유(脾兪)에는··· 두 치짜리 침을 반 치 깊이로 시술하시오. 그리고 견정(肩井), 고황(膏肓), 양구(梁丘)······."

그는 있는 의식을 모두 짜내 말했다. 자신의 처방이 치료에 맞는지조차 의심스러웠고, 사도철광이 기억할 수 있을지도 알 수 없었다. 하지만 지금으로써는 이 방법뿐이었다. 치료 시기를 놓친다면 무공을 잃을 뿐더러 전신이 마비되어 남은 삶을 이불 위에서만 보내야 할지도 모른다.

차츰 의식이 몸을 떠났다. 정신을 차리려 애써보았지만 잘 되지 않았다.

'내가 다 말한 것일까?'

소소자의 마지막 생각이었다.


*            *            *


"왕 문주와 약속한 날짜가 이틀 앞으로 다가왔는데 상 방주에게서는 아직 연락이 없는가?"

혁련제가 회의실 의자에 앉자마자 기선진에게 물었다. 도현 진인이나 현현 신니, 무각 대사, 화산삼검, 검권이선의 시선이 모두 그녀에게로 향했다.

"아직 연락이 없습니다. 아무래도 오늘은 결단을 내려야 할 것 같습니다."

좌중은 모두 침묵 속에서 각자의 생각에 빠졌다. 섣불리 결정할 사안이 아님을 그들 모두 잘 알고 있는 것이다. 답답한 침묵을 깨뜨린 사람은 기선진이었다.

"제 생각을 말씀드리자면……."

그녀는 사람들이 시선이 모아지기를 기다렸다가 입을 열었다.

"정무문과 같이 황금도로 떠났으면 합니다."

누구도 그녀의 말에 대꾸하지 않았다.

"왕 문주가 자신의 자식까지 내세운 걸 보면 믿음을 가져도 좋을 것 같습니다."

도현 진인이 그녀의 말을 받았다.

"우리를 안심시키기 위한 속임수일 수도 있지 않나?"

"네. 저도 그 점을 생각해 보았습니다. 하지만 왕 문주에게 자식이 많은 것도 아니고 단둘뿐입니다. 더욱이 그중 한 명은 장차 정무문을 잇게 되는 소문주고 말입니다. 즉, 정무문의 미래라고 할 수 있겠죠."

혁련제가 고개를 끄덕였다.

"그렇지. 왕 문주의 나이가 적어서 아들을 더 낳을 수 있는 것도 아니고."

"맞습니다. 저번에도 말씀드렸다시피 어쩌면 왕 문주가 정파와의 평화를 원하는 것이 진심일 수도 있습니다."

그녀는 말을 하며 왕족발을 생각했다. 만약 그렇게만 된다면 그녀와 왕족발이 맺어지는 것이 훨씬 수월할 수도 있었다. 아니, 어쩌면 대대적인 환영을 받을지도 몰랐다.

'드디어 나도 결혼을 하게 되는 거지. 호호호……!'

기선진은 자신의 속내를 애써 감추며 말했다.

"왕 문주가 이렇게까지 나오는데 정천맹이 황금도행을 거부하고, 그래서 정무문이 황금도의 일을 해결한다면……."

그녀는 말끝을 흐리고 고개를 저었다. 앞에 앉아 있는 아홉 명의 사람들 뇌리에는 일어날 수 있는 가장 끔찍한 결과들이 떠오르고 있으리라.

"휴— 상 방주가 정보를 가지고 오지 않으니 결정을 내리기가……."

현현 신니의 말은 밖에서 들려오는 상통걸의 말에 잘려 나갔다.

"누가 안 온다는 말이오?"

창문이 열리며 상통걸의 얼굴이 나타났다.

"상 방주님!"

기선진이 일어서자 상통걸은 앉으라는 손짓을 하고 창문으로 넘어왔다.

"문으로 들어오시지 왜?"

혁련제의 말에 상통걸은 손을 탁탁 털며 말했다.

"창문도 문이오이다. 그리고 저 큰 문으로 이 작은 몸뚱이가 드나드는 것은 공간의 낭비지요."

"허허허… 별걸 다 아끼려고 하는구려."

"헤헤… 그래서 거지 아니겠소?"

실없는 웃음을 흘리며 자리에 앉는 상통걸을 향해 현현 신니가 서둘러 물었다.

"가셨던 일은 어떻게 됐습니까?"

"잘 보고 왔지요."

"네? 뭘 잘 보고 오셨다는 말씀입니까?"

상통걸은 아랫배를 문지르며 대답했다.

"사흘이나 볼일을 안 봤더니 영 속이 거북했는데 마침 여기 도착하자마자 소식이 와서 얼마나 다행인지……."

"상 방주님!"

사람들이 이구동성으로 외쳤다. 깜짝이야 하는 표정을 지은 상통걸은 이마에 주름을 만들고 혀를 찼다.

"쯧쯧쯧… 역시 이 동네는 너무 딱딱해. 아— 빨리 개방으로 돌아가야 귀여운 녀석들과 맘껏 한담을 나눌 수 있을 텐데."

"빨리 돌아가시고 싶으시면……."

"뭐? 나보고 빨리 죽으라는 말인가?"

기선진은 눈웃음을 지었다.

"상 방주님도 참, 어서 정무문의 동향에 대해서 말씀해 주세요."

상통걸이 헛기침으로 사람들의 시선을 모았다. 그들은 모두 눈알을 퉁겨 나오게 해서 상통걸의 면상을 치려는 듯 눈을 부릅뜨고 보았다. 상통걸은 한참 동안 뜸을 들이더니 말했다.

"할 말 없어."

사람들은 얼굴이 어리둥절하게 변했다.

"없다니요?"

기선진이 재빨리 물었다.

"말 그대로야. 알아낸 것이 없어. 정무문은 예전과 똑같아. 같아도 너무 똑같아. 날아다니는 비둘기 새끼 숫자도 같고, 경비를 서는 놈들도 모두 그대로고, 술 처먹고 싸움질하는 버르장머리없는 녀석들도 평균 숫자 그대로야. 평소의 모습 그대로 달라진 것이 없으니 더 이상해."

"뭐가 이상하다는 말씀인가요?"

상통걸은 볼을 긁적이며 미심쩍은 표정으로 말했다.

"글쎄, 이렇게 세상이 하 수상하면 뭔가 달라져야 하지 않나? 경비가 강화된다거나 연락을 좀 더 자주 한다던가, 그것도 아니면 기강이라도 꽉꽉 잡아야지. 이건 너무 평범하니 일부러 꾸민 것 같잖아."

상통걸의 말에도 일리는 있지만 너무 막연했다. 의심할 것이 없으니 의심을 한다라는 것은, 바꿔 생각하면 의심하지 않아도 좋다는 뜻도 되었다.

"갑시다."

혁련제가 갑작스럽게 말했다.

"의심만 하고 있을 수는 없잖소. 결국 가느냐 마느냐의 문제인데 확실치도 않은 일 때문에 세상의 위험을 보고만 있을 거요?"

의협심에 가득 찬 혁련제의 말에 상통걸이 중얼거렸다.

"그래도 의심스러운데……."

도현 진인이 말했다.

"왕 문주 자식들까지 인질로 잡은 상태에서 망설인다면 세상의 웃음거리가 되겠지요. 저도 혁 장문인과 같은 생각입니다."

"그래도 의심스러운데……."

현현 신니가 말했다.

"이 일은 사지마군과 소 의원이 출발 시간을 늦추기 위해 퍼뜨린 헛소문이라고 생각해도 좋을 것 같군요."

"그래도 의심스러운데……."

무각 대사가 말했다.

"소림도 여러분의 생각과 같습니다. 아미타불."

"그래도……."

"상 방주!"

혁련제가 상통걸을 힘주어 불렀다. 상통걸은 입맛을 다시며 말했다.

"여러분의 뜻이 정 그렇다면 말리지는 않겠소."

"그게 아니라 상 방주의 의견을 묻고 있는 것이오."

"뭐 그렇게 결정이 났으니 밝혀지지 않은 사실 때문에 반대할 수도 없는 노릇이지요. 하지만 그래도 의심스러운데……."

"좋습니다. 그러면 정천맹의 결정을 정무문에 알리기로 하죠. 그리고 왕 소문주와 그의 동생은 어디에 머무르게 하는 것이 좋을까요?"

그녀의 말을 현현 신니가 받았다.

"정천맹 총단까지 데려가면 모양새가 좋지 않으니 이곳에 두는 것이 좋지 않겠느냐? 물론 감시는 철저히 해야겠지."

"개방에 데려다 두면 어떻겠소? 이 기회에 '체험, 거지의 현장' 해가지고 극빈자의 고생을 몸소 겪어보게 하는 것도 좋을 것 같은데."

비난의 눈초리가 상통걸에게 쏟아졌다.

"아니면 말지 째려보기는… 쳇!"

"그럼 결정되었군요. 모두!"

*　　　　*　　　　*

"결국 그 멍청한 놈들이 내일 떠나는군요."

소소자는 나무를 양팔로 잡고 당기며 몸을 풀다가 인상을 썼다. 자신이 생각해도 놀라울 정도로 빠른 회복 속도였지만, 가슴의 상처가 나으려면 아직도 많은 시간이 필요했다.

"우리로서는 할 만큼 했으니 주 아우가 내일까지 오기를 바라는 수밖에."

"아무리 빨리 온다 해도 앞으로 닷새는 있어야 할 텐데… 휴— 어쩔 수 없군요. 우리만이라도 황금도로 가는 수밖에."

사도철광이 놀란 얼굴로 물었다.

"자네, 그 몸으로 황금도에 갈 생각인가?"

"끄떡없소이다. 내가 천하제일 의원이란 것을 잊었소?"

"천하제일 의원이면 아프지도 않단 말인가?"

"거 깊게 파고들지 말아요. 어쨌든 황금도로 가서 그 여우 꼬랑지를 박살 내고 말 거요. 수단과 방법을 가리지 않고."

사도철광은 걱정스런 표정으로 물었다.

"그럼 호 소저는?"

호미령의 얘기가 나오자 가슴의 고통이 배로 커졌다. 그 자신보다 걱정스러웠기에 고민도 그만큼 컸다. 사실 호미령 때문에 황금도행을 포기할까도 생각했지만 그럴 수는 없었다.

"잠시 맡겨놔야죠."

"누구한테?"

"내가 사도 영감처럼 인맥이 짧은 줄 아시오?"

"그러니까 누구한테 맡긴다는 건가?"

소소자는 깊은 한숨을 쉬었다.

"수전노에 자기밖에 모르는 키 작은 인간이 있소."

사도철광은 잠시 생각하다 말했다.

"자네 말인가?"

"이 영감탱이! 내 숙부를 말하는 것이오! 아이고, 가슴이야! 영감, 소리 지르게 하지 마시오."

"제 성질 하나 못 이기면서… 그런데 자네 숙부인 공대부는 개봉에 있지 않나?"

"그 인간 손길 닿지 않는 곳이 세상에 있어야지. 악양에도 적당한 곳이 있으니 걱정 마시오."

대청 쪽에서 발자국 소리가 들리더니 나인현과 호미령이 어깨를 나란히 하고 나왔다. 호미령의 안색은 여전히 창백했지만 안쓰러울 정도는 아니었다. 다만 펄럭이는 소맷자락이 가슴을 아프게 할 뿐이었다.

"모두 챙겼소?"

"네."

대답을 하는 호미령의 짐은 나인현이 들고 있는 작은 보따리 하나였다. 아마도 소소자가 처방한 약이 거의 전부일 것이다. 소소자는 지금까지 아무것도 해주지 못한 것이 후회스러웠다. 하다못해 좋은 옷이라도 한 벌 맞춰줄 것을……

그는 나인현에게서 뺏듯이 보따리를 건네받았다.

"갑시다."

소소자는 앞장서서 장원을 나섰다. 왠지 모르게 화가 났다. 그는 세 발자국을 내딛기 전에 이유가 자신 때문이라는 것을 알았다. 그때 제대로만 피했어도, 조금만 힘을 줬더라면 호미령의 팔이 잘리는 일은 없었을 것을……

'빌어먹을!'

속으로 욕설을 뱉는 그의 귀에 나지막한 호미령의 목소리가 들렸다.

"미안해요."

그녀의 음성에서 물기가 묻어 나왔다. 소소자는 걸음을 멈추고 돌아서 그녀를 보았다. 그렁그렁 맺혀졌던 눈물이 줄기가 되어 뺨으로 흘러내렸다. 가슴속으로 찬바람이 지나가는 듯한 아픔이 전해졌다. 사도철광과 나인현은 그저 그들 두 사람을 보고 있을 뿐이었다.

"울지 말아요."

"미안해요."

호미령의 같은 말에 소소자가 버럭 소리를 질렀다.

"당신이 미안할 것이 뭐가 있소? 모두 내 잘못이지! 못난 내가 조금만… 조금만……! 젠장!"

소소자는 눈물이 전염될 것만 같아 몸을 돌렸다. 이토록 가슴 뻑뻑하게 만드는 아픔을 어떻게 풀 수 있을까? 아무리 심호흡을 해봐도 가슴을 짓누르는 무게는 가벼워지지 않았다. 소소자는 어금니를 지그시 물고 돌아섰다.

"소리 질러서 미안하오."

"아니에요."

그는 억지로 웃음을 지었다.

"빨리 갑시다."

최대한 목소리를 높여 말했지만 한마디도 채 끝나기 전에 바닥에 깔려 버렸다. 그들은 그렇게 침묵을 딛고 산을 내려왔다. 내려오는 내내 누구도 입을 열지 않았다. 사도철광이 헛기침을 하고 입을 열려다 닫기를 반복할 뿐이었다.

악양성 내는 사람들로 북적거렸다. 행인들 중 몇몇이 호미령을 보고 불쌍하다는 듯 혀 차는 소리를 냈다. 소소자는 그 연놈들을 쫓아가 혀를 뽑아버리고 싶은 것을 간신히 참았다.

그의 발길이 머문 곳은 기루였다. 공대부 소유의 기루는 대문 기둥에 십이지신 중 한 글자가 음각되어 있는 것이 특징이었다. 춘월루(春月樓)라는 시골스러운 이름을 가진 기루에도 그 글자가 새겨져 있었다. 기둥의 왼쪽 상단에 있는 자(子)라는 글자는 너무 작아서 거기에 있는 것을 알고 자세히 보지 않으면 발견하지 못할 정도였다.

처음 와서 발견한 후 올 일이 없을 거라 생각했는데⋯⋯.

"이곳인가?"

사도철광이 의외라는 얼굴로 물었다.

"자(子) 급 기루인 것을 보면 상당히 좋은 곳이니 호 소저가 지내는데 불편함은 없을 것이오."

소소자는 말을 하고 대문을 두드렸다. 아직 대낮이었기 때문에 문은 굳게 잠겨 있었다.

"이런 젠장! 왜 이렇게 안 나와?"

그는 아예 부숴 버릴 작정으로 발을 들었다. 그때 안에서 신발 끄는 소리가 들리더니 빗장이 열렸다.

끼이익―

이제 갓 스무 살이 될까 말까 한 청년이 고개만 내밀고 물었다.

"아직 영업……."

청년은 말을 하다 나인현과 호미령을 보고 다시 입을 열었다.

"여긴 숙박하는 곳이 아니니 딴 데 가보시오."

"헛소리 말고 쥐새끼 꼬랑지… 아니, 자미두(子尾頭) 빨리 나오라고 그래."

"예? 자미두라뇨? 여긴 그런 사람 없는데요. 집 잘못 찾아왔으니 다른……."

퍽!

"아이고!"

청년은 코를 감싸 쥐고 뒤로 벌렁 넘어졌다. 소소자가 씩씩거리며 문을 박차고 들어갔다. 청년은 코를 감싸 쥐고 땅바닥을 엉금엉금 기었다.

"너, 언제 여기 들어왔어?"

"왜, 왜 이러십니까?"

"너, 신입이지?"

청년은 황급히 고개를 끄덕였다.

"어제 들어왔는데요."

코를 쥔 청년의 손가락 사이로 피가 흘러나왔다. 평소 같으면 미안한 마음이 벼룩의 간만큼이라도 들겠지만 지금은 그저 화만 날 뿐이었다.

"빨리 가서 오래된 놈 불러와!"

청년은 부리나케 안으로 들어갔다. 사람들을 우르르 끌고 오지 않을까 생각했는데 삼십 대 초반의 백면서생 같은 사내가 나타났다.

"당신이 자미두를 찾았소?"

소소자는 사내를 보고 신경질적으로 말했다.

"네가 자미두냐?"

그의 반말에 기분이 상했는지 사내의 미간에 주름이 생겼다. 하지만 대답을 거절하지는 않았다.

"그렇소만."

소소자는 허공에 인중최고공(人中最高孔)이란 글자를 빨리 흘려 썼다. 아무리 흑화(黑話:암호)라지만 사람들 중 최고는 공대부란 말도 안 되는 글자를 쓰게 될 줄은 상상조차 하지 못했다.

자미두는 놀란 표정으로 소소자를 보다가 허리를 숙이며 공손히 말했다.

"안으로 드시지요."

"막아도 들어갈 거다."

자두미가 안내한 곳은 후원 깊숙한 곳에 위치한 별채였다. 이십 평 남짓한 그곳은 작고 깔끔했다. 자두미가 별채 입구까지 안내하고 돌아가자 열여덟을 넘어 보이지 않는 시비가 그들을 맞았다. 방이 두 개뿐인 것을 보면 시비와 단 한 사람만이 쓸 수 있는 곳이었다.

시비가 안내한 방은 정갈하게 치워져 있어서 마치 그들이 올 줄 알고 일부러 청소를 해놓은 것 같았다. 소소자가 시비를 물리자 사도철광과 나인현도 밖으로 나갔다.

그가 앉자 호미령도 맞은편에 자리를 잡았다. 소소자는 고개를 살짝 숙인 그녀를 잠시 바라보다 말했다.

"이곳에서 몸조리 잘하고 있으시오. 며칠 안에 돌아올 테니."

호미령은 느린 고갯짓으로 소소자를 보았다.

"정말… 돌아오실 건가요?"

"무슨 말이오?"

그녀는 힘없이 처진 소매를 보고 쓴웃음을 지었다.

"전 이제 불구가 되었어요. 어차피 맹인이었으니 새삼스러울 것도 없지만 그때는……."

"그런 소리 하지 마시오. 팔 하나 없는 것이 무어 그리 큰 흠이 되겠소?"

"하지만……."

소소자는 벌떡 일어서 제자리를 한 바퀴 돌았다.

"날 보시오. 키는 오 척이 겨우 넘어 당신보다 작소이다. 성질은 지랄 같아서 날 좋아하는 사람을 헤아리면 한 손도 남아서 손가락 두어 개는 잘라야 할 거요."

그는 자신의 얼굴을 가리켰다.

"거기에 이 얼굴을 보시오. 솔직히 이게 어디 서른이 넘은 남자의 얼굴이오? 수염만 뽑으면 사도 영감이 품에 안고 다니며 동냥 젖을 얻어도 굶지는 않을 것이오. 또 나쁜 놈들 때려잡는다고 죽인 사람이 어디 한둘이오? 짧은 다리에 지랄 같은 성질이며 우스운 얼굴, 사람 백정이라고 불려도 할 말이 없는 살인자가 바로 나요. 이렇게 결점 많고 못난 사람이 바로 나란 말이오. 그런데 당신에게는 한 팔이 없을 뿐이오. 예쁘고, 마음씨 착하고, 키 크고 똑똑한 당신에게는 너무도 작은 흠일 뿐이오."

소소자는 호미령에게 다가가 하나 남은 손을 꼬옥 쥐었다.

"당신은 내게 너무 과분한 사람이오."

그녀의 얼굴은 온통 물빛으로 반짝였다. 눈물을 닦아주는 소소자의 손을 그녀가 살며시 잡았다.

"미안해요. 전… 당신 옷도 지어주고, 빨래도 해주고, 맛있는 음식도 해주며… 그렇게… 그렇게 살고 싶었는데 이제는……."

"그런 것은 시비한테 시키면 되오. 당신은 그저 나를 안아주기만 해요. 내가 작으니 당신의 한 팔로도 충분히 안을 수 있소. 자, 안아봐요."

소소자는 호미령의 어깨에 자신의 턱을 기대고 그녀를 끌어안았다. 그녀의 팔이 망설임을 안고 그의 등에 닿았다.

"봐요. 우리는 이것으로 충분해요. 그렇죠?"

그녀는 고개를 작게 끄덕였다.

"돌아오겠소. 꼭!"

*　　　　*　　　　*

"야! 빨리빨리 실어! 이쪽이야, 이쪽! 이봐! 거기 게으름 피우지 말고 빨리 움직여!"

"거기 돛이 한쪽으로 기울어졌잖아! 올라가서 당겨! 그래! 조금 더!"

"물과 식량은 모두 실어! 얼마나 있어야 할지 모르니까 말야!"

이십 척의 배가 정박해 있는 부두는 정신없이 바쁘게 돌아가고 있었다. 웃통을 벗어젖힌 건장한 일꾼들이 끊임없이 뭔가를 배 안으로 날랐다. 이미 수리가 모두 끝난 배들인데도 뚝딱거리는 소리가 사방에서 울렸다.

나른한 햇살에 선선한 바람까지 불어 출항하기에는 더없이 좋은 날씨였다.

"동정호 안에 있는 섬 찾아가면서 마치 바다 건너로 이사를 가는 것 같군."

소소자는 짐꾼들 사이를 빠져나가면서 빈정거렸다.

"유비무환(有備無患)이라고 생각하겠지. 그나저나 우리를 태워줄 배가 있을지 모르겠군."

사도철광의 걱정은 당연한 것이었다. 정무문의 배는 보나마나 거절할 것이 뻔했다. 그들을 잡아죽이려 하지 않으면 다행이었다. 정천맹도 그들 때문에 황금도행을 늦췄으니 달가울 리 없었다.

소소자는 어깨에 커다란 상자를 메고 가는 일꾼을 피하며 말했다.

"안 되면 숨어서라도 타고 가야죠."

"다른 곳에서 배를 구해서 우리끼리 가면 안 될까요?"

나인현은 아무래도 다른 사람들과 섞여 가는 것이 껄끄러운지 강가에 길게 널려 있는 자갈을 툭 차며 물었다.

"여신우가 노리는 사람들 틈에 끼어 있어야 무슨 일이 일어나도 즉각 대처할 것이 아닌가."

사도철광의 말에 그녀는 하는 수 없이 고개를 끄덕였다.

"어디 우리를 태워줄 배가 없을까?"

여기저기를 둘러보던 소소자의 안색이 딱딱하게 굳었다. 십 장 저쪽, 여신우가 다가오고 있었다. 부채까지 살랑거리는 모습이 유람이라도 떠나는 모양새였다. 뒤늦게 여신우를 발견한 사도철광이 소소자의 팔을 잡았다. 경거망동하지 말라는 뜻이었고, 그 정도는 소소자도 알고 있었다.

하지만 몸을 태울 듯이 일어나는 분노만은 어쩔 수 없었다. 그들을 발견한 여신우도 흠칫하는 표정을 짓더니 이내 역겨운 웃음으로 바뀌었다.

"배를 타려고 온 모양이구려."

아무 일도 없었던 것처럼 여신우가 말을 걸었다.

"신경 쓰지 말고 꺼져."

소소자의 말에 여신우는 안색을 굳혔다. 둘 사이에 금방이라도 터질 것 같은 긴장감이 돌았다. 여기서 싸움이 일어나면 불리한 사람은 소소자였다. 가뜩이나 미운털이 박혔으니 편 들어줄 사람이 있을 리 만무했다.

한참 동안 소소자를 노려보던 여신우의 입가에 선이 그어졌다.

"후후… 입이 거칠면 사는 것도 그만큼 힘든 법이지."

여신우는 부채를 소리나게 접었다 펴며 그들을 스쳐 갔다.

"호 소저 팔이 어떤지 모르겠군."

"이 자식이!"

소소자의 몸을 사도철광이 황급히 끌어안았다.

"진정하게!"

그는 여신우의 등을 뚫어지게 쳐다보다 몸에 힘을 뺐다. 기필코 복수를 해야 하지만 최소한 지금은 아니라는 것은 알고 있었다. 사도철광은 그의 어깨를 툭툭 두드리고 먼저 걸음을 옮겼다. 뒤를 보다 맨 끝의 배에 올라타는 여신우가 보였다.

"후—!"

그는 긴 한숨을 내쉬고 서둘러 사도철광과 어깨를 나란히 했다.

"결국 주적자는 못 오는군요."

"주 아우에게 날개가 달려 있다면 모를까 어찌 그 거리를 한 달에 왕복하겠나?"

소소자는 이제껏 가슴속에 담고 있던 불안을 털어놓았다.

"혹시 그 녀석에게 무슨 일이 생긴 것은 아니겠지요?"

사도철광은 단호하게 고개를 저었다.

"세상에 누가 주 아우를 해칠 수 있겠나?"

"하긴, 자살하지 않는 이상 누가 주적자에게 죽음을 내릴 수 있겠소."

소소자는 밀려드는 물결에 흔들리는 배들을 보다가 혹시 정천맹의 수뇌부들이 있나 주위를 살폈다.

"저기 구파의 장문인들과 기 군사가 있군."

먼저 발견한 사도철광이 말했다. 소소자는 입을 요리조리 돌려 근처 근육을 풀었다.

"일단 좋은 말로 해야겠죠?"

"그래서 안 들어주면?"

"좋은 말 다음에 뭐가 있겠소?"

말을 하고 성큼성큼 걸음을 내딛던 소소자는 그 자리에서 우뚝 멈췄다.

"저건 뭐지?"

"뭐 말인가?"

소소자는 검지로 까마득히 앞쪽을 가리켰다.

"이 양반이 늙어서 눈이 침침해졌나? 저기 보이는 것 말이오."

그가 가리키는 동안에도 검은 점은 무섭게 빠른 속도로 다가오고 있

었다. 세상에 어떤 동물도 저처럼 빠를 수는 없었다. 눈을 가늘게 뜨고
시선을 집중하고 있던 소소자와 사도철광이 동시에 외쳤다.

　"주적자!"

　"주 아우!"

〈6권으로 이어집니다〉